清涼院流水

純忠

SUMITADA

日本で最初にキリシタン大名になった男

WAVE出版

純忠　日本で最初にキリシタン大名になった男

目次

登場人物

大村純忠《すみただ》　日本初のキリシタン大名。ドン・バルトロメウ。
後藤貴明《たかあきら》　幼名・又八郎。純忠の義弟にして、生涯の宿敵。
有馬晴純《はるずみ》　純忠の実父。下地方最強の大名。法名・仙巌《せんがん》。
有馬義貞《よしさだ》　純忠の実兄。ドン・アンドレ。
有馬晴信《はるのぶ》　純忠の甥。ドン・プロタジオ。
大村純前《すみあき》　純忠の伯父で義父。大村家第十七代当主。
おえん　純忠の正室。ドナ・マリア。
伊奈　純忠の長女。マリーナ。
新八郎　純忠の長男。のちの大村喜前《よしあき》。ドン・サンチョ。
大村良純《よしずみ》　純忠の伯父。先代領主・純前の兄。法名・清阿《せいあ》。
大村純淳《すみあつ》　純忠の叔父。純忠の忠臣となる大村純種の父。

大村伯耆守《ほうきのかみ》　純忠の教育係。
朝長新左衛門尉《ともながしんざえもんのじょう》　純忠の教育係。
今道純近《すみちか》　純忠の第一の忠臣。兄頭役《あにがしらやく》を務める。ダミアン。
朝長伊勢守純利《いせのかみすみとし》　純忠の忠臣。惣役《そうやく》を務める。
朝長新助純安《しんすけすみやす》　純忠の忠臣。横瀬浦奉行。ドン・ルイス。
阿金法印《あごんほういん》　純忠の忠臣。多良岳金泉寺の住職。
大村純種《すみたね》　純忠の忠臣。「黒虎」と称される巨漢の猛将。
一瀬栄正《いちのせひでまさ》　純忠の忠臣。「白龍」と称される。旧姓は甲野。
宮原常陸介純房《みやはらひたちのすけすみふさ》　純忠の忠臣。謡や舞いを得意とする。
長崎純景《すみかげ》　純忠の忠臣。長崎の領主。ベルナルド。
福田兼次《かねつぐ》　純忠の忠臣。福田浦の領主。ジョーチン。
峰弾正《みねだんじょう》　純忠の忠臣。「若獅子」と称される誇り高き将。
小佐々純俊《こさざすみとし》　小佐々水軍の将。純忠に臣従。
小佐々純正《すみまさ》　純俊の子。純忠に臣従。
針尾伊賀守《はりおいがのかみ》　針尾水軍の将。純忠に臣従。

松浦隆信《まつらたかのぶ》　平戸の領主。通称・肥州《ひしゅう》。純忠の宿敵。
籠手田安経《こてだやすつね》　ドン・アントニウ。松浦の重臣ながら純忠を慕う。
西郷純堯《すみたか》　伊佐早の領主。通称・伊佐早。おえんの兄。純忠の宿敵。
深堀純賢《ふかぼりすみまさ》　深堀の領主。おえんの兄。純忠の宿敵。
龍造寺隆信《りゅうぞうじたかのぶ》　佐賀の領主。純忠の最大の強敵。
島津義久　薩摩の領主。九州島「三強」のひとり。
大友宗麟《そうりん》　九州島最大の大名。ドン・フランシスコ。
織田信長　純忠と同じ時代を生きた、「もうひとりの革命児」。
羽柴秀吉　主君・織田信長の死後、「関白」となり天下を牛耳る。

コスメ・デ・トルレス　伴天連《バテレン》。シュパーニャ人。日本布教長。
ルイス・フロイス　伴天連。ポルトガル人。
バルタザール・ダ・コスタ　伴天連。ポルトガル人。
ベルショール・デ・フィゲイレド　伴天連。インディア人。
ガスパル・ヴィレラ　伴天連。ポルトガル人。
ジョアゥン・カブラル　伴天連。インディア人。
アレッシャンドレ・ヴァラレッジオ　伴天連。イターリャ人。

フランシスコ・カブラル　伴天連。ポルトガル人。新任の日本布教長。
グネッキ・ソルディ・オルガンティーノ　伴天連。イターリャ人
バルタザール・ロペス　伴天連。ポルトガル人。
ガスパル・コエーリョ　伴天連。ポルトガル人。
アレッサンドロ・ヴァリニャーノ　伴天連。イターリャ人。巡察師。
アフォンソ・デ・ルセナ　大村専任の伴天連。ポルトガル人。
ルイス・デ・アルメイダ　伊留満《イルマン》。ポルトガル人。元は医師で商人。
ジョアゥン・フェルナンデス　伊留満。シュパーニャ人。
ダミアン　日本人の伊留満。通訳も兼ねる。
ロレンソ　日本人初の伊留満。盲目の琵琶法師。
内田トメ　日本人キリシタン。

純忠

日本で初めて

キリシタン大名に

なった男

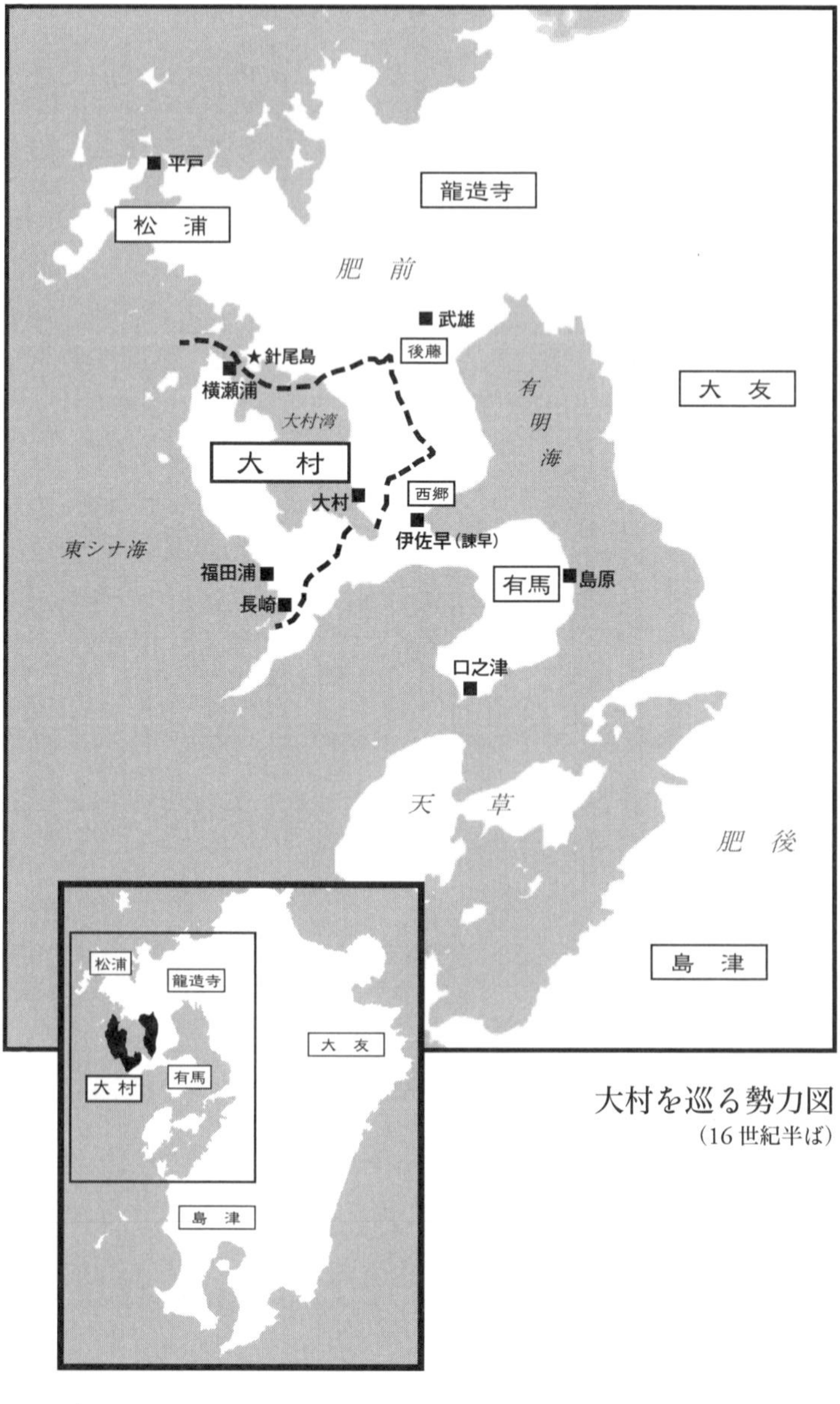

大村を巡る勢力図
（16世紀半ば）

序章　宿命のふたり

その城からは、海が見えた。

純忠《すみただ》の原初の記憶も、海――それは、光る海だった。

四つん這いで見た光景なので、物心つく前のことであろうか。あるいは、それは夢の中の景色であったのか。陽《ひ》の光を反射し、目がくらむほどまぶしく煌《きら》めく海が、見渡す限り、純忠の視界いっぱいに広がっていた。その黄金の輝きをつかまんと我知らず前方へ伸ばされた小さな手は、幾度も空《くう》を切った。

光る海を、おそらく城から見ていたのであろう。純忠が幼少期を過ごした日野江城《ひのえじょう》は小高い丘の上にあり、有馬の雄大な海（有明海の入口である島原湾）を一望することができた。

記憶の中で、板張りの床に両手をつき海を見つめる純忠に、巨《おお》きな影が覆いかぶさる。純忠の父、有馬晴純《ありまはるずみ》だ。

「光をつかみたいか、勝童丸《かつどうまる》。ならば、我が有馬の血を誇りに強く生きよ。何人《なんぴと》にも屈さぬ、不敗の将となれ」

晴純の言葉は活力にあふれ、彼は、ただ居るだけで周囲の者を圧倒し、皆を従える威厳を備えていた。獰猛な獣のように荒々しく、真夏の樹木のように生命の息吹に満ちた父の雰囲気が、幼い純忠には不思議なほど心地良かった。

ある時、晴純は、日野江城の少し西にある彦山へ、純忠を連れて行ってくれた。彦山の頂上で純忠を軽々と肩車すると、晴純は北西の方角を指差した。眼下に広がる海の向こう側にも、はるか彼方まで陸地が続いている。幼い純忠は世界の広さを実感した。

「湾の向こうに見えるのが伊佐早《いさはや》（諫早）で、その先に、おぬしの伯父のいる大村《おおむら》がある。勝童丸、おぬしは大村へゆけ。彼の地は、おぬしに任せたぞ」

そして、純忠は大村家の養子となった。

純忠の誕生は、天文二年（一五三三年）――戦国時代最大の革命児とされる織田信長《おだのぶなが》がこの世に生《せい》を享《う》ける前年のことである。信長と同世代で同時代を生き、信長より進んだ時代の先端性を有していた唯一の大名である「もうひとりの革命児」大村純忠は、「九州最強」と謳われた有馬晴純の次男として、有馬の日野江城で生まれた。その純忠が有馬氏配下の大村純前《すみあき》の養子となったのは、天文七年（一五三八年）、数え六歳の年であった。

純忠の伯父（実母の兄）でもある純前は、幾度か有馬を訪れており、養子となる以前から純忠とは面識があった。大村家と有馬家は古くより幾重にも婚姻関係を結んできた間柄だが、純忠の伯父から義父となった大村純前は、実父・有馬晴純の前では、いつも一貫した低姿勢で、それがふたりの歴然たる上下関係を物語っていることを、純忠の幼心にも理解できた。

大村の家に入った純忠に、義父・純前は、何かと良くしてくれた。義父が純忠の後ろに実父・有馬晴純の巨大な影を重ねて見ているのは明らかだった。

「勝童丸は、肝が据わっておる。さすが、あの有馬殿の子じゃ」

そんなふうに、実父・有馬晴純と比較されることも多かった。有馬の血を認められることは、純忠にとって、何よりも嬉しい。大村の家に入っても、あくまで自分の根は有馬にあるという意識は、常に純忠の頭にあったのだ。

純忠には有馬に兄がひとりと弟たちがいて、とても仲が良かったので、兄弟たちと分かれて大村に来ることを寂しく思う気持ちもあった。だが、嬉しいことに、大村の地では義理の弟ができた。義父・純前の嫡男で、純忠のひとつ年下の又八郎《またはちろう》だ。

野を駆けるのも、大村館《おおむらやかた》で過ごすのも、ふたりは、いつも一緒だった。何をしていても楽しく、笑い声の絶えない日々であった。

純忠が「又八、ゆくぞ」と声をかけるよりも前に、義弟・又八郎は、いつも純忠のそばに笑顔で控えていた。「兄者《あにじゃ》、兄者」と自分を慕ってくれる義弟の存在を純忠も可愛いと感じ、地面にできる影のように、自分とは切っても切れない分身のようなものだと見なしていた。その頃の純忠にとって、義弟・又八郎は紛れもなく自分の人生の一部、あるいは大部分だった。

波が荒々しく打ち寄せる有馬の海とは正反対に、大村の海（大村湾）は、とてもやさしく静かで、「琴の海」と呼ばれている。猛々しい有馬の海は実父・晴純を連想させ、大村の「琴の海」の美しさと、やさしさは、純忠に、自分を無償の愛で抱きしめてくれた実母のぬくもりを思い出させてくれる。

琴平岳《こんぴらだけ》の急峻な斜面に義弟・又八郎と並んで寝転がって、鏡のように穏やかな「琴の海」を見下ろしながら、よく話をした。

「なあ、兄者。我らが大きくなったら、大村家を継ぐのは俺か、兄者か？」

その質問の重要さを、当時の彼らは、むろん、意識していなかった。だが、それは、彼らふたりのその後の人生を示唆するような、問いかけであった。

「俺のほうが、ひとつ年上じゃ。たぶん、俺じゃろ」

そう答えた純忠にも、実際に確信があったわけではない。自分が養子に出されたのは、大村家を継ぐためだろう、とは思っていた。だが、年齢は純忠が一歳上でも、大村家の嫡男は又八郎である。

「でも、父上は次男じゃが、大村家を継いだぞ」

又八郎にそう指摘されると、思わず口が滑った。

「それは、義父上《ちちうえ》が有馬の血を引いていたからじゃ」

陽射しを受けて光る「琴の海」を見ていると、純忠の脳裡には、有馬で過ごした頃の幼い日々の記憶が、いつでもよみがえってくる。大村にあっても、純忠が有馬の誇りを忘れることはない。

「なにゆえ、大村家なのに、有馬の血が要るのじゃ。おかしいではないか！」

義弟は上半身を起こし、抗議するかのように、拳を振った。

有馬が強大だからじゃ——とは、さすがに、義弟には言いづらかった。

まだ幼いとは言え、年をひとつずつ重ねるにつれて、純忠が理解できたことがある。義父・大村純前と実父・有馬晴純には、単に個人の器量の差があるばかりでなく、大村氏と有馬氏の家系としての格の差がある、ということだ。

勢いを増し続ける有馬氏の陰で、大村氏は常に守勢だった。純前の母も妻も有馬氏であり、純前は有馬氏に近しいからこそ、次男でありながら有馬氏の威光で大村家当主となれた。その事実があるから純前は、有馬晴純個人——というより有馬氏に頭が上がらないのであり、有馬の血を引く養子の純忠にすら、どこか遠慮がちなのである。

純忠には、そうしたからくりが飲み込めていたが、それを又八郎にそのまま告げることは、さすがに、ためらわれた。

「兄者が大村家を継いだら、俺は、どうなるんじゃ。兄者の家臣か?」

又八郎からそう尋ねられた時、純忠は答えられなかった。

義弟が自分の第一の忠臣となり補佐してくれるのなら、そんなにも素晴らしいことはない。ふたりで協力して、大村の家を栄えさせたい——故郷・有馬氏のためだけでなく、大村氏のためにも——。そう素直に思えた。又八郎が一緒なら、自分たちふたりには、どんな大きなことでもできる気さえした。

だが——先代当主の嫡男である又八郎にとって、養子である義兄の家臣となることは、必ずしも歓迎すべき未来ではないのかもしれない。初めてそのことに気づいた時、純忠の心の中に不穏な予感がよぎったのは事実だ。

黒い霧のような不吉な予感が、純忠の心を覆う。

「彼の地（大村）は、おぬしに任せたぞ」

実父・有馬晴純は、そう言った。だからこそ、純忠は大村家を継がねばならないと思う。そのために、純忠は当地へやって来たはずなのだ。しかし、そのことによって義弟との仲がおかしくなるかもしれない——という仮定は、幼い純忠には、それより以前には思い至らなかった。

義弟と過ごす日々が楽しすぎて、又八郎と自分が険悪な間柄になってしまう未来など、純忠に想像できるはずもなかった。それは——それだけは——何よりも想像したくない、いちばん起きて欲しくない未来だった。

天文十四年（一五四五年）、又八郎は武雄《たけお》の領主である後藤家へ養子に出されることになった。大村館の自室でその話を義父・純前から聞かされた時、純忠は絶句し、信じられない思いで身体を強張らせた。

「又八郎が……武雄に……？」

歯を食いしばり、拳を膝の上で震わせながら、しばらく動けなかった。純忠が放心状態となっているあいだに、いつの間にか、義父の姿は消えていた。

ようやく動揺を少しだけ鎮め、くわしい事情を聞くために義父の部屋に近づいた時、室内から純前と又八郎の声が聞こえて、純忠は足を止めた。

「――嫌じゃ！　兄者と別れるなんて、ぜったい嫌じゃ!!」

泣き叫ぶ又八郎を、純前は恐ろしく感情を殺した声で諭していた。

「又八、すべては大村の家を守るためじゃ。大村は、勝童丸が――純忠が継ぐ。それによって今後も有馬の援《たす》けが得られ、大村の家は護《まも》られる。どうかわかってくれ」

そんなにも冷たい義父の声を、純忠は聞いたことがなかった。子供が覗いてはいけない大人の世界を垣間見てしまった後ろめたさに、純忠は襲われた。

「俺は父上の嫡男じゃ！　なにゆえ、俺が大村を出なくてはならんのじゃ!!」

不意に廊下に飛び出してきた又八郎と衝突し、純忠は、よろめいた。

ふり返った又八郎の目からは涙が溢れ、頬を濡らしていた。大きく見開かれた目は、純忠を恨めしげに見ていた。又八郎がそんな目で純忠を見るのは、初めてのことだ。

声をかけようとした純忠に背を向け、義弟は走り去った。義弟の後ろ姿へ伸ばされた純忠の手は、むなしく虚空をつかんだ。又八郎はそのまま大村館を飛び出してどこかへ消えると、それっきり戻らなかった。

家臣団に付き従われ、又八郎が武雄の後藤家へ旅立ったと純忠が聞かされたのは、それから数日後のことである。

又八郎が大村を去った事実を知らされた時、純忠の心に、ぽっかりと巨大な空洞ができたかのようだった。義弟・又八郎は純忠の分身でもあり、彼と過ごした八年間の記憶は、それだけ鮮烈であった。

「純忠――大村家は、おぬしに託した。くれぐれも、よろしく頼んだぞ」

実子・又八郎を送り出した後だけに、義父・純前の「頼んだぞ」という言葉には、いつになく重みがあった。だが、それすらも、純忠に投げかけた言葉ではなく、その後ろに有馬晴純の巨大な影を見ているのは間違いなかった。

天文十九年（一五五〇年）、純忠は数え年の齢《よわい》十八歳で第十八代の大村家当主となった。これは、純忠の一歳年下の信長が織田家の家督を継ぐ前年で、フランシスコ・シャヴィエール（いわゆるザビエル）が日本に初めてキリスト教を伝えた翌年のことである。そして、武雄の後藤家を継いだ又八郎は、後藤貴明《ごとうたかあきら》と称した。

大村純忠と後藤貴明――

かつての義兄弟は、生涯の宿敵となる運命を、歩み始めた。

第一章　天狗の夜——山深い時の牢獄にて

あれは、又八郎がまだ大村にいた頃、ある真夏の夜であった。

ふたりで深夜に大村館《おおむらやかた》を抜け出し、夜の山中を探検したことがある。

「又八、我らで天狗を見つけに行こうぞ」

「兄者、天狗なんて、まことにおるのか。山奥に棲むと聞くが」

「おるなら、会えるじゃろ。それを確認しにゆくのよ」

又八郎の足音が後ろから続いてくるのを途中まで意識していたが、夜の山道をかき分けるのに夢中になっているあいだに、最初はふたつ聞こえていた足音が、いつしか、ひとつだけになっていた。

耳を澄ますが、虫すらも寝入っているのか、何も聞こえない。

「又八……どこぞ？」

義弟が純忠のそばをみずから離れることはない。

又八郎の身に、何かあったのか……。

まさか天狗に……かどわかされたのか？

純忠は周囲を見回し、闇の奥へ義弟の姿を求めた。

「又八……どこにおる？　俺の声が聞こえぬのか……又八ぃ！」

純忠の声は深山の闇に吸い込まれて消える。なぜか又八の返答はない。

山中に分け入るにつれ、密集した樹木の枝葉が純忠の頭上を覆い、月や星々の明かりを届かなくしていた。あたかも、巨体の天狗が純忠の周囲の世界を両手で包み、消し去ってしまったかのような幻影に襲われた。

自分の姿さえ見えないその闇を手探りで進んでいると、自分が誰で、今どこにいるのかさえ、忘れてしまいそうになる。

純忠も、義弟・又八郎も、天狗の法力で異界へと連れ去られてしまったのか。だが、かろうじて、地面を踏みしめる音だけは消えずにあり、己《おのれ》と世界の実在を純忠に忘れさせずにいた。

「天狗が俺を試しているのか……」

足音だけが闇の中を彷徨《さまよ》い歩き、やがて——不意に視界が拓けた。

樹々が切り取られた円形の広い空間の中央近くに、こちらに背を向けて、又八郎が立っていた。蒼白い月明かりに照らされて妖《あや》しく浮かび上がる異形の木像を、その時、義弟は見上げたまま硬直していた。魅入られたかのように。

「こんなところにおったのか、又八。ずいぶん探したのだぞ」

歩み寄りながら、純忠は義弟の背中に声をかけた。又八郎は、その言葉でようやく我に返った様子で、驚いた顔で、ふり返った。

「ああっ、兄者。すまぬ……途中で迷って、気がつけば、ここに出ていた」

「おぬし、その摩利支天《まりしてん》に――魅入っておったのか？」

いくさの神として人々から尊崇されているその摩利支天像は、鳥甲山《とりかぶとやま》の北側の中腹にある。ふたりは大村館の近くから鳥甲山の南側に分け入り、真裏の萱瀬峡谷《かやぜきょうこく》のほうまで、いつしか移動していたことになる。

摩利支天の像は、それ以前にも、ふたりで昼間に見に来たことがあった。しかし、月明かりの中に浮かび上がる夜のそれは、昼とはまったくの別の姿であるように見える。今にも動きだし、純忠と又八郎を抱えて、夜空へ飛び去ってしまいそうに禍々しく、それでいて、どこか甘美な魔性の雰囲気――。

「兄者……人々が畏《おそ》れ忌み嫌う天狗の正体は、摩利支天だったのか？」

「だとすれば、我らの敵ではない。むしろ守護神じゃ。それが証拠に、ほら、こうして迷った我らを引き合わせてくれたではないか」

純忠の言葉に、月光で陰影のついた摩利支天像が微笑したように見えた。

闇の中で純忠が感じた天狗の気配は、義弟と再開した瞬間に消えていた。安堵すると、途端に疲労を覚えた。ふたたびはぐれることがないように、ふたりは横並びで歩いて萱瀬峡谷に下り、月明かりに照らされた郡川《こおりがわ》沿いの道を、大村館まで戻った。

暗闇の中に天狗を感じたあの夜のことを、純忠は、しばしば思い出す。義弟が大村を去ってからの数年間は、闇の中を手探りで彷徨い歩いたあの「天狗の夜」に似ていた。「天狗の夜」にも義弟が消えた不安はあったものの、あの時は、すぐに再会できた。今回は、義弟は、戻って来ないままだ……。

又八郎が去る少し前から、大村家の先代当主・純前《すみあき》は病のため臥せりがちだった。公務も重臣らに任せきりで、純前の家臣団への影響は弱まり続けていた。そんな当主に見切りをつけ、又八郎のいる後藤へ去った大村家譜代《ふだい》の家臣は、純忠が当主を継ぐまでの五年間で、実に十八人にも及んだ。残る家臣団とて、決して一枚岩ではない。先代当主・純前の後見を受ける若き純忠を支持する者と、純前の兄である清阿《せいあ》（大村良純《よしずみ》の法名）を支持する者——まっぷたつに分裂する傾向は、日増しに鮮明になっていた。しかも、純前は病床にあるため、実質的に純忠を補佐するのは、首席家老の大村伯耆守《ほうきのかみ》と、その補佐役の朝長新左衛門尉《ともながしんざえもんのじょう》のふたりだった。

病の床の中、純前は何度も咳き込みながら、純忠を枕元へ呼んだ。そして、か細く震える声で、次代の当主に、こう告げた。

「純忠、大村家のことで相談があれば、伯耆守や新左を頼れ。あの両名であれば、清阿に近い者たちとも話せる。おぬしを良く援《たす》けてくれるであろう」

当時、弱冠十八歳の純忠にとって、自分の二倍、あるいは三倍近くも齢《よわい》を重ねている者が多い老臣たちを意のままに操れるはずはない。しかも、自分を担ぐか、清阿を立てるかで深刻に対立し、内乱すら辞さない者たちの調整など、内政経験に乏しい己《おのれ》ひとりでできるはずもなかった。

「伯耆守、新左——おぬしらだけが頼りじゃ。至らぬ俺を援けてくれ」

そう素直に請うた純忠に、ふたりの老臣は、好々爺《こうこうや》が実の孫に見せるような皺くちゃの笑顔になって、幾度も、うなずいたものだった。

「当然じゃ。安心なされ、若殿。この伯耆守が悪いようにはせぬ。のう、新左」

「いかにも。若殿が一人前になられるまでのあいだ、この新左、伯耆守と協力して、全力でお支えいたす所存にござる。何も心配することはござらんよ」

純忠のかつての大村での生活は、常に義弟・又八郎と共にあった。義弟が武雄へ去り、本来なら頼るべき義父は病の床にある状況で、今や頼りになるのは、この老臣ふたりしかいなかった。先代から教えを受ける機会の少なかった純忠にとって、この両名は単なる後見人ではなく、一人前の大村家当主になる上では必要不可欠な、経験豊富な教育係でもあった。

「かたじけない。恩に着るぞ」

純前の病は、悪化の一途を辿っていた。純忠が当主となって以後、大村伯耆守と朝長新左衛門尉の両名は、領国の運営や家臣団の調停に日々奔走してくれている様子だった。だが、分裂した家臣団に漂う一触即発の気配は、そう簡単には消えそうになく、若き純忠の不安は募った。清阿派の家臣団の中には、純忠を露骨に無視し、これ見よがしに清阿の元へ詣で続ける者たちが後を絶たなかった。

伯耆守と新左衛門尉は、最初こそ「安心なされ」と大きく構えていたが、状況があまり変わらないことは彼らも認めざるをえなかった。そして、ある時、ついに、補佐役の両名から純忠に、次のような具申《ぐしん》があった。

「若殿は、あの有馬（晴純）殿に似て、まことに知勇に優れておるが、いかんせん、まだお若い。大殿（大村純前）の実子であった又八郎殿が後藤へ去ってしまったことで、皆、いまだに動揺しておりまする。また、清阿殿に近しいところには、この機に乗じて大村の実権を握ろうとする不届きな者どももおる。若殿が治めやすい大村となるように、連中をまとめる必要があるのは間違いなかろう。当面、その任には我らが専念するゆえ、若殿には、どうか穏やかな場所で英気を養っていただきたい」

「おぬしらがそう言うのであれば、俺に否《いな》はない。いろいろと苦労をかけて、すまぬな」

「なにを言われる。若殿のためなら、このくらい、何でもござらん」

老臣ふたりの提案に従う形で、純忠は以後、大村家の当主でありながら、いったん山奥に隠棲《いんせい》することとなった。家臣団の動揺が収まるまでのあいだ、静かな萱瀬峡谷のいちばん奥、多良岳の山腹にある切詰城《きりつめじょう》という小さな山城での生活を始めたのである。

蟄居《ちっきょ》生活を始めたばかりの頃は、大村伯耆守も朝長新左衛門尉も月に二、三度は、切詰城まで様子見にやって来た。ところが、少し経つと、それが月に一度になり、ふた月に一度になり、やがては、季節に一度、遣いの者が形ばかりの挨拶をしにやって来るだけになった。

純忠が山奥に引きこもった翌年には、先代当主・純前が逝去したとの知らせも受けた。だが、純忠は現当主でありながら葬儀にも呼ばれず、逆に、隠棲を続けるよう依頼され、日々、苛立ちは募るばかりだった。

「家臣たちの混乱は、まだ収まらぬのか」

そう問い質しても、遣いの者は「伯耆守殿が善処しておりまする」の一点張りで、具体的には大村家が今どうなっているのかは、わからない。ついには、質問することさえ馬鹿馬鹿しく感じられるようになった。

切詰城での生活では、周囲には、純忠の世話をする数人の従者がいるだけ。彼らとて事情はわからぬし、山奥での生活なので、話題にも乏しい。山中を散策し、狩りをして己を鍛錬することだけが、純忠の日常だった。

山奥を歩きながら、たまに、又八郎がすぐとなりにいる幻影を抱き、「又——」と言いかけて、義弟の不在が悲しくなった。山中を移動していると、近くの茂みの中に何かの気配を感じることもあった。

「誰ぞ——!?　誰ぞおるのか？　否《いな》、獣か……」

獣が潜んでいて、そのまま狩る時もあれば、たしかに感じた気配が不意に消えてしまうこともある。そうした時には、天狗が何処かに隠れて純忠を見ているのか、と感じたものだ。その天狗とは、実体化した摩利支天なのか。

忘れ難い「天狗の夜」を思い出し、時には切詰城から萱瀬峡谷に下りて、鳥甲山の摩利支天の像を訪れることもあった。

「摩利支天よ、俺は、このまま山中で生を終えるのか？　俺は、大村のために戦うことも、大村を治めることもできないのか？」
摩利支天は柔和に微笑するだけで、答えは返ってこなかった。

大村領中心地の平野は、下地方《しも》（九州北部）一円を見下ろすように聳える巨峰・多良岳の西側の麓に、扇のように広がっている。純忠の暮らす切詰城は、その多良岳の山腹、麓に近い鞍部《あんぶ》に築かれた小さな山城である。

多良岳の山頂には下地方でも指折りの名刹・金泉寺《きんせんじ》があり、かつて純忠も幾度か訪れたことがある。住職の阿金法印《あごんほういん》は、大村家臣団のみならず近隣の領主たちからも尊崇されている人物で、頼る者のない純忠としては、できることなら彼に相談したかった。摩利支天と違い、阿金であれば、何らかの答えを返してくれるかもしれない。

切詰城から遥か頭上を見ると、晴れた日には、天空の彼方に陽光を反射する小さな輝きが、いつも見えていた。おそらくそれは金泉寺の瓦屋根だとわかっているのだが、山頂まで登るには一昼夜かかるので気軽には訪問できない。それに、阿金は宗教指導者としての超然とした立場であり、大村家の当主でありながら老臣の勧めで蟄居させられている純忠の特異な境遇を相談すべき相手だとは思えなかった。

切詰城のある山腹から少し高いところまで登れば、大村の海を遠くに見ることができる。ただし、途中にある萱瀬峡谷と、その先の萱瀬盆地が視界の大部分を遮っているため、谷間に小さく海が見えるだけだ。

光る海は、今や、遠くに小さく見えるのみ——。

人里離れた山奥での生活は、自分が「時の牢獄」に閉じ込められた囚人となったかのような錯覚を純忠に与えた。美しい鳥をつかまえてきて籠の中に入れた時、「おぬしと俺は似ておるな」と、語りかけたこともある。

当時の純忠は、籠から抜け出せない鳥そのものであった。

切詰城という「時の牢獄」での不遇は、沼のような絶望となって、純忠の心身を少しずつ沈めていた。最初は足下の自由を奪われただけであっても、このままではやがて下半身がすべて、いずれは全身が沈められてしまいかねない。

時折、遠くの空をゆく雲を眺め、今は武雄にいる又八郎や、有馬にいる両親や兄弟たちのことを幾度も思い出した。このように山深き孤城で蟄居するくらいなら、純忠が大村へ来た意味はあったのか？　先代が逝去して、なおも山奥で孤独に暮らす自分が、はたして本当に、大村家の当主と言えるのか？

苦悩に満ちた日々は、三年ものあいだ、続いた。

前触れがあったわけではない。

変化が訪れたのは、ある日、突然のことだった。

「若殿——騎馬が一騎、こちらへ駆けてきておりまする」

従者のひとりから報告され、純忠は山道を見下ろした。先代は死んだので厳密には「若殿」ではないのだが、切詰城での時は止まったままなのだ。

萱瀬峡谷の谷間の道から切詰城へ、一騎の騎馬が勢い良く駆け上がってきている。通常の遣いの者とは時期が違ったし、そのただならぬ様子も、いつもとは明らかに違っていた。予期せぬ来訪者の顔には憶《おぼ》えがあった。

「純近《すみちか》か――これは珍しい。血相を変えて何事じゃ」

純忠より少し年下のその若武者の名は、今道《いまみち》純近。若さゆえ、家臣団の中では末席に等しい立場だが、純忠を慕う姿勢には、どことなく、かつての又八郎を思わせる一途さと愛情が感じられ、そのため印象に残っていた。純忠の人生において、今道純近が特別な存在感を発揮するのは、この時が最初だった。

純近は馬から敏捷に飛び降りると、地面に跪いた。

「殿、一大事でござる。かような場所に殿を封じた大村伯耆守と朝長新左衛門尉こそ、大村家を乗っ取ろうとしている張本人なり。奴らがそう話しているのを我らの仲間の何人もが耳にし、確証を得てござりまする。いてもたってもいられず、こうしてご報告に参上しました」

「何じゃと？　純近、それは、まことか――！」

純忠の怒声にも怯まず、純近は顔を上げ、まっすぐに主君を見つめ、うなずいた。彼の澄んだ瞳を見れば、偽りでないことは明らかであった。

山中の孤城に蟄居し不遇をかこちながら、純忠は、自分の運命を受け容れる努力をしてきたつもりだった。それは、純忠と大村家の未来を案じてくれている老臣ふたりへの信頼と感謝の念があればこそだ。しかし、その者たちこそが奸臣であったとすれば、今まで耐え忍んだ純忠の三年間は、何だったのか？

老臣ふたりが未熟な純忠の話をして嘲笑する――そんな想像が浮かんだ。

「世間知らずの有馬の小せがれめは、愚かよの。我らの狙いも知らず」

「従順にして蒙昧《もうまい》なり。あのまま飼い殺してやれば良かろう」

純忠の中にある実父ゆずりの戦士としての血が、瞬時に沸騰した。

「おのれ奸臣ども……純近、ただちに大村館へ戻るぞ。供をせい！」

純近が乗ってきた馬に飛び乗ると、純忠は馬首を反対へ向け、この年下の忠臣に右手を差し伸べた。

「殿、同乗させていただけるのですか？」

自分を見上げる純近の目の中に、刹那、純忠は過去の記憶を見た――。

「殿、お初にお目にかかります。それがし、今道純近と申し奉る」

大村館で平伏する彼の姿が、昨日のことのように、よみがえってくる。

「純近か。苦しゅうない。我らは歳も近い。よろしく頼むぞ」

そう言葉を返した時、純忠の中で、彼はまだ特別ではなかった。

だが、純忠は、今になって、ようやく気づいた。老臣や他の家臣たちは（従者は今も）純忠を常に「若殿」と呼ぶが、純近だけは最初から彼を「殿」と呼び続けてくれていた。先代当主・純前が亡くなる以前から、純近にとっては、「大殿」、「若殿」の区別なく、純忠こそが「殿」だと思ってくれていたのだ。


遠慮がちに差し出された純近の手を、純忠は強く握り返した。

「当然じゃ。よくぞ知らせてくれた。純近、共に参るぞ！」

驚きと喜びで目を丸くする純近の表情が、かつての又八郎に重なって見えた。又八郎の幻影を振り払い、純忠は純近を背後に乗せ、馬を駆けた。

純忠と純近を乗せた馬は切詰城から萱瀬峡谷へと駆け下り、その先の萱瀬盆地を駆け抜けていく。突如として野に現れ鬼の形相で馬を狩る純忠の様子に、近くの村人たちは、誰もが驚いた顔で若き大村家当主と、その忠臣を指差していた。

平野へ出ると、それまで峡谷と盆地に塞がれていた視界が拓け、静かで豊かな大村の「琴の海」が眼前いっぱいに広がった。快晴で海は今日も光っていたが、この日の純忠には、光る海を愛でる心の余裕はない。

「伯耆守、新左――どこぞ！　出て参れ！」

邸内に飛び込みざまに放った純忠の怒号が大村館を文字通りに震わせると、中にいた家臣たちが、慌てふためいた様子で飛び出してきた。伯耆守と新左衛門尉のふたりは、純忠の逆鱗に触れて腰を抜かすほど驚き、慌てて跪くと、額を板間にこすりつけた。

「若殿――否、殿――なにゆえ、かように急に……」

「うぬらが大村家乗っ取りを画策しておると、たしかに耳にした者がおるのじゃ。申し開きがあるなら、致せ。事と次第によっては、この場で斬り捨てる。これは、脅しではないぞ」

刀に手をかけた純忠の殺気は、その場に居合わせた者たちを凍りつかせた。実父・有馬晴純が乗り移ったかのような純忠の人並外れた胆力に、家臣たちは次々に跪いて、突如として帰還した大村の若き当主に平伏した。成長盛りの年頃に三年間、山中で黙々と鍛錬を積み、純忠が以前より格段に逞しく成長していたこともある。かつては純忠を露骨に無視してきた清阿派の家臣すら、肝を冷やし思わず膝を屈した。中には微かに震えている者さえいた。

伯耆守と新左衛門尉は、怒りで我を失った若き主君を前に、ただ板間に額をこすりつけるばかりで、弁解の言葉のひとつも吐けなかった。

「見下げた奴らよ。――失せろ！　二度とその面を見せるな！」

純忠がそう一喝すると、両名は慌てて腰を上げ、一目散に退散した。

「他にも文句のある者は、今この場で俺に申せ。大村の当主は、この純忠じゃ！　以後、そのことを忘れるな！」

家臣の前で純忠がそう吠えた時、再度、誰もが平伏した。

それは、当主となってからの苦節三年――又八郎が去ってからの苦節八年を経て、ようやく純忠が真に大村家の当主となった瞬間であった。

義弟・又八郎が去ってからの数年間、「天狗の夜」のような暗闇を彷徨い続けていた純忠の人生に、ようやく、ふたたび光が射し始めた。

老臣筆頭の大村伯耆守と朝長新左衛門尉は、その後、武雄の後藤貴明を頼って大村を去った。譜代の老臣ふたりを大村家の若き当主・純忠が追放した一件は、清阿派の蠢動《しゅんどう》を一時的に沈黙させるだけの効果があった。だが、又八郎や老臣たちが去り、義父も逝去した今の大村家に、純忠が心許せる者は、いないに等しかった。

ただ一名――年下の忠臣、今道純近だけは例外である。その純近は、老臣ふたりの企みを純忠に知らせたことで、家臣団の中で居場所を失っていた。

「伯耆守と新左衛門尉は、純近めの密告のせいで、大村を追われた。経験不足の若殿に大村を治めるのは無理だというのに、純近は、何もわかっておらん。浅はかな青二才の愚かな行為で、家臣団の均衡が壊されたわ！」

純近本人が聞こえる場所で、わざと、そう陰口を叩く者もいたし、家臣団の大半は、純近がすれ違う時に立ち止まって頭を下げても、目も合わさないし、中には、すれ違いざまにわざとらしく舌打ちする者や、「裏切り者……」と、憎々しげな声で耳打ちしてくる者さえいた。

純近は、自分が間違ったことをしたとは思わなかったので、たとえ家臣団の中に味方がほとんどいなくとも、失意はなかった。元々、純近は、大村家臣団の中では一番の若輩であり、相手にされていなかったのである。彼が心を許せるのは、同い年の朝長新助純安《ともながしんすけすみやす》くらいだ。

今道氏も朝長氏も大村家譜代の臣であり、親族同志の交流がある。純近と新助は幼い頃から面識があったが、親しくなったのは、現在の家臣団の中で、ふたりが一番若く、周囲から浮いた者同士であったことが大きい。

純近は、いったん思い立ったら行動せずには気が済まない性格で、そこは純忠に非常に似ている。同類と言っても良い。一方の新助は、いつも笑顔で、おとなしく、そして、やさしい。考えるより先に行動することの多い純近が動物的であるのに対して、新助は、野に咲く可憐な花のように静かで、穏やかな印象すらある。純近は、自分とは真逆の新助のそうした一面が興味深いし、何でも話のできる貴重な相手でもある。いつもそうしているように、純近は新助が兄と暮らす屋敷を訪れて、その縁側で友人に尋ねた。

「老臣たちは俺を疎んでおるが、新助、俺のしたことは間違っていたか?」

新助は、少し考えてから、首を左右に振った。

「いや、家督を継いだ大村殿を欺き山奥に幽閉していた老臣たちのほうが、悪かろう。老臣たちに大村殿を復権させる気があったとは、とても思えぬ」

「新助、かたじけない。おぬしがそう言ってくれると、気が楽になる」

「純近は間違っていない。それがしは、そう信じている」

まっすぐ純近を見返す新助の瞳は綺麗に澄んでいて、迷いがない。

新助が理解してくれているなら、それで良い。そう純近には思えた。

純近としては、純忠に取り入るつもりはなかったのだが、あの日以降、純忠は、何かと純近に声をかけ、何をする際にも誘ってくれるようになった。行動を共にし、話をする機会が増えるにつれて、ふたりの性格の共通部分に気づくことも増えた。とても気が合う間柄だと、共に思えた。

「純近め、老臣を売り、まんまと若殿に取り入りよった」

そんな新たな陰口の存在も聞こえてきたが、純忠は「純近、老害どもの誹謗中傷は気にするな」と言ってくれていた。極力、気にしないように努めた。

純忠と純近は、狩りや遠駆けで、一緒に馬を駆ることが多くあった。特に純忠が愛したのは、かつて彼が蟄居していた切詰城に近い萱瀬峡谷と萱瀬盆地のあたりを駆け回ることだ。

「萱瀬峡谷まで駆けることで、俺は、蟄居させられていた時の惨めな自分を思い出す。そして、またこちらに戻ってくる時には、おぬしと共にあそこから出た時のことを思い出す——だから俺は、この道が好きなのじゃ」

そんなふうに、純忠が語ることもあった。

ある日、萱瀬盆地の入口に近い、坂口と呼ばれる静かな林の小川のほとりで、ふたりは下馬した。小川のほうへ歩いていく純忠の後ろから、純近は従った。

「この小川は、郡川の支流だな。水は、切詰城のほうから流れてきているのだろう。そのことを想うと、なんともなつかしい気分になる……あのような山奥の孤城に三年も封じられておったとはな……今にして思えば、実に奇妙な日々であった」

純忠は自嘲ぎみに苦笑した後、両手で小川の水をすくい、木漏れ陽を受けて輝くその水面に、しばし見とれていた。それは、幼き頃に彼が見たあの光る海を、両手の中で大切に抱えている姿のようでもあった。

「殿——三年ものあいだ、切詰城でご辛抱させてしまい、まことに、申し訳ございませぬ。我ら家臣一同の不徳の極み。お詫びの言葉もござらん」

「なにを言う純近、おぬしがいたから、俺は『時の牢獄』から抜け出せたのじゃ……。この大村の地で、かつての俺には又八郎しかいなかった。ほかに誰も頼れる者はなく、未熟な俺には奸臣どもの罠を見抜くこともできず、赤子の手を捻るように、あっけなく欺かれた……愚かな当主だな……。今の俺にとって、この大村の地で心から信じられる者は、ひとりを措《お》いて他にない——」

そこまで言うと、純忠は、右手の中の水を飲み干し、左手の水を純近に飲ませた。何かを訴えるような主君のまっすぐな視線に、純近は目を奪われた。

「のう、純近。おぬし、俺の弟に……。いや——すまん」

何かを言いかけて、純忠は慌てて口を噤んだ。その先は、大村家の当主としては、軽々しく口にしてはいけない言葉だったのかもしれない。その時、純忠が何を言おうとしたのか、純近には、断定はできなかった。

——そもそも、「弟」というのは、どなたのことを指すのか？　武雄に去った、義弟・又八郎殿

（後藤貴明《たかあきら》殿）のことか？　あるいは、有馬に暮らす、実の弟君《おとうとぎみ》たちのことか？

弟に、よろしく伝えてくれ――と言いかけたわけではないだろう。

純近は少し考えを巡らせ、主君の自分への想いに気づき、心を震わせた。

――我が殿は、こう言おうとされたのかもしれない。


「俺の弟に……なってくれぬか」

それは純近の単なる妄想かもしれない。だが、その想像は、この若き侍を一生涯変わらぬ忠臣たらしめる上で、充分すぎるほどの力を秘めていた。

「殿、この純近――俺だけは、いついかなる時でも、おそばにあります。殿が望んでくださる限り、これから何があろうとも。どうか信じていただきたい」


純近は、非礼を承知で、この時、あえて膝をつかなかった。「できれば殿の弟のように生きたい」という気持ちが、自然とそうさせたものだ。

純忠は、この上なく幸せそうに微笑し、純近の肩にやさしく手を置いた。

「純近、よくぞ言ってくれた。ならば、俺も誓おう。これから何があろうとも、おぬしは生涯にわたり、この純忠の第一の忠臣じゃ！」

その少年のように純真無垢な主君の笑顔に触れると、純近の身体は不思議なほど火照った。

――なんて純粋な御仁だ……。この方の笑みは、「琴の海」の輝きのように、まぶしくて一点の穢《けが》れもない。殿は、何が何でも俺が護らねば。この殿のためならば、俺は、いつなんどき死んでも悔いはない……。

大村純忠の第一の忠臣である今道純近は、この「坂口の誓い」を交わした時、己の生きるべき道を見つけた。そして以後、生果《せい》てる時まで、彼は一度たりとも迷うことはなかった。


奸臣ふたりを追放して当主としての威厳を示した純忠は、今道純近という無二の忠臣を得て、彼の協力の下に、まずは家臣団の再編に乗り出した。

「以前のように俺ひとりなら、また新たな奸臣に付け入る隙を与えてしまうかもしれぬ。だから、純近、おぬしも常に目を光らせてくれ。ふたりを欺くことは、ひとりを欺くことより、はるかに難しいはず――。我らが鋼《はがね》の絆で結ばれている限り、恐るることは何もない」

純忠がそう言った時、純近は思った。

――本来なら、又八郎殿が俺の役割を果たすはずだったのだろうな。

だが、その又八郎は武雄へ去り、もう純忠のそばにいない。自分がその役割を与えられた震えるほどの幸せを、純近は幾度も思い返し、自身の幸運に感謝している。

――次に、誰を味方につければ良いか？

慎重に検討を重ねた結果として、当然ながら、まず純近の頭に浮かんだのは、同い年で親しい友人の朝長新助純安《ともながしんすけすみやす》であった。

「新助は裏表がなく、誰に対しても驚くほどやさしく、虫さえ殺せぬほど慈愛に満ちた男です。また、その兄の（朝長）伊勢守純利《いせのかみすみとし》殿は、愛想笑いひとつしない堅物と評判ですが、生真面目さにおいては大村家臣団の中で随一でしょう。あの兄弟ならば信頼できると俺は考えます」

「純近がそう言うのなら、一度、話をしてみよう」


純忠の暮らす大村館は人目を引いて清阿派をいたずらに刺激してしまうので、朝長兄弟の暮らす屋敷を、純忠と純近が偶然を装って訪問した。朝長兄弟は、それ以前には純忠との直接の接点は特になかったので、突然の主君の訪問に驚いていたが、新助と純近が親しい友人であったことから、歓迎された。

「大村殿が、わざわざ我らを訪問してくださるとは、驚きました」

そう言って微笑する新助の表情も、声も、たしかに、やさしさに満ちている。小柄で柔和な顔立ちの新助は、いたいけな少女のようでもあった。純真さが共通するので彼が純近の友人というのも純忠は頷けたが、勇猛さも備えている純近と違い、たしかにこの新助は、人や獣はおろか、虫すらも殺せぬほど、やさしい性格であるように見える。

無駄のない動きで四人ぶんの座布団を手際良く並べる新助の所作は、気の利いた女房のようだった。そうした些細な行動さえも、義務感ではなく、不思議なほどの慈愛が感じられて、純忠は大いに感銘を受けた。

――さすが、純近の見込んだ男よ。純近同様、この新助も、間違いなく信頼できる人物じゃ。こんな貴重な人材が家臣団に埋もれておったのだな。

一方、兄の伊勢守は、主君を自宅に迎えているというのに眉根を寄せた気難しい表情で、「本日は、何用でござる？」と、むしろ迷惑そうだった。その反応も、純忠には、不思議と愉快に思えた。彼が純忠に取り入るつもりなら愛想笑いのひとつでも浮かべそうなものだが、真逆の反応だったからだ。

「俺は回りくどいことは苦手ゆえ、前口上は省くぞ。伊勢守、それに新助、これからの大村家臣団の中心として、純近と共に、俺を補佐してくれぬか」

純忠の言葉に、朝長兄弟は口を開けて、思わず顔を見合わせた。彼らは、それまで大村家臣団の中で特に要職にあったわけではない。大村の名門とされる朝長氏の中でも、本家筋というわけではない。彼らの反応は、半ば当然のことであった。

「大村殿、なにゆえ、そのようなお申し出を突然に？」

そう問い返した新助は、本当に困惑している様子だった。伊勢守のほうは、腕組みをして、いっそう眉根を寄せ、考え込んでしまっている。

「おぬしらと俺は、まだそんなに良く知らぬ間柄じゃ。だが、俺は純近のことは、いついかなる時でも信じられる。純近が、おぬしらなら間違いないと申しておるのだ。俺にとって、理由は、それだけで充分じゃ。この純忠、出自は有馬であるがゆえ、大村家譜代の臣たちから強い反発もあることは、おぬしらも承知の通り。だからこそ、俺には、過去の大村家臣団での地位や血筋よりも、今、無条件に信じることのできる者たちが必要なのだ。おぬしらが俺を信じてくれるなら、俺も人生を懸けて――いのちを懸けて――おぬしらを信じる。純近同様に、おぬしらを第一に考え、常に家臣団の中心に据えることを約束する」

純忠のまっすぐな訴えに心を動かされた様子で、新助は「大村殿……」と目を潤ませて、低頭した。兄の伊勢守は、瞑目したまま、しばらく考え込んでいたが、やがて目を開き、神妙に眉根を寄せたままで頷いた。

「大村殿がそこまでおっしゃるのなら、異存はござらぬ。我ら弱輩にそこまでの過分なご信頼を寄せてくださること、感謝の念に堪えません。この伊勢守、微力ではありますが、できる限りのことはさせていただきます」

新助も、兄に続いて「それがしも喜んで」と、何度も頭を下げた。

「そうか、かたじけない！　いや、良かった良かった！」

純忠が彼特有の無邪気さで少年のようにはしゃぐと、となりに座る純近が幸せそうに笑い、つられて、新助と、ついには気難しい伊勢守までも破顔した。四人は腰を浮かし、全員の両手をひとつに重ね、今後の協力を誓い合った。

今道純近に加えて、朝長伊勢守純利と朝長新助純安という忠臣を得た純忠であったが、不安材料は、軍事面での人材であった。大村家の再編を現実の課題として考えるまで、純忠も純近も意識したことはなかったのだが、人には適性がある。伊勢守と新助は事務方としては極めて有能であるもものの、いくさ場での働きは期待できない。朝長兄弟自身もそれを認め、申し訳ないと純忠に語った。

「我ら、政務においては、大村殿を全力でお支えしたいと存ずる。ですが、我らは、いくさは苦手じゃ。その点だけは、ご容赦願いたい」

そのように、気難しい伊勢守ですら、ひたすら恐縮していたし、いわんや、新助においては、今にも泣き出しそうなほどだった。

「それがし、どうしても人を斬ることができませぬ……大村殿、その点においては、お力になれず、申し訳ございません」

「伊勢守、新助、良いのじゃ。おぬしらには事務方として期待している」

そうは言ったものの、純忠が新たな大村家を束ねてゆく上では、いくさ場でも活躍できる人材が、純近以外にも、ひとりでも多く必要であった。ただし、大村家譜代の臣たちは、先代当主の兄である清阿を慕う者も多く、純忠に心からの忠誠を誓う確証がない。では、どうするか——ということについて、純忠と純近は頭を悩ませていた。

「伊勢守と新助は事務方としては比類なく有能じゃが、いくさ場では期待できそうにないな。純近、おぬしは、どう思う」

「勇名で知られた者は大村家臣団に何人かおりますが、そうした輩《やから》は皆、世代が我らより上であり、清阿殿と縁の深い者ばかりです。殿や俺のように、息子や孫も同然の若い世代と共闘してもらうのは難しいかもしれませぬ」

「おぬしの言う通りよ。では、どうするか——」

すぐに答えは出なかったが、ある日、いつものように遠駆けをしたついでに鳥甲山の摩利支天像にふたりで詣でていた時、軍神の助けを得たように、純忠が急に顔を輝かせた。

「おおっ、そうだ。純近、『宮村《みやむら》の黒鬼《くろおに》』は、どうじゃ？」

「『宮村の黒鬼』——でございますか。しかし、あの者は……」

主君の意外な提案に、純近は、すぐに返答することができなかった。

宮村の黒鬼——とは、大村領内の北端近くに位置する宮村という土地で、数年前、何人かの大人を素手で殴り殺した少年のことである。その名は、大村純種《すみたね》。大村家親族衆の一員であるため処刑はされなかったが、その危険さゆえに今も座敷牢に入れられている、という、いわくつきの人物だ。誰もがその存在を知りつつ、その名を語ることすら禁忌とされていて、大人が子供たちを叱る際、「そんな悪さをしておったら、『宮村の黒鬼』が、おぬしを攫いに来るぞ」と脅すことさえあるという。

「危険な男かもしれぬが、俺にとっては従兄弟にあたる。力を貸してもらえるかもしれないであろう」

思い立ったら止まらない純忠は、珍しく当惑する純近を連れて、その日のうちに宮村を訪れていた。宮村領主の大村純淳《すみあつ》は、純忠にとっては母の弟——叔父にあたる人物だが、ほとんど交流はないので、突然の甥の訪問に驚いていた。

「純忠か――宮村に現れるとは、どういう風の吹き回しか。おぬし、大村家臣団をまとめるのに苦労しておるようだな。儂《わし》は、清阿の兄者を支持する気持ちは変わらんが……協力して欲しいと頭を下げに来たか？」

「叔父上のお考えに干渉する気はない。ただ、純種に会ってみたい」

純忠の言葉に純淳は絶句し、そののち、呆れ声になった。

「あやつに会いたがる物好きが、栄正《ひでまさ》以外にもいようとはな。好きにすれば良い。連れて行くのも勝手じゃ。ただし、おぬしがあやつに殺されるなら、自業自得じゃ。清阿の兄者も、さぞや喜ばれるであろうな」

純淳の挑発に純近は怒りを覚えて前に出たが、純忠が手で忠臣を制した。

教えられた村外れの廃屋を訪れると、信じられない悪臭が周囲に漂っていた。純忠と純近が中へ入ると、いよいよ臭いは強くなる。採光窓から西陽が射し込む屋内には通路と座敷牢だけがあり、格子戸の前に長身で肩幅の広い、筋肉質の男が立っていた。その人物は純忠を見ると驚いた顔になり、膝をついた。

「大村純忠殿――でございますな。以前、お見かけしたことがござる」

「そういうおぬしは……」

「それがし、元は大村純淳が家臣、甲野栄正《こうのひでまさ》と申す者にござる」

彼らの会話に反応し、座敷牢の中から、獣が唸るような声がする。純忠が視線を格子戸の中に向けると、濃密な影の中に、黒々とした巨体が座していた。髪も鬚も何年も伸ばし放題であるらしいその人物こそが悪臭の主であり、おそらく、「宮村の黒鬼」なのであろう。表情は影になって見えない。

「純忠殿……我が従兄弟が……？」

身体は動かさずに、黒い影は座したまま、かすれた声で尋ねた。

「おぬしとは、従兄弟のよしみじゃ。俺に力を貸してもらえぬか、純種」

座敷牢の中では大村純種が、外では甲野栄正が息を飲むのがわかった。栄正は、その場に両手両膝をつき、純忠に頭を下げた。

「純忠殿、何卒、この者をお使いください。牢から出してやってください」

「なに……？　甲野栄正と申したな。なにゆえ、おぬしが嘆願する？」

「この者が牢に入っているのは、それがしのせいなのでござる」

純忠は純近と顔を見合わせた後、説明を求めた。栄正は、事情を語った。

大村純種は、宮村領主・大村純淳のひとり息子であり、甲野栄正は、純淳の家臣であった甲野栄龍《ひでたつ》の息子。同世代のふたりは、宮村の地で、幼馴染みとして成長した。よく喧嘩もしたが、仲が良かったからこそだ。そのまま大きくなれば、親子二世代の主従関係となりそうな良好な間柄であった。

純種と栄正がまだ十代前半であった十年ほど前、事件は起きた。

ある夜、栄正の暮らしていた甲野の屋敷が夜中に不意に騒がしくなり、松明《たいまつ》を持った大人たちが、家の中に何人も上がり込んできた。

誰かに「栄正、起きよ！」と身体を蹴られ、目を醒ますと、鬼のように恐ろしい形相をした大人たちが、寝床の中の栄正を見下ろしていた。

何が起きたのか、最初は、わからなかった。気がつくと、栄正のとなりには、血まみれの父・栄龍が仰向けに倒れていて、鍬《くわ》が枕元に転がっていた。栄正の手も着物も血に濡れていて、栄正は悲鳴を上げた。

「こやつは、父を殺した鬼の子じゃ！」

栄正は外へ引きずり出され、大人たちに包囲され、建築用の角材で滅多打ちにされた。栄正は巨体の純種との喧嘩が日常で、腕っぷしには自信があったものの、寝起きに武器を持った大人たちの暴行を受けては、抵抗する余裕はなかった。

このままでは殺される……そう栄正が覚悟した時だった。

「なにしとるんじゃ！　栄正を離さんか！」

駆けつけた純種が大人たちに殴りかかり、取り押さえられそうになりながらも、次々に跳ね飛ばした。気がつくと、純種の周囲には、血まみれの大人たちが転がっていた。

駆けつけた純淳と配下の者たちによって、純種と栄正は座敷牢に入れられた。だが、何人かの目撃者がおり、甲野栄龍を殺したのは栄正を「鬼の子じゃ！」と呼んだ人物であったことが、すぐに判明した。冤罪だとわかり栄正は赦《ゆる》されたが、純種は、栄龍殺害犯だけでなく、関係のない大人たちを何人も殴り殺してしまったので、牢から出すわけにはいかなかった。栄正は「自分を助けるためにやったことだ」と純淳に純種の恩赦も求めたが、純淳は聞き入れなかった。以後、尾ひれのついた「宮村の黒鬼」の伝説だけが、ひとり歩きすることになった。

栄正は、己の無力さが悔しかった。自分がもっと強ければ、あの時、大人たちを自力で撥ね除け、純種が殺人罪で囚われることもなかったのである。それについて、純種がいっさい栄正を責めなかったことも、罪悪感を強めた。

いつか自分が誰よりも強くなって、純種を助け出したい――その一心で栄正は身体を鍛え続けた。彼が槍の訓練にも力を入れたのは、角材で殴られた時に抵抗できなかった体験から、棒状の物の扱いに、もっと長けたかったからだ。

座敷牢の格子戸を破壊して純種を助け出そうと、何度思ったか、わからない。だが、そのつど、制止したのは純種自身だった。いつか純淳に赦されるまで、自分はここから出るつもりはない――そう言って純種は譲らなかった。

「信じてくだされ。純種は何も悪くない。すべては俺の責任なのじゃ。だから、純忠殿のお力で、どうかこの者を牢から出してやっていただきたく――」

泥まみれの床に頭をこすりつけて涙ながらに嘆願する栄正の肩に、純忠は静かに手を置いた。

「栄正、もう良い。わかった。おぬしらの絆に、俺は胸を打たれた。純種、それに、栄正、おぬしも――これより以後は、俺に仕えよ」

栄正の目に涙が溢れたが、座敷牢の中の黒い影は、まだ動かなかった。

「純忠殿、ありがたい言葉だが……。父上が俺を赦さぬ限り……俺は、ここから出られない……。そして、父上は、俺を決して赦さぬであろう……」

「叔父上は、おぬしを俺が連れ出しても良いと言ったぞ。叔父上も、そなたを誰かに赦して欲しかったのであろう。であれば、俺は、おぬしの罪を赦す。俺なら、それができる。叔父上が俺より清阿殿を推していることは承知しておるが、それでも立場上、叔父上は大村領主である俺の配下じゃ。俺が赦せば、叔父上が赦したのと同じことであろう」

「赦される……？　この俺の罪が……赦されるのか？」

純忠がうなずくと、巨体の黒い影は、身体を震わせて嗚咽《おえつ》を漏らし始めた。

純種と栄正を伴って純忠と純近が家を出ると、外には、純淳や村の者たちが遠巻きにこちらを見ていた。指を指しながら、何事を囁き合っている。中には、武器を手にしている者もいる。険しい表情で、純淳が歩み寄ってきた。

「純忠、我が息子と甲野の小せがれを、本気で連れてゆくのか？　そやつらの汚名を、おぬしが背負うというのか？」

「汚名などと思っておらぬ。心から信頼できる者たちさ」

「呆れた男じゃ……好きにせい！」

「喜んでもらえたと思っておこう。それより、叔父上にひとつ、頼みがある。風呂を貸してはもらえぬか。この男は、少し臭いがきつすぎるのでな」

純忠の言葉に純近と栄正が笑い、純種は困ったように頭をかいた。

大村界隈で「宮村の黒鬼」と恐れられていた大村純種と、純種が人を殺《あや》める原因をつくった甲野栄正を純忠が家臣の列に加えたことは、大村家譜代の家臣団、特に清阿派の者たちを悪いほうへ刺激した。

「あの悪名高き『黒鬼』を己の配下にするとは……純忠は正気か!?」

「栄正という男も、忌まわしい父殺しの嫌疑のあった男であろう？」

「いと哀れよな。純忠は、そんな外道《げどう》の連中しか頼る者がおらんのだろう」

彼らは陰口を叩き、口汚く罵っていたが、これまで純忠を罵倒するひとりであった大村純淳だけは、息子を家臣として登用した甥・純忠の悪口を言うことはなくなり、以後、中立に近い姿勢となった。

純忠は家臣団に呼びかけて主立った者たちを大村館に集めると、大村家の総務を取り仕切る「惣役《そうやく》」に朝長伊勢守純利を、家臣団の代表である「兄頭役《あにがしら》」には今道純近を任命すると発表した。また、純近、伊勢守と、朝長新助純安、大村純種、甲野栄正も含めて、合計十二人の老臣を家臣団の中心として指名した。この場合の「老臣」は「重臣」という意味で、必ずしも老齢というわけではない。純忠の指名した老臣たちは、それまでの重臣たちから大幅に若返り、大村家の代替わりの印象が強まった。

大村家譜代の臣や、大村氏、朝長氏など名門筋の要人を軽視し、大村純種、甲野栄正のようないわくつきの人物まで重用した純忠独断の人事に、当然ながら清阿派からは不満の声が次々に上がったが、彼らを沈黙させたのは、最後に発表された老臣の名だった。

「十二人目の老臣は——阿金法印《あごんほういん》」

純忠がその名を告げた直後、別室から阿金法印が颯爽《さっそう》と現れて、純忠の前に平伏した。清阿派の者たちにどよめきが生じ、彼らの顔は動揺に歪んだ。

多良岳の山頂近くにある名刹・金泉寺の住職である阿金法印は、その宗教的な立場だけでなく、文武に秀でた能力から、大村地方だけでなく近隣地域の誰もが崇敬する存在であり、先代当主・純前や清阿ですら、対等に話すことのできない相手だった。その阿金法印が純忠の老臣のひとりに加わったことの意味は、はかり知れなかった。

「なにゆえ、阿金法印が、有馬の小せがれめを応援するのだ……」

そう陰口を叩く者は、当惑のあまり、途方にくれていた。

きっかけをつくったのは、新たに惣役となった朝長伊勢守純利である。この生真面目な男は、純忠の下に再編される家臣団について何昼夜も費やして真剣に考えを巡らせた末に、純忠に具申した。

「それがし個人としては、大村純種、甲野栄正の両名も含めて、大村殿の選ばれた十一人に異存はござらん。ですが、この顔触れでは、清阿派の反発は強まるばかりでしょう。誰かひとり、清阿派への睨みを効かせる存在が要ります」

「伊勢守の言うことは一理あるが、そのように都合の良い者がおるか？　伯耆守らを追放した一件もあり、清阿派に近しい連中で俺に味方する者はおるまい」

「ただひとりだけ、心当たりがございまする」

「なに？　……誰じゃ、それは？」

「金泉寺住職、阿金法印——」

伊勢守の言葉に、純忠は、はっとさせられた。阿金法印とは何度か対面したことはあったが、それはあくまで、金泉寺の参詣者と住職との面会に過ぎなかった。大村だけでなく近隣まで広く名を知られた高僧を家臣団に引き込むというのは、まさしく苦肉の策ではあったが、名案であるように思えた。

「ただし、あの御方が引き受けてくれれば、ですが……」

伊勢守はそう付け加えたが、純忠は既に話を聞いておらず、「純近、ゆくぞ」と腰を上げ、その足で、さっそく多良岳へと馬を駆った。


多良岳は、大村のみならず、下地方一円を一望に見渡せる九州島北部でも指折りの巨峰である。かつて純忠が蟄居していた切詰城より少し高い中腹までは馬でも行けるが、途中からは徒歩になり、山頂まで辿りつくには一昼夜を要する。切詰城すら遥か眼下に見える天空の高みに、その頂は聳えている。

登り始めた翌早朝、ようやく山頂近くの金泉寺に辿りつくと、凛と澄み渡った朝靄の中、本堂の縁側に僧侶の正装で座した阿金法印が、純忠と純近を出迎えた。来客を待ち構えていた姿にも見えた。

「大村の若殿、それに、そちらは今道純近か——よくぞ参られたな」

「御坊。俺たちが来るのを、知っておったのか？」

「下界のことは、よく見ておるからの」

阿金に促されて本堂の中に入ると、そこには茶が用意されていた。

「今日は、御坊に頼みがあって参った」

例によって単刀直入に純忠が切り出すと、阿金は「引き受けた」と、すぐさま意表をつく返しをした。これには、さしもの純忠も絶句した。

「御坊……俺は、まだ何も言っておらんが」

「この阿金に老臣の列に加われ、と言うのであろう」

「……なぜわかった？　御坊は人の心を読めるのか？　法力というやつか」

好奇心を刺激されたように、純忠は目を輝かせ、身を乗り出す。

「大村の若殿が忠臣を連れてここへ来る理由は、ほかにないであろう」

阿金の言葉に、純忠は純近と顔を見合わせ、笑った。阿金も、そんなふたりを楽しげに見つめながら、いつもは厳格な表情を、ゆるめた。

「若殿——拙僧は見ておったのだよ。貴殿を……」

「ここへ来る山中を？」

「それもじゃが、貴殿が切詰城で暮らしておった日々じゃ。ここからは、よく見えるのでな。あのような境遇にありながら、貴殿は決して腐らず、日々の鍛錬を怠らず、いざ好機に恵まれた時には、電光石火のごとく道を切り拓いた。まだお若いが、貴殿はたしかに、当主としての資質に恵まれておる。この阿金、誰かに仕える気など毛頭なかったが、この殿ならば、と思ったのじゃ」

「御坊は、あの日々を見ておったのか……いや、それは気恥ずかしい」

照れ笑いを浮かべる純忠のとなりで、純近は、阿金の言葉に納得し同意するように、しきりに、うなずいていた。

「御坊。もしや、俺の近くに潜んでいたこともあるのか？」

純忠は、かつて山中で感じた「天狗の気配」を思い出し、尋ねた。

「さて……それは、どうかの。よくわからんが」

言葉を濁した、ということは、遠回しの肯定でもあった。切詰城で生活していた時代、山中で感じた気配は、阿金法印のものだったのだ。この高僧がそこまで自分を気にかけてくれていたことに、純忠は深い感謝の念を抱いた。

こうして老臣に加わった阿金法印の存在が要となり、大村家臣団は、いよいよ純忠の新体制で動き始めることとなった。清阿派の不穏な動きは依然としてあったものの、阿金法印の存在ゆえに少なくとも表立っての反抗は消え、ひとまず内憂は解消された。

第二章　軍神と、家臣と、いくさの日々と

大村は、「琴の海」と呼ばれる内海（大村湾）の東側の土地で、多良岳の巨大な峰の西側の裾野に広がる肥沃な土壌である。作物に恵まれる豊かな風土と、下地方の陸路を南北に結ぶ交通の要衝にある立地条件から、大村の地を我がものにせんと欲する周囲の領主は多かった。

純忠が蟄居しているあいだ、大村家には清阿派と純忠派の対立があり、そのそれぞれが近隣領主と外交していた。近隣領主としても、どちらの派閥が優位となるかで交渉材料が変わるため、そのように大村家の家中が定まらない状態によって、今までは皮肉にも、いくさを回避できていた面はある。

だが、純忠が大村館に帰還して新体制を確立したことが下地方に知れ渡ると、この若き領主から大村を奪わんとする近隣の領主たちが頻繁に来襲し、いくさ続きの日々が始まることとなった。

純忠の中で、何よりも大切なのは、本拠地の大村を守ること――。

それを重んじるのは、実父と義父の両方から託された使命だからだ。

「勝童丸、おぬしは大村へゆけ。彼の地は、おぬしに任せたぞ」

他者には頼むのではなく命じることしかない実父・有馬晴純が、幼い純忠に、あえて、そう頼んだのだ。その言葉の重みは感じていたし、成長するにつれて、より重みは増した。

「純忠――大村家は、おぬしに託した。くれぐれも、よろしく頼んだぞ」

実子である又八郎を武雄に送り出した義父・純前のその言葉は、より切実だった。純忠としても、「又八郎の代わりに、自分が大村を託されたのだ」という後ろめたさがあり、だからこそ、大村を守る責任感は、とても強い。純忠が当主となったがために大村家が大村の支配を失うようなことがあれば、武雄に去った又八郎に、とても顔向けできない。

何があっても、自分は大村を守る――ずっと、そう思って生きてきた。この大村の地は、今や、生まれ故郷・有馬以上に特別な意味がある。純忠としては、大村を守ることが最優先事項なので、領土の拡大をみずから望んだことはない。領内の叛乱は鎮圧し、外部からの敵襲があれば全力で戦い、追い返すが、敵国の領内まで深追いはしないし、ましてや自分から近隣諸国に攻め込むことはない。領土の拡張は、外敵と隣接する戦線の拡大につながるからだ。

蟄居する前、家督を継いだ直後の純忠が外敵に攻められていたら、ひとたまりもなく滅ぼされていたかもしれない。だが、今道純近を始めとする忠臣たちで周囲を固めた現在の純忠は、少々の敵襲では揺らがなかった。下地方最強の大名である有馬晴純を父に持ち、元々、文武の資質には恵まれている。さらに、純忠の背中を押したのは、軍神・摩利支天への信仰であった。

又八郎との「天狗の夜」以前から、純忠は、鳥甲山の摩利支天を何度も詣でていた。時間はかかったが、結果として、謀反人たちを追放し大村家の実権を回復できたのは、摩利支天のご加護があると純忠には感じられた。そのため、純忠は、第一の忠臣・今道純近をはじめとする近臣らには、いくさの前には必ず自分と一緒に摩利支天を詣でることを義務づけていた。

「皆の衆、良いか！　我らには軍神・摩利支天がついておる！　よって、我が軍が負けることはない！　こたびのいくさも、大勝利、間違いなしじゃ！　我が大村は何者にも陥《お》とさせぬ！」

摩利支天の像の前で純忠が吠えると、純近ら近臣たちが鬨《とき》の声を上げて応じた。摩利支天の像が何かを応えることはないものの、彼らを応援してくれていると、純忠たちは信じて疑わなかった。

己の資質と周囲の人材と時運に恵まれた者が、揺るぎない信念を持った時、それこそ神がかったほどの勢いを味方につけることがある。大村領内の各地、特に辺境で地方領主が叛乱を起こすことがしばしばあったが、純忠軍は、どんな叛乱も、たちまち鎮圧した。また、侵入してきた外敵は順番に撃退し、大村の守りが鉄壁であることを——大村家は、純忠の体制では先代の時代以上に盤石《ばんじゃく》であることを——周辺諸国に示し続けた。

こうしたいくさ続きの日々の中で最大の功を立てたのは、かつて「宮村の黒鬼」と畏怖されていた大村純種《すみたね》と、父殺しの汚名を着せられていた甲野栄正《こうのひでまさ》のふたりである。純種は、黒駒に乗り、鉄製の棍棒で次々と敵を跳ね飛ばし叩き潰す。栄正は、白駒を駆り、長槍で敵軍を薙ぎ倒す。ふたりは常に純忠軍の先陣に立ち敵軍を見る間に壊滅させ、その勇名は近隣地域に広まり、彼らの汚名は、そそがれつつあった。

純忠は、この二将を呼び出し、彼らの功を特別に讃えた。

「純種、おぬしは、もはや『宮村の黒鬼』ではない。これからは『大村の黒虎《くろとら》』で良かろう。そして、栄正、おぬしは、さしずめ『大村の白龍《はくりゅう》』じゃな」

純忠は家臣たちに、いくさ場で「大村の黒虎」、「大村の白龍」の異名を広めるように命じた。彼らの本質を言い表したこの異名は純忠軍だけでなく敵軍のあいだにもすぐさま拡散し、敵軍は「黒虎」、「白龍」の名を聞いただけで恐れをなして逃げ出すことすらあった。

この命名は、純忠から彼らへの愛情でもあった。かつての「宮村の黒鬼」という忌まわしい異名は、純種にかけられていた呪いである。そこに「大村の黒虎」という新たな異名を与えることで、純忠は純種の呪縛を解き、救済した。

また、純忠が栄正を「白龍」と称したのは、栄正の父が栄龍《ひでたつ》という名であったことに由来する。父を殺され、父殺しの嫌疑をかけられた栄正の異名の中で「龍」（父・栄龍）を生かすことで、純忠は栄正にも救済を与えたのである。

かつて、「時の牢獄」に囚われていた純忠には、純種と栄正の今までの苦しみが、よく理解できた。だからこそ、純忠は、我がことのように彼らを想い、救済した。それにより、この両名の純忠への忠誠は揺るぎないものとなり、ふたりは大村家臣団の支柱として、いくさ場での功を立て続けた。

いくさ場では、純種と栄正がいる。政務においては、伊勢守と新助が。そして、常に側近として控える純近もいる。役割に応じた適材が適所に配され、純忠の体制下で大村家臣団は、先代以上に安定感を増しつつあった。

外敵からの侵攻を次々に撃破しながらも決して深追いせず、みずからは近隣諸国に攻め入ろうとしない純忠の当主としての資質に惹かれる地方領主も出始めていた。純忠としては、大村の守りを犠牲にしてまで敵地に攻め入って領土を拡大するつもりはないものの、近隣領主が臣従したいと言ってくる場合には、それを受け容れるのに、やぶさかではなかった。近隣領主が配下に加われば、そのぶん、大村の守りの層が分厚くなるからである。

先代当主・純前の時代には、「琴の海」東側の大村平野だけが大村家の領土であった。純忠が当主になってから、「琴の海」の北東から北西にかけて広がる東彼杵《ひがしそのぎ》地方の領主たちが、純忠に次々に臣従した。彼らの多くは、純忠に一度か数度、いくさを仕掛けたものの、敗れた者たちである。彼らは敗戦時には死を覚悟したが、純忠が深追いしなかったおかげでいのちを拾い、その恩義もあって、純忠の軍門に下った。

そうして支配が拡がれば、対処すべき問題も増える。新しい支配地域の辺境でもしばしば抵抗勢力が蜂起したが、それらの中に純忠が手を焼くほどの強敵はおらず、いずれも、難なく鎮圧できた。

純忠の勢力が増すにつれて、清阿派は、どんどん肩身が狭くなり、やがて清阿が逝去すると、旧勢力は、自発的に一線を退いていった。純忠への臣従より隠居を選んだのは、彼らのせめてもの意地であろうか。清阿派の自然消滅は、家臣団の団結をいっそう強め、純忠の領国支配は、いよいよ盤石となった。若き当主・純忠の資質に異を唱える者は、今や誰もいなかった。

「大村殿は、いくさの天才じゃ。なんと言っても、殿には軍神・摩利支天のご加護があるし、『黒虎』と『白龍』を従え、おそばには純近も常に控えておる。大村殿こそが、軍神の化身なのかもしれぬ。あの仙巌老《せんがんろう》をも、いつか凌ぐやもしれんぞ」

仙巌――とは、純忠の実父・有馬晴純の出家後の法名である。有馬晴純は、純忠が蟄居していた時期に嫡男の義貞《よしさだ》（純忠の実兄）に家督を譲り、形の上では隠居していた。とは言え、当主・有馬義貞以上に「有馬の仙巌老」の存在のほうが巨きく、その名前だけで近隣諸国を従えるほどの威光があった。

「いかにも、俺には摩利支天のご加護がある。だから、負けぬのじゃ」

その言葉を裏づけるかのように、純忠は、とにかく、どんないくさにも負けない領主だった。実父が「勝童丸」という幼名に期待を込め、「不敗の将となれ」と命じた通り、いくさに勝ち続けた。純忠にとって領土の拡大は目的ではないものの、勝ちが重なるにつれて、結果的に、純忠の支配領域は拡大していった。そうして版図を広げ続ける純忠の下には、ひと癖も、ふた癖もある、各地の領主級の有力武将たちも集まり始めていた。

外海と「琴の海」を結ぶふたつの海峡（針尾瀬戸《はりおせと》と早岐瀬戸《はいき》）に挟まれた針尾島を根城とする海の荒くれ者集団・針尾水軍は、海戦では無敵とまで称される。その針尾水軍の将・針尾伊賀守《いがのかみ》は、純忠の領土拡大が針尾島に近づくと、先方から臣従してきた。

「我ら針尾水軍、大村殿と事を構える気はござらん。いつでもお味方いたす。我が水軍の力が必要であれば、どうかご随意に、お使いいただきたい」

針尾伊賀守は、それこそ針のように細い目をして、少しも笑わない、油断のならぬ印象の男である。いかにも腹に一物ありそうで、裏表のない純忠としては苦手な相手だが、下地方にその名を知られた針尾水軍の臣従を、あえて拒む理由はなかった。

針尾水軍を配下に加えたことで、純忠の領土は東彼杵地方から針尾島を超えて、さらに西側へ――「琴の海」西側（大村の対岸）である西彼杵《にしそのぎ》半島にも及んだ。西彼杵半島と外海の島々は、針尾水軍とは根深い敵対関係にある小佐々《こざざ》水軍の領土である。

「大村殿がお命じ下されば、小佐々水軍を滅ぼして御覧に入れます」

針尾伊賀守は、みずから、そう純忠に申し出た。あるいは、それこそが彼のねらいであり、宿敵・小佐々水軍を撃滅するために、針尾伊賀守は、純忠に臣従したのかもしれない。だとすれば、やはり、油断のならない男だ。

純忠としては、領土の拡大は目的ではない。小佐々水軍と領土目当てで戦うつもりはないので、できれば友好的な関係を結びたい旨を先方に書状で伝えると、小佐々水軍の将・小佐々純俊《すみとし》から意外な返信があった。

「我ら小佐々水軍、針尾とは長年敵対してきた間柄なれど、針尾を従え、なお、我らに交誼《こうぎ》を結ばんと言われる大村殿の人柄に、大いに感銘を受けり。我ら、針尾との因縁は忘れぬが、許されるなら、大村殿にお味方したくそうろう」

小佐々水軍からのこの申し出には、大村家臣団の誰もが驚いた。針尾伊賀守は「大村殿、これは罠じゃ。拒まれよ」と、猛反発した。

「もし罠であれば、その時こそ、小佐々を滅ぼせば良いであろう。臣従したい、と言ってくれている者たちと争うのは、おかしい」

純忠のその意見にも、「大村殿は甘い！」と、針尾伊賀守は不満を隠そうとはしなかったが、純忠から「ならば、おぬしが我らの敵となるか？」と言われると、さすがに沈黙した。純忠を敵に回し、小佐々水軍が純忠方につけば、針尾島は東西から攻められる形となる。海戦だけであれば、針尾水軍は誰にも負けないかもしれない。だが、小佐々水軍と死闘して消耗したところに、純忠軍が針尾島に上陸すれば、勝機はない。針尾伊賀守にも、それはわかる。

「大村殿がそこまで言われるのであれば、致し方ない。お好きになされ」

こうして、長年の宿敵同士である針尾水軍と小佐々水軍が相次いで純忠の配下に加わるという、誰も予想しなかった事態が実現した。針尾伊賀守は、小佐々を嵌めようとしてみずから策に嵌まってしまった形である。

ただし、一件落着とは、とても言えない。針尾伊賀守は小佐々水軍への敵意を隠そうとしなかったし、小佐々純俊のほうでも、針尾の悪口を公言し、はばからなかった。純忠という重しの存在で、両者はかろうじて危うい緊張状態を保っているものの、ひとつ間違えば、すぐさま宿敵同士に戻るであろう。そのように、家臣団の中に敵対勢力が共存する、というのは、大村家の支配が及ぶ範囲が拡大したからこその弊害で、純忠としては、複雑であった。

あくまで大村を守ることが純忠の第一目的であり、領土が拡大したがために大村の守りが疎かになるようであれば、本末転倒なのである。

西彼杵半島は「琴の海」西側の陸地で、その南端から南西方向へと外海の中へ突き出ているのが長崎半島である。長崎半島は、深堀港《ふかぼりこう》を拠点とする深堀水軍と呼ばれる海賊の根城であり、この海賊は、長崎半島の複数の港を武力で支配し、外海を行き交う船から略奪を繰り返していた。

以前、純忠の領土は長崎半島から遠く離れていたが、「琴の海」の北から西へ——西彼杵半島まで領土を拡げた結果として、長崎半島も近隣地域となり、深堀水軍の存在も今では視野に入れておく必要があった。西彼杵半島北部と外海の島々を領土とする小佐々水軍は、この深堀水軍とも定期的に衝突している。小佐々水軍が純忠配下となった今や、深堀水軍は、純忠の敵なのだ。

純忠の本拠地である大村と、故郷・有馬のある島原半島の中間に、伊佐早《いさはや》（諫早）と呼ばれる地域がある。伊佐早を支配する領主・西郷純堯《さいごうすみたか》は、地名のまま「伊佐早」の通称で呼ばれている。この伊佐早の西どなりが長崎半島であり、長崎半島の支配者である深堀純賢《ふかぼりすみまさ》は、伊佐早・西郷純堯の実弟でもある。

伊佐早・西郷純堯と、長崎半島の深堀純賢は、形の上では、純忠の実父・仙巌の配下ではあるのだが、伊佐早は大村領への攻撃を繰り返していた。たとえ仙巌の配下ではあっても、大村家の婿となった純忠の配下ではないので、大村は奪えるものなら奪いたい、というのが伊佐早の理屈である。戦国の世は力のある者が勝つ熾烈な競争社会なので、仙巌としても、伊佐早の大村攻撃を止めることはできない。もし仮に伊佐早が仙厳に逆らうなら全力で叩き潰すが、仙厳への服従は貫きつつ——なので、仙厳としても、それ以上の干渉はできないのである。

伊佐早の弟・深堀純賢にしても、同じである。深堀が仙厳に逆らうことはないが、仙厳の子である純忠に無条件に従うほど、深堀水軍は従順ではない。むしろ、隙あらば小佐々水軍を滅ぼさんとしているのは明らかであった。

長崎半島は大村と隣接していないので、そこでの厄介事まで背負い込むつもりは、純忠には、正直、なかった。あくまで、小佐々水軍に任せる。もし小佐々が援けを必要としているなら兵を派遣しなくてはならないが、針尾は小佐々を援けたくないだろうから、どうするか——と、悩んでもいた。

そんな最中、長崎半島に領地を持つふたりの武将が、純忠の元を訪れた。

ひとりは、純忠よりやや背が高く、涼しげな顔立ちをしていた。彼は、長崎半島の港町のひとつである長崎の領主・長崎純景《すみかげ》。もうひとりは、長崎港の北西に隣接する福田浦という港町の領主・福田兼次《かねつぐ》。兼次は純忠より背が低く、愛嬌のある顔立ちをしていた。ふたりとも純忠や純近と同世代のまだ二十代前半で、その点で初対面ながら親近感を抱いた。

予期せぬ来訪者ふたりと、純忠は、大村館の広間で向かい合った。

「長崎半島の港町の領主である貴殿らが、本日は、俺に何用じゃ？」

純忠には薄々と察しはついていたが、とりあえず、そう尋ねた。

まず口を開いたのは、福田兼次であった。

「大村殿もおそらくご承知の通り、我ら長崎半島の港町は、ずっと深堀水軍に支配されてきました。深堀が我らを外敵から守護してくれるなら、まだ良い。ですが、長崎半島には、そもそも外敵などいないのじゃ。我らは、ただ、深堀から不当に搾取されるだけでござる。ゆえに、我らは願った――」

そこで唐突に、長崎純景が口を挟んだ。

「――大村殿に、我らの外敵になっていただきたい」

結論だけ奪われて福田兼次は驚いた顔になったが、長崎純景は、それが自然なことであるように、涼しげだ。女を口説いているかのように、その決めすぎた表情を見ると、純忠は頬をゆるませ、思わず笑いそうになった。

「俺に外敵になれと？　……どういうことぞ？」

純忠がふたりを見比べると、また福田兼次が説明した。

「大村殿が敵国に侵攻しない噂は聞いておりますが、我らが領土である福田浦と長崎に、あえて侵攻していただきたいのです。我らから進んで大村殿に臣従した形を取ろうものなら、深堀水軍の猛攻を受けるでしょう。ですが、大村殿に征服されたのであれば仕方ない。ゆえに、我らは願った――」

そこでまた、長崎純景が口を挟んだ。

「――大村殿に、我らを征服していただきたい」

肝心のところだけ言葉を奪われて福田兼次は非難する目で同行者を睨んだが、長崎純景は、どこまでも涼しげな顔で、純忠を見ていた。純忠は、今度は声を立てて笑った。このふたりのことが、なぜだか愛らしく思えてきた。ずっと昔から、このふたりのことをよく知っていたような錯覚すら生じた。

「面白い申し出じゃな。他国への侵攻はせぬ主義じゃが、そういう希望なら、考えてみようか」

ひとまず、その場では保留したが、純忠の心としては、長崎純景、福田兼次という両名を自分の配下に加えたい気持ちが強かった。純忠は老臣たちを集めて方針を決定し、小佐々純俊に、福田浦と長崎への侵攻を命じた。

侵攻――とは名ばかりで、元は、領主である福田兼次、長崎純景自身が望んだことである。当然ながら無血占領の形となり、純忠は労せずして福田浦と長崎のふたつの港を手に入れたことになる。

ただ、そこからは予想できた展開であるが、深堀港から深堀水軍が出撃し、福田浦と長崎に総攻撃を仕掛けてきた。この攻撃は、福田兼次と長崎純景らの独自の戦力では防げなかった規模だったが、小佐々水軍と純忠の援軍の力で、撃破することに成功した。特に、一瀬口《いちのせぐち》と呼ばれる場所での合戦では、純忠が派遣した「白龍」甲野栄正が鬼神のごとき活躍を見せて、深堀水軍に決定的な打撃を与え、退却させた。この時の絶大な功績により純忠は甲野栄正に「一瀬《いちのせ》」の名を授け、甲野栄正は以後、一瀬栄正となった。

福田浦と長崎が純忠の領土に加わったことを祝して、純忠は、配下の武将たちを多く引き連れて、長崎を初めて訪れた。長崎は、四方を山に囲まれた小さな港町で、長崎純景の屋敷は、港を見下ろせる山手にあった。

「大村殿、貴殿のおかげで、我ら、長年続いた深堀の支配から逃れることができた。心より、感謝申し奉る。今後の我らは――」

福田兼次がそこまで言ったところで、長崎純景が引き継いだ。

「――大村殿に忠誠を誓いたいと存ずる」

なぜ、その言葉を奪う――と、福田兼次は不満げな表情を見せたが、怒っているわけではなく、むしろ好意のある笑みすら口元に浮かべていた。長崎純景は、どこまでも涼しげで、純忠に対して、こんなことも言った。

「大村殿は、いつも、まっすぐじゃな。そういう御仁は、俺は嫌いじゃない。貴殿のためなら、俺は、いのちを懸けても惜しくないな」

うそぶきながら、長崎純景は、自分の言葉に酔っているかのように目を閉じた。海風のように飄々として、空をゆく雲のように自由な雰囲気の男だ。そんな純景を見て苦笑しながら、福田兼次も、晴れやかな顔をしていた。

その夜、純忠一行は、初めて訪れた長崎の地で、長く記憶に残るほど盛大な宴を催した。港を見下ろせる純景の屋敷の広間で料理と酒が饗され、純忠自身も得意の謡《うた》と舞いを披露した。そうした場に欠かせない人材である、宮原常陸介純房《みやはらひたちのすけすみふさ》も、純忠に合わせて謡い踊った。

「常陸介、次は『二人静』じゃ。共に舞おうぞ」

「おう、殿。もちろん、喜んで」

宮原常陸介純房は、いくさや事務方には向いていないが、謡や舞い、あるいは書や絵画の才能では突出した才能があり、大村家臣団の中で、そうした話を純忠とできる唯一の相手として重宝されている存在である。

純忠と常陸介が楽しげに謡い踊るのを、忠臣たちは、「大村殿——」、「常陸介——」と掛け声で囃し立て、手拍子をしながら、時間を忘れて夜通し騒ぎ続けた。

常陸介と踊りながら、純忠は忠臣たちを見回していた。事務方の朝長伊勢守純利と朝長新助純安、それに、金泉寺の阿金法印は大村に残してきたが、純忠のいちばん近くには、第一の忠臣である今道純近が、当然のごとく控えている。大村家臣団屈指の猛将として知られる「黒虎」大村純種、「白龍」こと甲野改め一瀬栄正、それに、新たに家臣団に加わった長崎純景と福田兼次——。

家臣たちの末席にある空席に、純忠は又八郎の幻影を見て、少しだけ動揺した。だが、その幻影はすぐに消え、元の楽しい時間が戻る。又八郎を失った根深い心の傷も、誇るべき家臣たちのおかげで、確実に癒されつつあった。

「純近、今の大村家は、おぬしとふたりで始めたようなものじゃが……気がつけば、ずいぶん同志が増えたものよな」

長崎の旨い地酒に酔いながら、純忠は、純近の肩を親しげに抱いた。純近は、たまらなく幸せそうに微笑した。

「今後、どれだけ同志が増えようとも、殿をいちばんに想うのは、それがしでござる。殿、そのことは、どうかお忘れなく」

「わかっておる。おぬしは永遠に、我が第一の忠臣じゃ！」

そんなふたりを見て、純種が、おかしそうに笑う。

「殿と純近のあいだには、誰も入れぬようじゃな」

「純種――そう言うが、おぬしと栄正も」

すぐさま純近が言い返すと、慌てて栄正が否定した。

「純近、誤解するな。俺と純種は、そういう関係ではない」

どういう関係じゃ――と、一同は大笑いする。

そんな中、感慨深げに語ったのは福田兼次だ。

「今宵、このように楽しい時を迎えられるとは、我ら、夢にも思っておりませなんだ。これまでずっと深堀に支配されておりましたゆえ、このような自由を味わうのも実は初めてなのじゃ。信じられませぬが、これもすべて――」

「――大村殿のおかげじゃ」

決め台詞だけ長崎純景が奪って、兼次は、「純景！　どうして、おぬしは、そうなのだ――」と拳を振り上げて見せたが、顔は笑っている。この場の誰もが、楽しくて仕方がない様子だ。そして、常陸介が、また腰を上げる。

「まだ夜は長い。殿、そろそろ次の謡を舞いましょうぞ」

「常陸介、良かろう。時は尽きぬ。今宵は永遠ぞ――」

純忠の人生で、それほど楽しい夜は、かつてなかったし、今後もないかもしれない、と思えるほどの「長崎の宴」であった。この夜を共にした者たちは、以後、大村家臣団の中では、ひときわ特別な絆で結ばれることとなる。

本拠地・大村から「琴の海」に沿って北、西、南と支配権を拡大した純忠は、長崎までの土地を傘下に治めることになった。「琴の海」の周囲一円を領有していることになる。先代当主・純前の時代と比較すれば、大村家の領土は十倍以上に拡大し、今では有馬を本拠地とする実父・仙巌の勢力にも比肩しうるほどであった。ただ、これは純忠が望んでいた事態ではなく、たまたまそうなったのであり、むしろ、近隣諸国との戦線の拡大は懸念材料である。

先代当主・純前時代の大村領は、東の多良岳と西の「琴の海」に守られ、敵襲については、南の伊佐早と北の東彼杵だけを警戒すれば良かった。ところが、東彼杵から西彼杵半島、さらには長崎半島まで領土が拡がると、長崎半島の雄である深堀純賢、さらに、北西の平戸地方を拠点とし「肥州《ひしゅう》」（肥前守《ひぜんのかみ》）と呼ばれる松浦隆信《まつらたかのぶ》、そして、北東の武雄を拠点とする後藤貴明《たかあきら》（かつての義弟・又八郎）とも領土を接し、彼らからの侵攻を常に警戒する必要が生じたのである。これに南の伊佐早・西郷純堯も加えた四人の近隣領主が、純忠の主立った敵と言って良いだろう。敵――と言っても、純忠から彼らを攻めるつもりはなく、むしろ友好的な関係を結びたいと書状で働きかけている。が、先述の四人の近隣領主は、急速に勢力拡大した純忠に心を許さず、残念ながら、友好的な関係は結べそうにない。

特に、武雄と隣接する東彼杵を純忠が領有したことは、望まずして、後藤貴明をいっそう挑発してしまうことになった。

「おのれ純忠――。大村のみならず、武雄までも俺から奪うつもりか！」

貴明がそのように憤激している、という話は、大村にまでに届いた。

純忠としては、かつての義弟とは、できれば戦いたくない。何度も貴明に和睦を持ちかけたが、派遣した使者の首が送り返されてくることさえあった。純忠の知る又八郎は、そのように過激な行動をする男ではなかった。純忠自身は、又八郎と過ごした頃から自分は何も変わっていないつもりだ。しかし、後藤貴明となって以降の又八郎のことは、ほとんど何も知らない。純忠の知らない数年間に、又八郎の性格を変える何かがあったのであろうか。

武雄と大村のあいだには複数の山嶺が連なっているが、東彼杵地方には、比較的、通過しやすい山道がある。東彼杵地方を領有したことで、純忠は、貴明の侵攻を定期的に受けることとなってしまった。

戦場で初めて相見《あいまみ》えた時、純忠は、貴明の近くまで馬を進めた。怒号が行き交い槍の応酬がされている両軍越しに、かつての義弟のほうへと純忠は吠えた。

「又八ぃ――退け！　このいくさ、おぬしの勝ちはない！　故郷・大村を攻めるのは、やめろ！　おぬしとは戦いたくないのだ！　なぜ、わからぬ！」

「その名で俺を呼ぶな！　今の俺は、武雄、後藤の貴明――だが、大村は元々、我がもの。それを貴様が奪ったのだぞ――純忠ぉ！」

　貴明が純忠の名を叫んだ時、両軍の動きが鈍り、戦場が一瞬、静まり返った。貴明の声には強い恨みの響きがあり、それでいて氷のように冷たく、般若《はんにゃ》のごとき憤怒の表情は、かつて純忠を「兄者」と慕っていた又八郎のそれとは別物だった。彼の目に宿る憎悪の光は、戦場で決して怯むことのない純忠をも、たじろがせるほど苛烈なものだった。それは恐怖ではなく、どうしてこうなってしまったのか――という、自分たちの運命への当惑だ。いくさ場で純忠の気持ちに迷いが生じるのは、初めてのことだった。

「敵軍を蹴散らし、武雄まで押し返せ！　だが、貴明は殺すな！」

　異例の命令に、純忠軍には躊躇が生じた。「黒虎」大村純種や「白龍」一瀬栄正らの活躍で貴明軍を圧倒していたが、敵の大将を殺すな――という命令が、兵士たちの攻撃の切っ先を鈍らせているのは明らかであった。

「殺すな――だと？　殺せるものなら、殺してみろ！」

　そう叫びながら、刀を掲げた貴明の騎馬が、純忠軍に突っ込んでくる。純忠軍の攻撃の迷いを突いた形である。殺意を剥き出しに突撃してくる貴明の姿を見た時、純忠の心には戦意も敵意も湧かず、刀を掴むことさえなかった。

　そんな貴明の姿は現実とは信じられず、純忠は、ただ悲しかった。

　――又八、俺の知らない数年間に、いったい何があったというのだ？　何がおぬしをそこまで頑なにした？　おぬしは、本当に、あの又八郎なのか。あの又八が何らかの理由でここまで俺を憎むのなら、いっそ、このまま殺されてやるべきなのか……。

危険な考えが、脳裡をよぎる。もし戦場に他の者がいなければ、純忠は本当に、貴明に刺されるがままに殺されていたかもしれない。

だが、貴明の刀は、純忠に届く前に、栄正の長槍に叩き落された。続いて、純種が棍棒で貴明の馬を押さえ、力ずくで向きを変えさせ、尻を強打して、武雄の方向へ逃走させた。貴明を乗せた馬が逃げ出したことで、貴明軍も一斉に退却を始めた。それを追撃しようとする純忠軍を制止したのは、いつもと違い純忠ではなく、となりに控えて主君を護衛していた今道純近であった。

「追撃はするな！　戦いは終わった――」

貴明軍をひとまず撃破したものの、戦いは終わった――と思った者は、おそらく、ひとりもいなかったであろう。貴明が純忠に向ける恨みの苛烈さを思えば、これで両者の戦いが終わるとは、とても思えないのだ。勝利したのは純忠軍だが、大村へ引き返す彼らは、敗軍にも似た雰囲気に包まれていた。

純近も、他の家臣も、馬上で悄然とうなだれる純忠には、かけられる言葉がなかった。純忠にとっての後藤貴明の存在の巨きさと、ふたりの因縁の悲劇を思う時、誰もが、やりきれない気持ちになっていた。

その後も、後藤貴明は、兵力を蓄えては、何度でも大村へ襲来した。あたかも、それが己の使命だと信じて疑わないかのように。純忠が彼の前に膝を屈するその日まで、貴明にあきらめる意思がないことは明白であった。

純忠は常に、自軍に「貴明を殺すな」という命令を徹底していた。それと対照的に、貴明のほうでは、正反対の命令を自軍に与えていた。

「ねらうは純忠の首ひとつじゃ！　純忠だけをねらえ！」

貴明のその命令は純忠軍にも伝わり、純忠を絶望させた。純忠にとって貴明は、今でも、愛すべき義弟・又八郎なのだ。かつて自分を他の誰よりも愛してくれたあの又八が、今では自分の死を何よりも望んでいるというのは、悪夢としか言えない現実であった。

敵の大将・純忠を殺すことだけを全軍が最優先している貴明軍と、敵の大将・貴明を殺してはならない純忠軍では、攻撃の勢いが違う。純忠軍と貴明軍の戦闘において、士気が高いのは、常に貴明軍である。それでも純忠軍がいつも勝利するのは、両軍の戦力の差であろう。相手と戦いたくない純忠軍のほうがいつも勝ってしまう、という事実が、この悲劇を、さらに根深くしていた。

もし貴明軍のほうが強ければ、どこかで純忠軍は撃破され、純忠は殺され、悲劇は終わっていただろう。だが、純忠が必ず勝ってしまうから、いつまでも、この悲劇を終われないのである。

「又八――いや、貴明。大村を攻めるのは、もうやめてくれ！」

戦場で、純忠が何度そう貴明に懇願したか、わからない。

勝者が敗者に懇願するなど、前代未聞だろう。

だが、貴明の答えは常に変わらなかった。

「俺がおぬしを滅ぼす時まで――戦いは終わらんぞ、純忠！」

たしかに、純忠は、養子でありながら、先代当主の嫡男であった又八郎の代わりに大村家を継いだ。最後に見た時の又八郎の瞳には、恨みの感情もあった。だが、それは、ふたりの運命への恨みであったはずで、かつて自分を愛してくれた義弟が自分をそこまで憎悪することが、純忠には理解できなかった。

どうしても納得できなかったので、貴明が自分を異常なほど恨む理由について、純忠は武雄に何人か人を遣り探らせた。旅人を装って噂を収集した者たちの報告によると、かつて純忠に追放された大村伯耆守と朝長新左衛門尉が率先して純忠の悪口を貴明に吹き込み、貴明や配下の者たちのあいだには、事実とは大きく異なる、「歪んだ純忠像」ができてしまっているのだという。

「先代の大殿は、本当は、後藤殿——当時の又八郎様に家督を継がせたかったのじゃ。又八郎様は、嫡男だから、それは当然のことじゃろう」

「それをあの純忠めは、大殿が病床にあるのを良いことに、もし自分が家督を継げぬなら有馬の父に頼んで大村を攻め滅ぼすと、脅したのじゃ」

大村伯耆守、朝長新左衛門尉がそのように語っているらしい、という報告を受けた純忠は、立ち上がり、「たわけたことを抜かすな！」と、報告者に怒号を放つほど頭に血が昇ってしまった。純忠を切詰城に幽閉して大村家の乗っ取りを画策していたあの両人が、追放された後も、純忠を陥れるそのような姑息な策略を巡らしていたことが憎らしかった。もし両名が、その時、目の前にいれば、何の躊躇もなく、純忠は首を刎ねていただろう。追放するのではなく、あの時に斬り捨てておくべきだった――と、純忠は悔いた。

さらに純忠にとって間の悪いことに、武雄に送り込んだ者のひとりが貴明に捕まった。拷問を受けたその者が、純忠の命で武雄を探っていたことを白状すると、貴明は、さらに純忠への憎悪の念を強めた。

「最初から、すべて純忠が仕組んでおったのじゃ……。あやつは俺を裏切り、父上を裏切り、大村を乗っ取った……。純忠、断じて赦すまじ！」

貴明がそのように語っている話を伝え聞き、純忠は絶望した。

この期に及んで、「すべて誤解じゃ、又八郎」と戦場で語りかけても、貴明は聞く耳を持たないだろう。書状を送っても、破り捨てられ、使者は殺される。

悪意を持った第三者が貴明に植えつけた憎悪の種は、もはや誰にも摘み取れないほど大きな殺意の巨木へと成長してしまった。純忠を殺すその時まで、貴明の憎悪が消えることはないのかもしれない……。

貴明は、たとえ勝ち目がなくとも、定期的に大村への攻撃を続ける。そんな貴明との戦いほど消耗するいくさはないものの、ほかの敵たちも、それぞれの理由で純忠を攻め滅ぼすことに執着し、なかなか解放してくれそうにない。

北西の平戸地方からは、「肥州」こと松浦隆信――。
北東の武雄地方からは、かつての義弟・後藤貴明――。
南の伊佐早地方からは、「伊佐早」こと西郷純堯――。
長崎半島からは、西郷純堯の実弟・深堀純賢――。

まさしく四方から相次いで来襲する強敵たちと戦い続ける日々には、限度がある。家臣たちの消耗も深刻だった。純忠は、実家である有馬氏の協力も仰ぎ、西郷純堯と深堀純賢の妹である、おえんを、正室に迎えることになった。

西郷純堯は伊佐早の名門・西郷氏の長男であり、深堀氏に養子に出た純賢は次男で、その妹が、おえんである。つまり、この西郷の姫は、純忠の二大宿敵の妹ということだ。うまく懐柔できれば良いが、下手をすれば、純忠が寝首を掻かれて終わりである。家臣たちはそのことを心配したが、純忠にとっては、それ以外の解決策はないほど、四方の敵との戦いは消耗するものだった。

そうして正室に迎えることになったおえんが、いっそ純忠の好きになれない女であれば、気楽だったかもしれない。だが、おえんは、初めて会った時から純忠が言葉を忘れて見蕩れてしまうほど清冽で、潔く、そして、美しかった。

祝言《しゅうげん》を挙げた夜、ふたりきりになると、純忠は妻に述べた。

「おえん、そなたは、もう西郷の女ではなく、俺の妻じゃ。俺を殺すなよ」

その一言で、おえんの強張った表情が、少しゆるんだ。下地方を代表する武家・西郷氏の娘だけあり、おえんは気の強さが滲み出ている。だからこそ、こんな女になら殺されても悔いはない――と純忠が素直に思えるほどに美しい。

気の迷いではなく、おえんの清廉さは、それほどのものであったのだ。

「面白い御方……。どうしましょうか。お察しの通り、本当は、いつか殺すつもりで嫁いできたのですが、先に言われては興ざめいたします」

「やはりそうか。頼む。それは、勘弁してくれ」

「と言われましても、私の兄ふたりは、あなたの宿敵ですから」

「そこを何とかしてくれ、と頼んでおるのじゃ。な？　この通り」

両手を合わせて拝む仕種をする純忠を見て、おえんは、ついに笑い出した。ふだんは気丈な武家の娘だが、笑うと、少女のように無垢になる。

この女より美しい花を、純忠は、見たことがない。

おえんが笑うと、つぼみから花が咲いたようだ。

雨上がりの虹を見た時のように、幸せな気分になる。

「こんな子供のように無邪気な御方だと知っていたら、兄たちも戦う気が失せるのではないかしら。本当に、戦うことなんてないのに……」

「では、俺を殺すのは、あきらめてくれるか?」

「あなたが殿なら、大村の女になるのも悪くない気がします。だから、あなたを殺すのは、やめてあげます」

「おおっ、かたじけない」

「その代わり、あなたにも、兄たちを殺して欲しくない」

「それは……もっともじゃな。たしかに、その通り」

そうは言ったものの、純忠にとっては、難しい話だった。

元々、武雄の後藤貴明、平戸の肥州・松浦隆信、伊佐早の西郷純堯、長崎半島の深堀純賢は、先方から攻め入ってきたものを撃退しているうちに根深い敵対関係となってしまった間柄なのである。かつての義弟である後藤貴明同様に、今や義兄となった西郷純堯、深堀純賢とも戦わずに済むならそれに越したことはないが、問題は、西郷、深堀の両氏が、いつまでそれを容れてくれるかだ。

不安は残るものの、純忠とおえんの祝言で、ひとまず西郷、深堀の両氏とは和睦を結んだ形となり、純忠の南方への憂いは、だいぶ軽減された。

だが、平戸の肥州・松浦隆信、武雄の後藤貴明との激しい敵対関係は依然として継続していたので、純忠は大村に堅固な城を築くことを決意した。

「大村館では、守りがいささか心もとない。純近、俺は、俺と家族、忠臣たちのために、望みうる最高の城を、大村の中心地に築きたいと思っている」

純忠が純近にそう告げたのは、永禄元年（一五五八年）であった。

そこから築城を開始し、以後、完成までに六年を要したこの城こそ、純忠生涯の城となる、三城《さんじょう》である。

第三章　天を伴うと称する者たち

「伴天連《バテレン》が、殿にお会いしたい、と申しておるようです」

惣役の朝長伊勢守純利からその話が純忠にあったのは、永禄五年（一五六二年）の春先であった。純忠が大村家当主となってから十三年目――数えで三十歳になる年のことだ。一歳年下の信長は、稲葉山城の攻略に前年から挑むも苦戦しており、いまだ尾張《おわり》の一大名にすぎなかった頃である。

純忠の実父・仙巌（有馬晴純）は御年八十歳にして今なお健在であるものの、それは稀に見る長寿であり、純忠は既に「人間五十年」の半分は過ぎている。家臣団や時運に恵まれこの十年ほどの領国運営は安定していたが、おえんとのあいだに（長女・伊奈は生まれたものの）世継ぎを授かっていないことが不安の種であったし、未だ果たせぬ又八郎（後藤貴明）との和解のことも、常に頭にあった。

そんな中、伴天連の話は降って湧いたように唐突だった。

「バテレン……というと、平戸の肥州《ひしゅう》（松浦隆信）らと交易をしながら、奇妙な教えを語る異国の者たち――世に言う南蛮人のことであったな」

バテレン――という音を耳にしてから「伴天連」という漢字が純忠の頭の中に浮かぶまで、実は、少しの間を要した。はるか海の彼方からやって来た「伴天連」や「伊留満《イルマン》」などと称する不思議な者たちが下地方のあちこちで彼らの教えを説いて回っているという噂は、純忠も幾度か家臣たちから聞いたことがある。ただ、それ以前に彼らが純忠の領内に現れたことは一度もなかったので、伊勢守の話は、まさしく青天の霹靂《へきれき》だった。

「伴天連たちは近年、平戸を拠点に商いを行っていたようですが、先だって、平戸の町民たちのあいだで諍いがあり、多くの南蛮人が殺されたと聞き及んでおります。その一件があり、伴天連たちは平戸を去ることを余儀なくされ、殿を頼ってきたのです」

純忠は、となりに控える側近・今道純近に「どうじゃ？」と意見を求めた。

「伴天連たちのことは俺もよく存じませんが、彼らが肥州と袂《たもと》を分かったのであれば、試しにお会いになるのも良いかと。かつて、（長崎）純景や（福田）兼次は、我らが深堀にも敵対できる勢力ゆえ、味方になってくれました」

「なるほど、敵の敵は味方――という道理じゃな。良かろう、会ってみよう」

まだ見ぬ異国の者たちへの好奇心もあり、純忠は彼らと会うことを許諾した。旧態依然とした常識にいっさい縛られず、子供のような好奇心にただ衝き動かされるがままに行動する点で、純忠と信長――戦国最大の革命児ふたりは、とても似通っている。

伊勢守が段取りを整え、最初に純忠の元を訪れたのは、内田トメという名の日本人（男性）だった。聞けば、彼は、かつてザビエル（フランシスコ・シャヴィエール）という高名な伴天連を山口の地で宿に泊め、同地でザビエルらの説くキリシタン宗門なる教えに改宗した最初のひとりで、日本人キリシタンの中では、かなり地位のある者なのだそうだ。

大村館を訪問した内田トメは雪のような白髪をした老人で、日本の着物とは異なり身体に密着する黒の衣服に身を包み、十字の形の不思議な首飾りをつけていた。彼のやさしい表情は、なぜか、どこかなつかしい感じがした。

「日本におけるキリシタン宗門を代表して、大村殿に、お尋ね申し奉る。ご領内で伴天連様たちの活動を殿が許してくださるというのは、まことでございますか？」

純忠は、自分には人間の好き嫌いがあることを自覚している。悲しいことだが、若い頃の経験ゆえ、この人物は自分を欺きそうか否か——という基準で自然と相手を見てしまうのである。忠臣の純近や新助のように無条件に信じられる者たちだけでなく、家臣たちの中にも、明らかに腹に一物ある針尾伊賀守のように、心から信じられない者はいる。だが、この内田トメは、少なくとも、悪意を持って自分を欺く種類の人間ではないと、対面して、すぐにわかった。

「そのキリシタン宗門とやらを俺はよく知らぬが、大村にも仏教の宗派がいくつもあり、日本古来の神道とも共存しておる。海の彼方の遠き異国からやって来た伴天連たちが、俺を必要としているのであろう？　どうしてそれを拒むことができよう。俺は肥州とは違う。我が領内では、何人たりとも伴天連たちを傷つけさせはせぬ。安心いたせ」

純忠がそう応えたのは、実父・仙巌ゆずりの度量の広さもあるが、伴天連たちへの好奇心もあった。純忠は大村領内での布教を許可する条件として、伴天連たちに実際に会うことを希望した。内田トメは納得し、彼がいつも拠点としているらしい豊後《ぶんご》（大分県）へ帰って行った。

内田トメが去った後、純忠は、ようやく気づいた。

「そうか……あの者をなつかしく感じた理由が、ようやくわかった」

主君の言《げん》に、純近は不思議そうな顔をした。

「純近、あの者は似ておると思わんか」

「似ている？　……と、申されますと？」

「新助じゃ。風貌は似ておらんが、雰囲気が新助にそっくりではないか」

「ああっ。言われてみれば、たしかに。新助同様に、奇妙なほど穏やかな御仁でしたな……あのような方は、ほかに存じませぬ」

朝長新助純安は今道純近の同い年の友人であり、兄の朝長伊勢守純利と共に純近の次に純忠の忠臣に加わった、老臣の中でも重要度の極めて高い家臣である。人や獣はおろか、虫さえも殺せそうにない穏やかな性格ゆえ、いくさ場に新助が出ることはないものの、事務方としては勤勉かつ有能で、彼の兄である惣役・伊勢守の補佐役として、よく働いてくれている。

純忠や純近の人生において、新助ほどやさしい男には、以前には会ったことがなかった。内田トメは、その初めての事例であり、とても印象に残った。

同じ年の夏、純忠は、ダミアンと名乗る日本人と、ルイス・デ・アルメイダという南蛮人の訪問を受けた。ダミアンは二十歳そこそこで、アルメイダは三十代後半と思われたが、異国人なので、外見だけでは、よくわからない。ダミアンは日本人の平均的身長。アルメイダは、それより頭ふたつほども大きく、巨人のようだった。純忠の配下では、「黒虎」大村純種がいちばんの巨体であり、それに準ずるのが「白龍」一瀬栄正である。純種や栄正のほうが筋肉質であるものの、彼らよりアルメイダのほうが少し背は高いかもしれない。

以前会った内田トメと同様に、両名は黒を基調として金の刺繍の入った珍しい衣服を着ていた。日本のゆったりした着物とは異なり、身体に密着する珍しい衣服に身を包んでいる。ふたりとも、やはり十字の首飾りを下げていた。彼らも内田トメ同様に穏やかな雰囲気であったが、ダミアンという日本人は、通訳を務めているせいか、伊勢守ほどではないものの、少し神経質そうな雰囲気もあった。アルメイダは日本人にはいない彫りの深い顔立ちで、人なつっこい笑顔を純忠に向けているので、彼への警戒心は湧かなかった。

「そのほうは、日本人でありながら、『だみあん』殿？　――と称しておるのか？　聞き憶えのない名だが、それは、どういう意味があるのじゃ」

「キリシタン宗門で聖人《サント》と呼ばれる聖《ひじり》の名にございます」

「『さんと』？　それは……仏教における高僧のようなものか」

純忠は、家臣団の重鎮・阿金法印を思い浮かべていた。

聞けば、キリシタン宗門の教えをよく理解して「洗礼《バウチズモ》」と呼ばれる儀式を受けた者は、聖人《サント》の名を与えられるのだという。日本人が元服した時や出家した時、新しい名前を名乗るようなものであろうか。

バウチズモ――という不思議な響きの言葉に、純忠は強い関心を持った。

「そして、『あるめいだ』殿と申したか。貴殿は、伴天連のひとりなのだな？」

純忠の問いにアルメイダは「ナゥン（いいえ）、チガイマス」と慌てて首を振った。「ナゥン」という言葉を聞くのは初めてであったものの、身振りから「否」という意味であることは推測できた。アルメイダは少し発音のおかしい日本語で答えた。

「ソレガシ、イルマン、ナリ。オトノサマ」

「伊留満、であったか――。伴天連と伊留満は、どのように違うのじゃ？」

純忠がさらに問うと、アルメイダは、それを説明するだけの日本語力はないのか、助けを求めるように、となりに座るダミアンを見た。通訳を務めているらしいダミアンが、代わりに説明した。

「伴天連様は、ミサと呼ばれる我らのもっとも重要な儀式を執り行うほか、我らキリシタンが犯した罪の告白を聞いて赦してくださったり、新たな信徒に洗礼《バウチズモ》を授けてキリシタンにしてくださる大きな権限を有しておられます。伊留満様は、その資格を得る前段階の、わかりやすく言えば、伴天連様の見習いです」

「サヨウ。ソレガシ、ミナライ、ナリ」

その言葉で説明したかった、と言いたげに、アルメイダが微笑する。

「伊留満ルイス（・デ・アルメイダ）は、十年前（一五五二年）に日本に来た時には、医師であり、商人でもありました。ですが、我らのキリシタン宗門への貢献が大きかったゆえ、六年前から伊留満としてこの国で布教活動に従事するようになったのです」

「ほう……アルメイダ殿は、医師で商人であったのか」

彼の持つ人なつっこい雰囲気は、多くの人と交流していた前職の名残なのかもしれない。純忠の家臣では、福田兼次が独特の愛嬌と如才なさを備えているが、アルメイダの笑顔には、兼次と通じる、他人を安心させる雰囲気もある。人生で初めて会う異国人の中に家臣と同じ魅力を見つけて、純忠は、いよいよ彼らへの関心を強めた。

興味深いことに、ダミアンとアルメイダは、日本の言葉とアルメイダの母国であるポルトガルという国の言葉を織り交ぜて話していた。日本にも地方ごとに方言はあるものの、共通点も多い。だが、日本語とポルトガル語は、まったく響きが異なり、同じ人間の話す言葉とは思えなかった。しかも、よくよく聞けば、彼らはキリシタン宗門の教えについて話す時には、ラテンと称するまた別の言語を用いるのだという。南蛮人たちの文化は、あまりにも日本の常識からかけ離れており、すべてが新鮮で面白く、奥が深かった。

純忠はアルメイダとダミアンを二日間に亘り歓待し、朝長新助純安を彼らに引き合わせた。純忠が予感した通り、新助は、彼らと溶け合うかのように意気投合し、途中からは、新助を接待係の責任者に純忠が任命したほどだった。

純忠自身、アルメイダたちの話に魅了されていたが、新助の熱心さは純忠に勝るとも劣らないほどで、そのような彼の様子に周囲の者たちは驚いた。新助はいつも穏やかであるがゆえに、彼が何かに熱くなるのは稀有な出来事なのだ。

「大村殿、彼らの教えは本物です。私は、人生で初めて、真実に出逢いました。ずっと、この時のために生きていたような気さえします」

目を輝かせてそう語る新助の珍しい姿に、純忠も感銘を受けた。

「新助、おぬしの気持ちは、よくわかる。彼らの語るような世界観は、今まで想像だにしたことがなかった。俺は、ただただ驚いている」

アルメイダやダミアンの語るキリシタン宗門の教え、そして異国の文化は、どれだけ聞いても退屈することがなく、純忠や新助にとっては、いつまでも聞き続けていたいほど不思議な魅力に満ちた世界であった。

彼らの教えによれば、世界も人も、すべては、デウスという全能の神によってつくられたのだという。デウスは原初にあった完全な暗闇の中に光を生じせしめ、六日間でこの世界をつくった。その後、七日目は休日とされた。デウスは最初の人として、アダン（アダム）という名の男を土の塊からつくり、アダンの肋骨からエバ（イヴ）をつくった。人類最初の男女であるアダンとエバはエデンと呼ばれる土地で暮らしていたが、天狗（悪魔）の使いである蛇にそそのかされて、禁断の木の実を食べ、それによって、はじらいの感情が芽生えた。この罪は、「オリジナル科《とが》」（原罪）と呼ばれる。アダンとエバの子孫である我ら人類は全員、生まれながらにして、このオリジナル科を背負った罪深き存在なのだという。

しかし、千五百年以上も前に、デウスがこの世界に遣わした御子であるジェズーシュ・クリーシュトゥ（イエス・キリスト）が、全人類の罪を背負うために、みずから十字架に磔にされて、その三日後に復活し、天に昇った。

このジェズーシュ・クリーシュトゥの死と復活、昇天により、デウスは人類と「新しき契約」（新約）を結び、ジェズーシュ・クリーシュトゥの教えを信じる者たち——クリスタゥン（キリシタン）——は罪を赦され、死後、天国《パライソ》という永遠の楽園に救済されるのだという。

ジェズーシュ・クリーシュトゥの教えをまだ知らぬ者たちに伝えるために、アルメイダたち伊留満や伴天連は、ポルトガルなど、エウロパ（ヨーロッパ）と呼ばれるはるか西の土地から、片道三年以上の大航海を経て、やってきたようだ。ザビエル（フランシスコ・シャヴィエール）という伴天連たちが最初に日本を訪れたのは、十三年前——純忠が大村家の当主となる前年であるらしい。それから十三年、彼らは地道に日本で布教活動を続けてきて、それがようやく純忠の人生と交わったことになる。

かつて純忠が切詰城に封じられていた期間が、三年であった。あの永遠に感じられた「時の牢獄」より長い時間をかけねば辿りつけないとは……エウロパの遠さと世界の巨大さに、純忠は、めまいを覚えそうだった。

「新助の言う通りじゃ。俺も、彼らの語る話には説得力を感じる。長き航海の途中では、幾度も嵐に遭っただろう。海賊に襲われていのちを落とす危険もあるというのに、はるか西の土地より三年をも費やして、わざわざ嘘を伝えには来ぬだろう。しかも、彼らは金品を要求するわけではない。それればかりか、我らが見たこともない貴重な土産物まで持参してくれたのだ」

純忠の人生観が変わるほど驚かされたのは、彼らが「大地は丸いのです」と教えてくれたことだった。世界各地の大地が描かれた球（地球儀）を彼らは持参しており、「ここが日本で、ここがエウロパのポルトガルでござる」と教えてくれた。ポルトガルは、その球の上では、日本のほぼ反対側にあった。

「大地が丸いなど、聞いたことはないわ！」

そう失笑する者も、同席した家臣の中にはいた。しかし、通訳のダミアンを介して、アルメイダは説明した。どうして、水平線に見える船は帆柱の頂上から見え始めるのか。どうして、船が遠ざかると、やがて水平線の下に消えるのか。どうして、一方向に航海し続けると、やがて同じ場所に戻るのか。

ずっと航海していれば、いずれ同じ場所に戻る――という話も、純忠や家臣たちには、にわかに信じ難い話であったが、もし本当に大地が丸いのであれば、そういうことになる。

「大地が丸いのであれば、球の下側にある海や人は、なぜ下に落ちない？」

純忠が尋ねると、アルメイダは、嬉しそうに応えた。

「ソレガ、デウスノ、オチカラ」

もし本当に世界が球の上にあるのであれば、下のほうにある海の水や人は、下に落ちるはずである。だが、それが落ちない事実がある以上、そこに何らかの力が働いている、という理屈は、純忠にはよく理解できた。この時の純忠と同じように、信長が伴天連たちから地球儀を見せられ、地球は丸いと初めて理解するのは、この七年後のことである。

たしかに、何らかの力が存在している。それこそ、デウスなのか。

純忠や家臣たちにとっては、大村を中心とする領土だけが、彼らの世界のすべてだった。その大村は下地方のごく一部に過ぎず、下地方は九州島の一部であり、九州島は日本国の一部である。その日本国は、世界の大地を描いた球の上では、信じられないほど小さな土地でしかなかった。

日本と世界の大きさの差は、そのまま、日本人とエウロパ人たちの知識の差だった。エウロパからやって来た彼らの知識の広さと深さに、純忠や家臣たちは、ひたすら圧倒された。それだけ該博な知識を有する彼らが真実と認めるデウスとジェズーシュ・クリーシュトゥの教えは、聞けば聞くほど真実味を増すように感じられた。

興味が尽きることのない話をしてくれる彼らが純忠の領内に留まることを希望しているというのは、まさしく僥倖であるように、純忠には思えた。彼ら伴天連や伊留満が宿敵・肥州の元を去り自分を頼ってくれたのは、それこそ彼らの言うデウスの導きであるのかもしれない……そんな気さえした。

「我が領内での良港と言えば、西海《さいかい》の横瀬浦が良いであろう。あのあたりは本来、針尾伊賀守の領土であるが、新助も世話役につけたほうが良いな。横瀬浦の港の領有権の半分をキリシタン宗門に与えよう。そして、新助を新たに横瀬浦の奉行に任命する」

純忠は、さっそく横瀬浦に彼らのために屋敷を建てるよう新助に手配を命じ、新助は喜び勇んで、その任に当たった。これが、純忠領内におけるキリシタン宗門の布教の始まりである。

大村領の北西の端に位置する横瀬浦の支配権の半分を純忠がキリシタン宗門に譲渡してから、およそ半年が経過した。永禄六年（一五六三年）の三月、日本のキリシタン宗門の代表であるコスメ・デ・トルレスという伴天連が横瀬浦に来ることを耳にした純忠は、彼に会うことを強く希望した。聞けば、トルレスは、例のザビエルという高名な伴天連と一緒に日本を最初に訪れた一行のひとりであり、ザビエルが帰国した後も、日本における布教長として活動し続けてきたのだという。

大村から「琴の海」を船で横断し、馬に乗って横瀬浦まで至るのに半日ほどの旅程となる。この時に備えて、横瀬浦には純忠の屋敷も新助に命じて建てさせてあった。

横瀬浦に着いた純忠は、直接訪問するのに先立ち、横瀬浦奉行の新助に命じて、伴天連たちの屋敷に贈り物を届けさせた。すると、トルレスみずからが、すぐに、高貴な雰囲気の南蛮人数人を伴って、純忠の屋敷まで返礼にやって来てくれた。半年前に会ったアルメイダは伊留満であったから、トルレスは、純忠が初めて会う伴天連である。今現在、日本には伴天連はふたりしかいないと聞いていたので、その出逢いは非常に貴重であった。

「大村殿、こちらの御仁が、伴天連コスメ・デ・トルレス殿でござる」

新助に紹介され、その人物は、純忠に深々と頭を下げた。

「オオムラドノ、オメニカカレテ、コウエイ。ワレ、コスメ・デ・トルレス、ナリ。アリガタキシアワセ」

少しアクセントのおかしい日本語でそう告げたトルレスは、見たところ五十代で髪も鬚も白く、薄くなっていたが、同行している南蛮人の誰よりも巨体だった。単に背が高いだけでなく肉づきも良いが、杖をついて、左脚を引きずっていた。黒を基調として金の刺繍の入ったその衣服は、伊留満アルメイダのものより少し豪奢で、トルレスの服には背中に垂らす布（マント）もついていた。他の南蛮人たちの衣服は黒ではなかったので、その黒装束には、何か宗教的な意味があるのかもしれない。

トルレスの笑みに接した時、純忠の脳裡に、幼い頃に見た実父・仙厳がなぜかよみがえってきて、ふたりの笑顔が重なった。外見はまったく似ていないが、おそらく、純忠に注がれる無償の愛情が共通していたからだろう。伴天連の屈託なき柔和な笑顔は、初対面でも純忠の心を癒してくれた。純忠も、おのずと笑顔になる。

「伴天連殿、こちらこそお会いできて嬉しく思う。よくぞ参られた」

かつて、今道純近や朝長新助純安が彼らの人となりで純忠を無条件に信頼させてくれたように、内田トメやダミアン、ルイス・デ・アルメイダ以上に、コスメ・デ・トルレスは確実に信頼できる人物だと、初対面の時に純忠は確信した。この人物が悪意を持って自分を欺くことはない、と心から信じられたのだ。それどころか、トルレスなる人物にすっかり魅了され、惚れ込んでしまった、とさえ言えた。キリシタン宗門の者たちは、皆、やさしい。だが、トルレスには、単なるやさしさ以上に、こちらのすべてを包み込んで抱きしめてくれるような包容力があった。それは、大村領主として近隣領主たちと鎬《しのぎ》を削って生きてきた純忠に、思わず心の武装を解かせるほどの安心感であった。そのような感覚を純忠が味わうのは、人生で初めてのことである。

「トルレス殿、次は、俺のほうから貴殿を訪問させて欲しい」

純忠の申し出をトルレスは快諾した。翌日、純忠は、純近や新助ら重臣たちを伴い、トルレスたちを訪問した。純忠と新助の屋敷がある丘を下り、別の丘に四方を囲まれた盆地の中に、彼らの暮らす屋敷と、彼らが教えを説く場所として、教会《エケレジア》と呼ばれる建物があった。

「コチラ、エケレジア。コチラ、カーザ」

トルレスが身振りで示した。カーザとは、彼らが暮らす屋敷のことらしい。

純忠は草履を脱ごうとしたが、彼らの屋敷では履物を脱ぐ必要はないと教えられて、驚いた。教会《エケレジア》に招き入れられると、採光窓から射し込む陽光で仄明るい屋内には、長椅子が数十脚、手前から奥に整然と並んでいた。いちばん奥の壁には、十字架に磔にされた人物を描いた大きな画《え》がかけられている。両てのひらと足の甲を釘のようなもので十字架に打ちつけられ、身体からは血を流し、何かの植物の冠をつけた首をうなだれさせているその人物に、純忠の目は吸い寄せられた。本来であれば、十字架に磔にされているのは罪深き者であるはずだが、その人物が全人類の罪を背負うために磔にされたという話がまことなら、純忠は、畏敬の念を抱かずにはいられない。

「トルレス殿、あの画……あの方が、ゼズス・キリシトなる御仁か？」

「イカニモ。アノオカタ、ジェズーシュ・クリーシュトゥ」

純忠がその名を記憶していたことが、トルレスは、とても嬉しかったようで、いつも以上に幸せそうに微笑んだ。トルレスたちエウロパ人の発音は、日本人の発する「ゼズス・キリシト」の音とは少し違っているようだが、純忠たち日本人には、彼らの発音を正確に真似ることは難しい。

ちなみに、彼らの教えは日本では「キリシタン宗門」と呼ばれることが多いが、ひとくちにキリシタン宗門と言ってもエウロパにはいくつかの宗派があるようで、トルレスたち日本に来ている伴天連や伊留満は全員、「クンパニア・デ・ジェズーシュ」（イエズス会）と呼ばれる宗派なのだという。その名前は発音が難しく、日本人は、一般的に「コンパニア・デ・ゼズス」と――あるいは、単に「ゼズス会」と呼んでいた。

横瀬浦の教会《エケレジア》で、純忠は、ジョアゥン・フェルナンデスという名の伊留満とも対面した。彼の名も日本人には発音が難しく、「ジアン・ヘルナンデス」と呼ぶだけでも、せいいっぱいであった。

伊留満フェルナンデスは日本人と大差ない身長なので、エウロパ人としてはかなり小柄で、痩せて、蒼白い顔をしていた。彼の話す日本語は、トルレスより流暢なものだった。

「オオムラドノ。サクジツハ、ワタクシノタイチョウガスグレズ、ゴアイサツデキズ、シツレイイタシマシタ。オアイデキテ、キョウエツシゴク」

「そうであったか。ヘルナンデス殿、苦しゅうない。大事になされよ」

純忠が初めて会ったルイス・デ・アルメイダという伊留満は、たしか、ポルトガルという国の出身であることを、純忠は記憶していた。

「トルレス殿とヘルナンデス殿も、ポルトガルという国から来られたのか」

尋ねられて、ふたりは首を左右に振った。

「ワレラフタリ、シュパーニャ、カラ、キマシタ」

シュパーニャ（スペイン）という国名を純忠が耳にしたのは、その時が初めてであった。聞けば、彼らクンパニア・デ・ジェズーシュの伴天連や伊留満は、ポルトガルだけでなく、エウロパのシュパーニャとイターリヤ（イタリア）、それに、エウロパと日本の中継拠点として栄えているインディア（インド）出身の者も多いのだという。クンパニア・デ・ジェズーシュの正式な公用語はラテンであるが、エウロパ各国の言葉は、ラテンの各地の方言が独立したものであるため、共通点も多く、各人が自国語で話しても意思は通じるらしい。ラテンは難解であるためエウロパ人にも話せない者は多く、日常生活の公用語としては、現在いちばん国力のあるポルトガルの言葉が話されているそうだ。

純忠と重臣たちは教会《エケレジア》と廊下でつながった居館《カーザ》に通され、談笑しながら、彼らの料理を饗された。もちろん、どれも、これまでの人生で一度も目にしたことのない料理である。

南蛮人たちが「パン」（パゥン）と呼ぶ不思議な食べ物は彼らの主食であり、「ビミョウ」という音に聞こえる彼らの酒（ヴィーニョ＝ワイン）は、血のような見た目だが濃厚で深みのある味わいである。純忠は頭の中に「美妙」という文字を思い浮かべながら、その酒を楽しんだ。

「パンにビミョウか……何とも不思議な味わいじゃが、美味ぞ！」

初めて口にする料理の品々に戸惑いは少しあるものの、彼らにとって最高のごちそうを饗されていることは容易に想像できた。中でも、魚を調理したのだという奇妙な外見の一皿は、信じられないほど美味であった。

「これは何じゃ？　どのようにすれば、こんな味になる？」

純忠が尋ねると、彼らは「テンプラ」と教えてくれた。当然ながら日本には存在しない料理（法）であるが、この「テンプラ」と呼ばれる料理（法）が日本に定着して欲しい、と切に期待してしまうほどの味であった。また、食後に出された小さな菓子は、星形の美しさと鮮やかな色合いに魅了された。「コンペイトウ」という名のその砂糖菓子も、強く印象に残った。

領土の四方を敵に囲まれ、戦い続けてきた純忠にとって、伴天連トルレスたちからのこの歓待は、長年に亘るいくさ続きの日々で疲れた心と身体の両方を、やさしく癒してくれるものだった。それは、幼い頃に、父や母の腕に抱かれた時のように、心の防御を解き無防備になってしまうほど至福の安心感だった。

純近や新助のように、心の底から信じられる忠臣たちの存在も、もちろん、純忠に安心感を与えてくれる。だが、伴天連トルレスや伊留満フェルナンデスたちの与えてくれる安堵は、それとは異なり、こちらの心を裸にされて、それでいて安心させてもらえるような、とても不思議な感覚だった。そのような感覚は、他では味わったことがないし、今後も味わえないであろう。

「なにゆえ、貴殿たちは、ここまでやさしいのだ。俺が大村の領主だから――だけの理由ではないようだ。なぜなら、貴殿らは横瀬浦に暮らす下賤《げせん》の者たちにも同じように、愛と礼節をもって分け隔てなく接しているように見受けられる。トルレス殿、ヘルナンデス殿、貴殿らコンパニア・デ・ゼズスのキリシタン宗門について、改めて、くわしく教えてくれぬか」

純忠がそう言うと、トルレスとフェルナンデスは、これ以上ないほど嬉しそうに微笑し、純忠を彼らの祭壇の間へ導いた。トルレス自身もたまに日本語を話しながら、彼がエウロパの言語を話す時にはフェルナンデスが日本語に通訳し、彼らは純忠に、彼らが「ドチリナ」（ドウトリーナ）と呼ぶ教理の基礎の部分を語って聞かせた。

アダンとエバの子孫である人類は全員、生まれながらにして「オリジナル科《とが》」（原罪）を背負っている。だが、クリーシュトゥ（キリスト＝この世の救い主＝救世主）であるジェズーシュ（イエス）を信ずる者＝クリスタゥン（キリシタン）となる決意をして、洗礼《バウチズモ》を受ければ、オリジナル科についてては完全に消滅する。

人は皆、弱い存在であるがゆえに、キリシタンとなった後でも必ず罪を繰り返す。しかし、みずからの罪を認め、伴天連に告解《コンヒサン》（罪の告白）し、心から悔い改めることで、そのつど、罪は赦される。

色身《コルプス》（肉体）は時とともに崩壊するが、人の本性である霊魂《アニマ》は不滅である。穢れなき霊魂《アニマ》は身体《コルプス》の崩壊後に天国《パライソ》へと救済されるが、罪を残した霊魂《アニマ》は煉獄《プルガトリウ》へ、罪深き霊魂《アニマ》は地獄《インヘルノ》へと送られる。

死後、霊魂《アニマ》が天国《パライソ》へと救済される「後生の希望」を「エスペランサ」と称する。また、デウスやジェズーシュ・クリーシュトゥを「信じる心」（信仰）は「ヒイデス」と称し、キリシタン宗門で最も重要な「慈愛」（他者への愛情）は「カリダアデ」と称する。キリシタンにとって最も重要なのは、エスペランサ、ヒイデス、カリダアデの三つの善である。

「なるほど、日本の禅宗では『人は死ねば無に帰する』と説くが、生前の行ないで死後に天国《パライソ》か地獄《インヘルノ》に振り分けられる、という話は興味深い。そのためには、ヒイデス――信仰と、カリダアデ――慈愛が大切ということか」

感銘を受けた様子の純忠に、トルレスは黄金の扇子を差し出した。

「トノ、コチラ、サシアゲル。ウケトッテ」

その扇子のいちばん下には、三本の矢らしきものが描かれている。三本の矢は末端の部分で一点に交わっているが、扇を開いたように矢の先端は左と中央と右の三方向を向いており、それぞれ「I」、「H」、「S」という記号を下から指し示していた。中央の「H」という記号は横棒が長く描かれ、その横棒を大地に見立てたかのように、十字架らしき記号が（十字架の下端が「H」の横棒と重なるように）描かれている。その図（あるいは画）全体は大きな円の中に描かれていて、その円の周囲には炎のような形が描かれていた。

初めて目にする奇妙な図形に、純忠は目を奪われた。

「この画は何じゃ。どのような意味がある？」

純忠が手元で広げている黄金の扇子の表面を指差しながら、伊留満フェルナンデスが説明した。大きな円と周囲の炎は、太陽を。いちばん下に描かれているのは矢ではなく釘で、ジェズーシュ・クリーシュトゥを十字架に打ちつけた釘を、また中央の「IHS」という記号はアルファベート（アルファベット）と呼ばれるエウロパの文字で、ジェズーシュ・クリーシュトゥを示す。その画は、彼らクンパニア・デ・ジェズーシュの使用している紋章なのだという。

「ゼズス・キリシトとは、このように書くのか？　三つの文字があるようじゃが、どれが『ゼズス』で、どれが『キリシト』じゃ？」

純忠の質問の意図を察したように、今度はトルレスが彼の太い指先で、一文字ずつなぞりながら、こう答えた。

「イエスース・ホミヌム・サルヴァトール」
「なに？　どこにもゼズス・キリシトが入っておらんではないか」
「ラテン、ニテ、ソウモウシマス」
「ラテンか……。貴殿らのエウロパの言語は難解で理解に苦しむ。だが、憶えられたこともある。貴殿らは肯定の返事では『シン』（はい）と、否定では『ナン』（いいえ）と言うらしい。これは日本語の『真』、『難』とも意味が近いゆえ、憶えられそうじゃ」

純忠はそう告げると、それ以後、トルレスたちの会話で、「シン」と「ナン」だけは彼らの言葉で答えて南蛮人たちを驚かせ、また、喜ばせた。

その翌日の昼、伴天連トルレスが再度、答礼のため純忠の屋敷を訪れ、その夜には純忠もまた彼らの教会《エケレジア》と居館《カーザ》を訪れた。純忠は忠臣の今道純近ら大勢の家臣を伴っていたが、伴天連たちの話に関心を強めているのは主に純忠と、横瀬浦奉行の朝長新助純安である。純近ら他の家臣は、関心がないわけではないものの、これまで耳にしたこともない類いの話を連続で聞かされて、どのように理解すれば良いか、正直なところ、とまどっていた。

「殿、俺には伴天連殿たちの教えが、よくわかりませぬ。どのように受け止めて良いものか。聞いたまま、ただ鵜呑みにして良いものか」

純近がそう具申した際、彼が敬愛する主君は、おかしそうに笑った。

「純近は難しく考えすぎじゃ。俺には、わかる。彼らの教えは真実じゃ。そう心から信じられる以上、それが真実じゃ。彼らの教えの理解は、新助と俺に任せておけ。おぬしらにもよくわかるよう、後で伝えて進ずる」

そう言うと、純近ら他の家臣を残し、純忠は新助だけを伴ってまた祭壇の間に入り、伴天連トルレスや伊留満フェルナンデスたちと、キリシタン宗門の教理《ドチリナ》について延々と話し込んでいた。

それまで、純忠の第一の忠臣と言えば、誰もが迷わず今道純近の名を挙げたものだが、ことキリシタン宗門に関しては、純近は、純忠の話についていくことができず、そちらは新助に任せるしかなかった。そのことを寂しく思う気持ちが純近にはあるものの、よく考えると、純近が苦手とするのはキリシタン宗門だけではない。たとえば、純近の苦手な政務については、朝長伊勢守純利に任せているし、謡や舞い、書や絵画については、純近は何ひとつわからないので、宮原常陸介純房に任せている。

今回も同じことなのだ——と割り切るしかないが、キリシタン宗門については、それが純忠の心を奪い、支配しつつあるという感覚もあり、その意味において、自分の存在が忘れられるのではないか、という不安も、純近にはあった。

純近にとっては、主君が信じるキリシタン宗門が正しいか間違っているかは、実は、さほど問題ではない。主君がその教えを信じるなら、彼も信じるのみ。彼はただ、自分が主君のお役に立てないことを、無念に思っていた。純忠の唯一無二の忠臣として生きることが、彼にとっては何より重要だからだ。

純近らの不安をよそに、純忠と新助のふたりは、伴天連トルレスたちから聞かされるキリシタン宗門の教理《ドチリナ》に、さらに、のめり込んでいった。教理《ドチリナ》を巡る問答は、連日、深夜にまで続いた。その経験を経て、純忠は伴天連トルレスたちに、自身の現在の考えを述べた。

「貴殿らが信じ崇めるデウスのことは、だいたい理解できたと思う。もしデウスがこの純忠に大村家の世継ぎを授けてくれるなら、俺は喜んでキリシタンとなるであろう。なぜなら、我が目下の懸案は、おえんとのあいだに嫡男を授からぬことだけだからである。数年前に長女・伊奈が生まれたが、大村家の存続のために必要なのは男子じゃ。デウスがその全能の力で我に嫡男を授けてくれるなら、俺は生涯、その教えを疑うことはないであろう」

そして、彼はついに、決定的な意思表示をした。

「トルレス殿、ヘルナンデス殿。俺はまだキリシタンの洗礼《バウチズモ》は受けていないが、心は既にキリシタンのつもりじゃ。貴殿らが許してくださるなら、俺は今後、我が信仰《ヒイデス》の証しとして、十字の旗印を用いたい」

かつて、大海原のはるか彼方のエウロパでは、ラウマ（ローマ）という国の王が、十字の紋章を掲げて、いくさに臨み、大勝利した。それによって巨大な王国の礎を築いた王は以後、キリシタン宗門の教えを信じることになったという。その話が特に印象に残っていたので、純忠は十字架を自身の旗印として使用することについて、伴天連トルレスたちの許可を求めたのだ。この提案は伴天連トルレスに快諾された。さらに、純忠は家臣に命じて黄金の十字架をつくらせると、それを常時、首から下げるようになった。

日本の大名として、十字の旗印を用いたのは、もちろん、純忠が最初の事例である。いまだ洗礼《バウチズモ》は受けていないとは言え、純忠は着実に、キリシタンとしての人生を歩み始めていた。

嫡男を授かるとの願いはまだ満たされていなかったものの、純忠の心は以後、ますますキリシタン宗門に傾倒していった。横瀬浦では、キリシタン宗門を信仰しない者は追放するという布令まで出した。これには、新助と共に横瀬浦奉行の任にある針尾伊賀守が、わざわざ大村まで出向いて苦言を呈した。

「大村殿、貴殿がキリシタン宗門に傾倒されるのは自由だが、いくらなんでも、キリシタン宗門以外は横瀬浦から追放するというのは、やりすぎではござらぬか。もし俺が改宗せねば、俺をも追放されるおつもりか？」

針のように細く鋭い目をした針尾水軍の将は、純忠を挑発するように迫った。だが、信ずる道を貫く性格の純忠は、いっさい譲らなかった。

「異を唱えるのであれば、おぬしの奉行の任を解くまでのことじゃ。針尾伊賀守、それでも良いか？　それとも、おぬしは、この純忠の敵となるか？」

「失礼つかまつった。これ以上は申しますまい」

針尾伊賀守は平伏した後、立ち去ったが、くちびるを噛むその不満げな表情を純忠は見逃さなかった。今や人材豊富となった家臣団の中にも、純忠が心から信じられない者たちが何人かいる。針尾伊賀守は、その「油断ならぬ者たち」の筆頭に名を挙げられるべき存在である。純忠に勢いがあるうちは良いが、いつ裏切るか知れたものではない。彼には用心する必要があるだろう。

家臣の誰が何を言おうが純忠は気にすることはないものの、唯一、危惧していたのは、兄・有馬義貞のことだった。兄への配慮については、伴天連トルレスにも話してあった。

「トルレス殿、俺の心は今すぐにでもキリシタン宗門の洗礼《バウチズモ》を受けたいと思っている。だが、有馬にいる兄者は敬虔な仏教徒なので、今すぐ仏寺を破壊するわけにはいかぬ。その点だけは了解してもらえぬか」

純忠が大村に来る前、実兄の義貞とは有馬で楽しい時間を共有したし、お互いに大村と有馬の領主を継いだ後も、揺るぎない同盟関係を築いていた。純忠がかつて敵対していた伊佐早・西郷純堯と長崎半島の深堀純賢の妹・おえんを娶ることができたのも、実兄・義貞の援けがあればこそであった。

伴天連トルレスは、その点については、理解を示していた。彼は伊留満フェルナンデスを介して喜びの意を伝え、彼も最終的な決断を下した。

「トノ、オコトバ、アリガタキシアワセ。トノ、ワレラノオシエ、リカイ、トテモヨイ。ワレ、コスメ・デ・トルレス、トノ、バウチズモ、サズケル」

永禄六年（一五六三年）の六月、純忠は新助や純近ら二十数名の忠臣と共に、伴天連トルレスから洗礼《バウチズモ》を授けられ、純忠自身は「ドン・バルトロメウ」というキリシタンとしての名を与えられた。

かつてダミアンと名乗る日本人と会った際、純忠は、そのように日本には存在しない不思議な異名を持つ彼に羨望の念を抱いたものだ。今や、彼自身が「ドン・バルトロメウ」という不思議な名を与えられた。しかも、「ドン」は高貴な者を意味する特別な称号であるらしい。

横瀬浦奉行である新助には、「ドン・ルイス」の名が与えられた。伴天連トルレスが「ドン」のついた名を与えたのは純忠と新助だけであり、彼らにとってもこのふたりが特別であることを、キリシタンとしての名が物語っていた。

純忠の家臣としては、第一の忠臣である今道純近には、純忠自身も気に入っていた「ダミアン」の名が、長崎純景には「ベルナルド」、福田兼次には「ジョーチン」という名が、それぞれ与えられた。彼らは照れ臭そうに、お互いに与えられた名で遠慮がちに呼び合っていた。

「純景、おぬしは今日から『ベルナルド』だそうじゃ。名前が変わっただけで、何だか高貴な存在になったようじゃな」

福田兼次が親しげにそう言うと、長崎純景は目を閉じ、首を左右に振った。

「そう言うおぬしは、ジョーチン——。まずまずだな」

「純景、いや、ベルナルド——まずまず、とは何事ぞ？」

兼次は抗議したが、純景は、目を閉じたまま涼しげに微笑するだけだった。そんなふたりを見て、純忠や、他の家臣団は笑っていた。福田兼次と長崎純景の交流が始まったのは純忠に臣従して以降のようだが、いつも仲の良さそうなふたりである。

キリシタンとしての名が得られたことに、いちばん喜んでいたのは新助だ。

「大村殿、それがし、こんにち、ドン・ルイスと成り申した。かように嬉しきこと、今までの人生で初めてではなかろうか」

「良かったな、新助——いや、ドン・ルイス。そして、俺はキリシタンとしては、今日からドン・

バルトロメウじゃ。よろしく頼むぞ」

「ドン・バルトロメウ、失礼つかまつった」

ダミアンの名を与えられた純近は、まだ困惑のほうが強いようだった。

「殿、俺がダミアンなのですか……どうも居心地が悪いのですが」

「そう言うな、ダミアン。すぐに、慣れるだろう」

純近の困惑を笑い飛ばすと、純忠は声高らかに宣言した。

「ドン・バルトロメウ——俺は今日からドン・バルトロメウじゃ！」

それは、日本で最初のキリシタン大名が誕生した瞬間であった。

第四章　新しき伴天連ルイス・フロイス

洗礼《バウチズモ》を受けキリシタンとなった純忠は、熱心な仏教徒である実兄・有馬義貞や老臣・阿金法印への配慮から領内の仏寺こそ破壊しなかったものの、何も目立った行動を起こさなかったわけではない。

今道純近ら老臣たちを引き連れて鳥甲山の摩利支天像を訪れると、純忠は刀を抜き、その木像を一刀の元に斬り捨てた。老臣たちの中には、驚きの声をあげ、純忠の尋常ならざる様子に後ずさる者もいた。彼らの先頭に立つ忠臣・純近に、純忠は命じた。

「純近、この邪教の像を焼き払え！　跡形もないほど焼き尽くせ！」

「かつて信仰されていた摩利支天を……よろしいのですか……」

さすがの純近も絶句し、立ちつくして、身体を強張らせた。

「純近、おぬしらしくもない。この純忠に二言はないぞ。さあ！」

他の老臣たちは息を飲み、同情するように、純近を見守った。神妙にうなずいて、純近は、切り裂かれた摩利支天像に火を放った。

燃え盛る摩利支天像の残骸を見つめながら、純忠は語った。

「俺は以前、この摩利支天にすがっていた……。俺の弱い心、そして無知は、すがるべき対象を間違えていたのじゃ。摩利支天が俺を援けてくれていたわけではない。俺を援けてくれたものがあるとするなら、それはデウスじゃ。皆の衆、良いか！　俺は以後、デウスのみを信じる！」

純忠の鬼神のごとき気迫に圧倒され、老臣たちは、ただ従うしかなかった。たとえそれがどんなに常識外れのことであっても、いったん決めたことは躊躇なく実行する、という特質は、純忠と信長──このふたりの革命児に共通の顕著な資質であった。

純忠がキリシタンとなった翌月、すなわち永禄六年（一五六三年）の七月、横瀬浦奉行の朝長新助純安から、嬉しい知らせが書状で届いた。クンパニア・デ・ジェズーシュの伴天連が新たにふたり、エウロパから日本へやって来て、横瀬浦を拠点に布教を開始した──というのである。それまで日本にふたりしかいなかった伴天連が、合計四人に──倍に増えたことになる。

純忠が初めて会った南蛮人であるルイス・デ・アルメイダや、横瀬浦で知己を得たジョアゥン・フェルナンデスは、ふたりとも伊留満であり、純忠が会ったことのある伴天連は、その時点では、コスメ・デ・トルレスただひとりであった。もうひとりの伴天連ガスパル・ヴィレラは、遠く離れた都《みやこ》（京都）にいて会えないので、自領の横瀬浦で活動を開始した新たな伴天連ふたりには、ぜひ会ってみたいものだ、と、純忠は強く願った。領内で発生した叛乱を鎮圧したら、すぐにでも横瀬浦に赴きたい旨を、新助への返信にしたためた。純忠の心は既に横瀬浦に飛んでいたが、時折、辺境で発生する叛乱をそのつど鎮圧しておかねば領国支配に綻びが生じ近隣諸国に攻め入る隙を与えてしまうので、さすがに、放置することはできなかった。

今回の叛乱では辺境の領主が山城に立てこもり、純忠軍からの交渉に応じようとしなかったため、いたずらに時間を費やした。城に無造作に火を放てば、まだ純忠に従う意思のある敵将配下の貴重な人材や物資を失ってしまう。無理な奇襲を仕掛ければ、自軍に犠牲者が出てしまう。敵が野に打って出てきてくれればすぐにでも勝敗は決するのだが、戦線が膠着したまま、ただ時間だけが過ぎた。純忠軍を消耗させるのが敵のねらいかもしれない。

伴天連トルレスや伊留満フェルナンデスに教えてもらい、みずから日本語で書き留めた教理《ドチリナ》を、純忠は陣中で幾度も見返していた。キリシタン宗門のゼズスの教えについて純忠と同じくらい理解している新助は戦場から遠い横瀬浦にいて、陣中には、純忠の話をよく理解できる者はいない。そのことに苛立ちも憶えたが、これもデウスが自分に与えた試練だろうか、という考えもあった。

横瀬浦にいる伴天連に、すぐに会いに行けるのであれば、そのありがたみは薄れるかもしれない。なかなか会えないからこそ、よりいっそう会いたい気持ちは強まる。雨の日が続くと気分が塞ぐこともあるが、だからこそ、晴れ上がった空に虹がかかった時には幸せな気持ちになる。それと同じことだ。

この膠着状況がデウスの用意してくれたものであるのなら、決して逆らってはいけないだろう。時間がかかったとしても、現実から目を背けず、向き合うしかない——そう吹っ切れた途端、純忠の元に意外な訪問者があった。

伊留満ルイス・デ・アルメイダが、陣中見舞に訪れてくれたのである。

「伊留満アルメイダ殿が、わざわざ訪ねてきてくれたのか。皆の者、くれぐれも、丁重にお迎えするのだぞ」

アルメイダは、伊留満としての穏やかさの中に、彼の前職である医師としての聡明さや、商人としての愛嬌も感じさせる。この南蛮人の人となりを純忠は気に入っていたので、本陣としていた屋敷の外まで出て彼を迎えた。領主が戸外まで出迎えるのは、賓客への最上のもてなしである。そのことをアルメイダも理解しているようで、この伊留満は恐縮しつつも、笑顔で感謝した。アルメイダは日本人の通訳も同行していたが、みずから日本語で純忠に謝意を伝えた。

「ドン・バルトロメウ、マタオメニカカレテ、ウレシクゾンズル」

「いや、アルメイダ殿。こんなところまで、良く来てくれた。貴殿に会えると、いくさ場での疲れも吹き飛んだぞ」

この時、純忠は美しい着物の上に肩衣を羽織っていた。肩衣には白い地球の上にジェズーシュ・クリーシュトゥを示す「IHS」の文字が記されており、さらに、ゼズスが磔となった際の罪標である「INRI」（イスラエルの王、ナザレのゼズス）の文字が記された十字架と三本の釘も、精密な刺繍で描かれていた。純忠は、首からコンタツ（キリシタンの用いる聖なる数珠）と黄金の十字架《クルス》を下げ、その表情は自信と鋭気に満ちていた。また、純忠を取り巻く今道純近ら老臣たちも、純忠同様に、首からコンタツと十字架《クルス》を下げていた。南蛮文化を大胆に採り入れた純忠のこのような出で立ちは、南蛮人たちをも大いに驚かせた。信長が南蛮文化に初めて出会う六年も前から、純忠は、このような南蛮衣装を着こなしていた。こうした服装を日本で最初に着用した大名は、信長ではなく、純忠である。

いくさはまだ続いていたのでアルメイダは長居をせず辞去するつもりだったが、純忠はそれを許さず、陣中とは思えないごちそうで伊留満をもてなし、キリシタン宗門の教理《ドチリナ》について不明な点を、ひたすら質問し続けた。伴天連や伊留満と同席している時、純忠はいつもそうであり、彼のキリシタン宗門への熱心さは、いつも伴天連や伊留満たちを驚かせ、感服させるほどのものであった。かなり話し込んだのち、純忠や家臣団と再会の約束をして、アルメイダは戦場を去って行った。

陣中で予期せずアルメイダと会えたことで、攻城線が長引いていることによる純忠の不満や苛立ちは、ずいぶん解消された。アルメイダの不意の訪問は、デウスから自分への呼びかけである気がした。

デウスの守護は我にあり――そう確信した純忠は、純近に、陣中で派手に酒宴を催すように命じた。

「ですが殿、敵の眼前で、よろしいのですか？」

「構わぬ。俺にはデウスのご加護がある。それに、我らの隙を見つけて敵が打って出てくるのであれば、一気に勝負をつければ良い。純種や栄正は、酒を飲んでも敵に遅れを取ることはないであろう」

そうして酒宴が催されると、攻城戦が続いて心身を疲弊させていた将兵の顔に笑みが戻り、にわかに純忠軍は活気づいた。酒宴は翌朝まで続き、賑やかな笑い声は、舞い上がる松明の火の粉に乗って、夜空まで届いた。

翌朝、叛乱軍の将のひとりが投降してきた。聞けば、純忠軍の余裕は敵軍を絶望させ、叛乱の首謀者は切腹して果てたという。首謀者ひとりの血を流しただけでいくさが終結したことに、純忠軍に歓喜が巻き起こった。

「殿、まさか、このように都合よく事が運ぶとは、狐につままれたかのようです。今後、事あるごとに、デウスのお力にすがってしまうやもしれませぬ」

「純近、おぬしも理解し始めたか。これぞデウスのお力じゃ」

かつては、摩利支天への信仰が、いくさ場での勝利を信じる純忠の気持ちを支えていた。デウスへの信仰は、より強い勝利の確信として、純忠の人並外れた気迫の源泉となっていた。

「聖なる十字の下で戦う限り、我が軍は負けぬぞ！」

純忠配下でも、まだキリシタンになっていない者が大半であったが、いくさに勝利するごとに、家臣たちのキリシタン宗門への抵抗感は薄れていくようだった。純忠を勝たせるデウスを信じたい、と願う者も増え続けていた。

辺境の叛乱を鎮圧した純忠は、数日中に横瀬浦を訪れたい旨をしたためた新助への書状を、早馬で届けさせた。新助からも了解の返信が届いた。残念なことに、先日、横瀬浦に着いた伴天連のひとり、ジョアウン・バプティスタ・デ・モンテという名の者は、豊後《ぶんご》（大分県）の大名・大友宗麟《おおともそうりん》からの強い誘いを受けて、既に旅立ってしまったらしい。だが、もうひとりの新任伴天連である、ルイス・フロイスという名の者は、横瀬浦に留まって活動しているというので、対面するのが待ち遠しかった。

永禄六年（一五六三年）の七月七日、純忠は主立った家臣たちを連れて、大村から横瀬浦を訪れることになった。

大村から船に乗り、北西端の対岸まで「琴の海」を渡った。そこは針尾瀬戸の入口で、海峡の向こうには針尾伊賀守の本拠地である針尾島が見えている。針尾瀬戸は「琴の海」から外海まで続いていて、海峡を抜け、外海に出る手前の湾内にあるのが、横瀬浦の港である。

針尾瀬戸の入口近くまで、新助らが馬で迎えに来ていた。先頭のいちばん毛並の良い馬に純忠が乗り、その後ろに新助と純近の馬が並び、三列目には大村純種と一瀬栄正の馬が続き、荷物を持つ徒歩の家臣達が続いた。彼らは総勢三十人ほどで、南蛮の言葉を少し理解できるという日本人商人も、通訳として雇い入れ同行させていた。

「伴天連殿らも、大村殿のお越しを、とても楽しみにしておられます」

そう伝える新助に「そうか」と応える純忠の声は弾んでいた。新助のとなりで馬を進め、先を行く主君の背中を見つめながら、この時、純近は複雑な心境だった。キリシタン宗門に魅入られて以来、純忠と新助のふたりは、たとえふだん離れていても両名の心の距離はどんどん縮まっているようである。一方、いつもお傍に控えている自分には、主君の語るキリシタン宗門の話が理解できず、苛立たせてしまっている。これで第一の忠臣と言えるのだろうか、という焦りと自責の念が、純近にはあった。

もっとも、主君のキリシタン宗門への傾倒にとまどう家臣は純近だけではなく、いくさ人である「黒虎」大村純種と「白龍」一瀬栄正の両名も、純忠から聞かされる教理《ドチリナ》とやらが理解できず、困惑している仲間である。彼らも純近同様、純忠への想いと忠誠心から表立って異を唱えることはないものの、キリシタン宗門への心理的な抵抗感があるのは純近と同じようだ。純忠相手にも遠慮のない惣役・朝長伊勢守純利などは、「それがしは仏教徒であるがゆえ、キリシタンとなるつもりはござらん」と、はっきり言っている。そこまで露骨ではないものの、純種と栄正が別の用事をつくって洗礼《バウチズモ》を受ける機会を見送ったのは、意図的なものだろう。

老臣の重鎮である阿金法印は、純忠がキリシタンとなった後、多良岳の金泉寺に引き上げてしまった。新助に横瀬浦の統治の半分を奪われた形の針尾伊賀守も、キリシタン宗門を面白くは思っていないようだ。大村家臣団で、新助以外にキリシタン宗門を積極的に受け容れている者といえば、福田兼次と長崎純景のふたりくらいかもしれない。純忠が洗礼《バウチズモ》を受けた際、純近、兼次、純景の三人も一緒に受洗したが、とまどいを抱えているのは純近だけで、兼次と純景は、納得していたようにも見受けられた。キリシタン宗門を素直に受け容れられる彼らには感心し、羨望の念すら抱いた。

「兼次、純景――おぬしらには、教理《ドチリナ》が理解できるのか？」

彼らに直接、そう質問をぶつけてもみた。

その時、兼次は困ったように頭をかき、愛嬌のある笑みを浮かべた。

「いや、実は、よく理解してはおらんのだが……大村殿の熱意に打たれたのじゃ。大村殿は、我らを深堀の支配から救ってくださった恩人ゆえ、彼があそこまで熱心に信じようとされている教えを、俺も信じてみたくなった」

そう言うと、兼次は警戒するように、となりの純景を見た。

「大村殿を信じるから、俺は、デウスを信じる――」

純景が短い言葉でまとめると、兼次は、「それは、俺が今、言ったことであろう！」と、抗議するように言った。彼らのいつものやりとりを微笑ましく見守りながらも、純近の中では、自身の信仰心への迷いもあった。

純近としても、主君・純忠への忠誠は絶対的に揺らがない。

だが、純忠の信じるデウスへの信仰となると……正直、まだ自信がない。

主君をいちばん理解できる自分でありたいのに、ことデウスに関することでは、新助や兼次、純景に遅れを取ってしまっている自分が、もどかしかった。

純近は、馬に揺られつつ煩悶していた。

彼を我に返らせたのは、主君の突然の大声であった。

「おーい、伴天連殿ー！」

横瀬浦の港町に近い丘の、下り坂に差しかかったところであった。丘の麓に伴天連たちがいるのを目にした純忠は、馬上から手を振り、駆け出した。馬に乗る家臣や徒歩の従者たちも、慌てて主君の後に続く。

丘の麓には、横瀬浦の町民たちがたくさん待ち構えていて、彼らは純忠の姿を見ると、地面に両手両膝をつき、ひれ伏した。伴天連コスメ・デ・トルレスと伊留満ジョアウン・フェルナンデスは地面に置いた椅子に座っていた。ただひとり立ったままであった黒装束の南蛮人が、周囲の様子を見て自分も地面に膝をつこうとしたところに、純忠が声をかけたようだった。

少し手前で馬を下りると、純忠は伴天連トルレスと伊留満フェルナンデスに、「サルウェーテ」と声をかけた。それは、エウロパ人たちが日本人キリシタンとそう挨拶するのを見て、純忠が憶えた言葉だった。相手が複数の時は「サルウェーテ」、相手がひとりの時は「サルウェー」となるらしい。

新しき伴天連ルイス・フロイスは、トルレスや、純忠が以前会った伊留満ルイス・デ・アルメイダ同様に、日本人より頭ふたつほどは背が高かった。日本人とあまり変わらない身長の伊留満フェルナンデスのほうがエウロパでは珍しいのであろう。トルレスは長身であるだけでなく巨体だが、フロイスは引き締まった身体つきで、彫りの深い顔立ちは生気に満ちていた。

そこで純忠が気づいたのは、トルレスとフェルナンデスは、ひどく疲弊して見える、ということだ。彼らが椅子に座っているのは、トルレスが脚を悪くしていることに加えて、立っているだけの体力がないからだろう。トルレスたちは、彼らにとって異国であるここ日本で十五年近くも布教活動を続けてきたというから、疲れきっているとしても無理はない。一方、新任の伴天連ルイス・フロイスは、日本に来てひと月ほどなので、疲労の差は歴然としているはずだ。フロイス自身にも船旅の疲れは当然あるだろうが、異国の異文化での暮らしのほうが、同胞たちとの船旅より消耗度が激しいのではないだろうか。

自分を見つめる大きな瞳を、純忠は、まっすぐに見つめ返した。

「サルウェー、伴天連殿。我、ドン・バルトロウこと大村純忠なり」

「サルウェー、ドン・バルトロメウ。ワレ、ルイス・フロイス、ナリ」

日本について間もないフロイスが「我」、「なり」という日本語を用いて名乗ったことに、感心した。純忠は「ルイス……」とつぶやいて、後方の新助を見た。新助のキリシタンとしての名は、ドン・ルイスである。

「貴殿もご存じかと思うが、あの者もルイスの名を受けたし、以前、俺が最初に出会った南蛮人もルイス（・デ・アルメイダ）であった。どうも紛らわしいので、貴殿のことは、フロイス殿と呼ばせてもらうことにしよう」

純忠の日本語を完全には理解できないとしても、大意は伝わったようだ。フロイスは、自分の名を呼ばれたのが嬉しそうに、うなずいた。純忠とフロイスは、こうして出逢った。フロイスが「もうひとりの革命児」である信長に初めて拝謁する六年前のことである。

伴天連トルレスと伊留満フェルナンデスは、純忠が近づくと、挨拶のため椅子から立ち上がろうとした。純忠は、それを「良い」と制し、彼らを座らせたまま両手で握手をした。

「トルレス殿、ヘルナンデス殿、ご体調が優れぬ中、お待たせしてしまい、申し訳ござらん。我らの馬を、どうかお使いくだされ」

「ドン・バルトロメウ、カタジケナシ。サレド、ワレラ、カラダ、ワルイ。ウマ、ムリ」

「そうか……。新助——ドン・ルイスに輿《こし》を用意させるべきであったな」

それから、純忠は、平伏している町民たちに「そのほうたち、苦しゅうない。立つが良い」と告げると、トルレスとフェルナンデスが移動のために立ち上がるのに手を貸そうとしたので、純近ら家臣たちが慌てた。

「そうじゃ。純種、栄正――おぬしらなら、彼らを背負えるであろう」

純忠は自分の肩を叩く仕ぐさをしながら、同行させている通訳の日本人商人に「これは、何と言うのじゃ？」と尋ねた。通訳は「オンブル」と答えたが、純忠は「オンブ」と聞き間違えたようだった。

「純種、栄正――オンブじゃ！　伴天連殿たちをオンブしてくれ」

伊留満フェルナンデスは日本人と大して変わらない身長で、なおかつ痩せているので、栄正が易々と背負った。しかし、伴天連トルレスは純種以上の巨体であり、無理に背負おうとすると、トルレスが悪くしている脚を地面で引きずることになってしまいそうだった。

純忠の指示で、トルレスは椅子に座らせて、純種と栄正が両側からその椅子を持ち上げ、フェルナンデスは純近が背負うことになった。純忠はフロイスに近づき、尋ねた。

「フロイス殿、オンブ？　……真？　……難？」

伴天連フロイスは、何を尋ねられたのかわからない、という様子を見せたが、純忠の身振りから背負われることへの質問であることを察し、少し考えてから、ポルトガル語の「シン」（＝はい）と「ナン」（＝いいえ）で問いかけられたことも理解した様子だった。

「ナゥン、オブリガードゥ」

フロイスは首を左右に振ったが、「オブリガードゥ」は御礼の言葉であったはずだ。感謝したように頭を下げるフロイスに、純忠は、うなずいた。

純忠を先頭に、一行は横瀬浦の教会《エケレジア》へと移動した。新しき伴天連ルイス・フロイスは、まだ日本語をほとんど理解できない様子だったが、通訳を介して、純忠との会話を楽しんでいるようだった。ポルトガルと日本の気候の違いや日本での生活の様子について純忠が尋ねると、「そんなに気候は違わないので住みやすいです」と、フロイスは通訳を介して答えた。

教会《エケレジア》に到着し、居館《カーザ》に移動すると、伴天連トルレスから純忠に、黄金で装飾された珠と十字架のついたコンタツが送られた。

「何とも美しきコンタツじゃ。トルレス殿、かたじけない」

純忠は、さっそくそれを首からかけ、トルレスやフロイス、フェルナンデス、そして、新助ら家臣たちにも誇らしげに見せた。そんな純忠の少年のようなふるまいを、伴天連や伊留満、新助たちは微笑ましく見守っていたが、純近らの表情には、反応に困っているような、とまどいも見えた。

その日の午後、純忠は家臣たちと共に、横瀬浦に停泊している南蛮船を見物に訪れた。サンタ・クルス号という名のその船は、帆柱三本を備えた大型帆船で、二百五十人ほどは収容できるようだ。伴天連ルイス・フロイスは、この船に乗って、はるばる日本までやって来たのである。純忠を歓迎するために船は豪奢な布で飾られ、大砲も発射された。その轟音に純忠は「おおっ」と声をあげて驚き、拍手喝采を贈った。

純忠は船員たち一人ひとりに、「長旅、ご苦労であったな」と声をかけた。日本語は通じないものの、声の調子と身振りで言いたいことは伝わり、船員たちは異国の殿からのねぎらいに恐縮し、感謝していた。

同夜、港に停泊したサンタ・クルス号の中で、盛大な祝宴が催された。二百五十人ほどの船員たちと、純忠と家臣団三十人ほどが甲板を埋め尽くした。酒樽の上に料理や酒が載せられ、皆、楽しそうに食事をしている。

「俺は、このテンプラという料理が好物じゃ。また、日本の酒とは異なる『美妙』(ヴィーニョ＝ワイン)の味わいも、とても良い」

純忠は家臣たちにも、テンプラや「美妙」という名を憶えさせ、賞味するように勧めた。「美妙」については好みが分かれたものの、テンプラは全員が美味だと認め、「この調理法は、我らも学びたい」という意見も聞かれた。

純忠の家臣たちは、珍しい料理や酒に舌鼓を打ちながらも、異国の者たちと何を話して良いかわからず、日本人だけで固まっている者が、ほとんどだった。陽気な南蛮人船員が親しげに話しかけてきても、言葉の壁もあり、会話は弾まなかった。そんな中、純忠と新助だけは、通訳を介して積極的に交流していた。新助は元々、他者との交流を積極的に愛する性格ではないものの、キリシタン宗門への傾倒がエウロパへの関心を強め、南蛮人への好奇心が彼をいつも以上に社交的にしているようだった。

用意されていた料理や「美妙」がだいぶなくなり、賑やかな祝宴は、終盤に差しかかりつつあった。純忠は、ビイドロ（ガラス）と呼ばれる透明な器に「美妙」を入れ、パンを手に、船尾楼に移動した。そこでは、新しき伴天連ルイス・フロイスが、物思いにふけるように、夜空を見つめて、ひとり静かに佇んでいた。

「フロイス殿、貴殿に質問がある。貴殿らは、この国を『ジャパン』（ジャパゥン）と呼んでおるようだが、ジャパンのパンと、この（食べ物の）パンは同じ音か？」

純忠の質問を通訳が伝えると、フロイスは、「エ、シン」と、笑顔で、うなずいた。「エ」というのは、「え？」と驚いたのか、それとも、そういうポルトガル語があるのか、純忠にはわからないが、「シン」は「はい」の意味であることは、既に理解している。

「なにゆえ、『ジャパン』と言うのじゃ。その由来は？」

フロイスは申し訳なさそうに、「ペディール・ディスクーパス」と答えた。由来を知らないことを謝ったようなので、純忠は「良い」と手を振った。

「フロイス殿、この横瀬浦がキリシタンの町としてますます発展していくように、今後も、俺は、いかなる助力も惜しまぬつもりだ。だから貴殿には、この地を拠点に、存分に布教してもらいたい」

「ドン・バルトロメウ、オブリガードゥ。カタジケナシ」

「こちらこそ、オブリガードじゃ。聞くところによれば、貴殿は、南蛮人の中でも、語学の才で知られているそうだな。早く日本の言語も習得して欲しい。また、俺も、ポルトガルやラテンの言語を、少しずつ憶えたいと思っている」

純忠のその言葉を聞くと、フロイスは、幸せそうに微笑んだ。

サンタ・クルス号での祝宴の翌朝、純忠は、夜が明ける前から起き出した。数名の供だけを連れて、横瀬浦の教会《エケレジア》を訪れ、未明の静かな時間の中で、祈りを捧げていた。誰かが驚く声が聞こえたので、居館《カーザ》に通じる廊下のほうを観ると、伴天連ルイス・フロイスが入ってくるところだった。

「フロイス殿、昨夜はオブリガード」

「ドン・バルトロメウ、ムイントゥ・オブリガードゥ」

ムイントと聞こえる言葉は初めて聞いたので純忠は首を傾げたが、感謝を強調しているのではないかと推測できた。純忠が「ムイント・オブリガード」と言い直すと、フロイスが嬉しそうな表情になったので、正しい理解であったことがわかった。

「ちょうど良き時に現れてくださった。デウスやゼズス・キリシトについて、貴殿に教えてもらいたいことがあったのじゃ」

純忠は身を乗り出したが、この時は通訳が周囲にいなかったため、フロイスは日本語を理解できず、困った顔になった。

「シントゥ・ムイントゥ。ナゥン・シュトゥ・エンテンデンドゥ」

申し訳なさそうに恐縮するフロイスに、純忠は笑顔で言った。

「やはり、貴殿ひとりで日本語での会話は、まだ難しいか。日本に来てまだひと月では、無理もない。良い……またお頼み申す」

朝になり、起き出してきたクンパニア・デ・ジェズーシュの関係者たちは、純忠のために特別な敷物を用意しようとしたが、純忠は、それを拒んだ。

「そのようなことを気にするでない。ここエケレジアの中では、俺も町民たちと同じ立場じゃ。彼らを遠ざける必要はない」

横瀬浦の町民たちは同席することに恐縮していたので、純忠は彼らにも「気にするな」と何度も声をかけていた。その日、伴天連トルレスによって執り行われたミサと、その後、子供たちが歌う教理問答《カテキズモ》を、純忠は、終始真剣に、心から満足げに観守っていた。

「キリシタン宗門のドチリナについて、もっと詳しく教えていただきたい」

純忠がそう強く依頼したことを受け、伴天連フロイスと伊留満フェルナンデスは翌朝から毎朝、夜明け前に迎えの輿に乗って、横瀬浦の純忠の屋敷を訪問した。早朝という時間帯になったのは、フロイスたちは日中、多くの一般キリシタンに対応する必要があり、時間を取れないためであった。

ろうそくに照らされた室内では純忠が紙と筆を用意していて、フロイスとフェルナンデスが到着するなり、矢継ぎ早に質問を飛ばしてくる。

「ミサが特別な儀式であるのは、どのような理由によるものじゃ？　煉獄《プルガトリウ》と地獄《インヘルノ》の罰《ペナ》は、どのように違うのじゃ？」

そうした質問に対して、伊留満より上級である伴天連の立場からフロイスが解答する。彼はまだほとんど日本語を理解していないため、フェルナンデスが純忠とフロイスの会話を仲介した。フェルナンデスは慢性的な体調不良のため通訳するのも大変そうであったが、彼に同情しつつも、純忠とフロイスの両名は、相手との会話を心から愉しんでいた。教理《ドチリナ》についての疑問点が少しずつ解き明かされていく知的満足に加えて、異国の伴天連と言葉の壁を乗り越えて内容の濃い話を続けているという体験そのものが、純忠には特に心地良かった。体力が衰えて長時間の話が難しい伴天連トルレスと違い、伴天連フロイスは純忠と一歳違いの同世代のため、体力的な不安も感じさせない。存分にフロイスと語らえる時間は、純忠にとっては無上のひとときであった。

純忠が使う日本の紙は巻物状に丸められていて、筆で文字を縦に、右の行から左の行へ連ねながら、ひとつながりの紙を少しずつ開いていく。それに対して、フロイスは一枚ずつ独立した四角い紙に金属製の筆記具で、文字を左から右へ、上の行から下の行へと連ねていく。そのような違いはあったものの、純忠はフロイスと自分を指差して、笑った。

「フロイス殿、我ら同じじゃ」

純忠の言葉をフェルナンデスが通訳すると、フロイスは「アリガタキシアワセ」と答えた。彼がその言葉を口にするのは初めてだったが、家臣が純忠にそう言うのを耳にして学習したようだ。日本語を学ぶことにフロイスが熱心であることが、純忠は本当に嬉しい。

純忠のほうでも、フロイスに約束した通り、エウロパの言語を憶えることに意欲的だった。キリシタン宗門の教理《ドチリナ》に関する語だけでなく、日常会話で使う語も、彼はいくつか書き留めて、憶えようとしていた。

別れ際、フロイスとフェルナンデスが日本語で挨拶し、純忠がポルトガル語で返すという不思議な光景になり、家臣たちは驚いていた。

「ドン・バルトロメウ。サラバ、マタ、ミョウニチ。オタノミモウス」

「フロイスドノ、ヘルナンデスドノ、アテ・アマナン。アデウス。セ・ハス・ハボール」

純忠の横瀬浦滞在は六日間に及んだ。本来は、もっと長く滞在するつもりであったが、彼が急ぎ大村へ戻る決意をしたのは、フロイスたちと教理《ドチリナ》について話し、新たな気づきを得たことが原因であった。

「戒律《マンダメント》で禁じられている偶像崇拝《イドラトリア》とは、要するに、何かの像を崇拝することじゃな？　俺はかつて摩利支天という天狗（悪魔）の像を崇拝していたが、みずからの過ちに気づき、焼き払った」

その話を持ち出すとフロイスとフェルナンデスは笑顔で、うなずいた。

「ドン・バルトロメウ、ソレ、ヨキコト」

伴天連や伊留満に認められると、デウスから褒められたようで、嬉しくなる。純忠も満足げにうなずいた――が、次の瞬間、「いや、待て」と手を頭に当て、何かを思い出した様子だった。

「もしや……先代領主の像を祀るのも偶像崇拝《イドラトリア》か？」

フロイスとフェルナンデスは顔を見合わせ、悲しそうに首を左右に振った。

「ドン・バルトロメウ、ソレ、イドゥラトゥリア。アシキコト」

純忠は顔色を変え、いきなり立ち上がった。硯《すずり》に置いていた筆が転がり落ちて畳を墨で汚したが、それどころではない、という様子であった。

「やはり、そうか！　今日そのことに気づけたのは、これぞ、デウスの援けであろうか。いかん、こうしてはおられぬ。すぐに大村へ戻らねば——！」

七月十三日から十六日にかけての盂蘭盆会《うらぼんえ》では、先代領主・大村純前の木像を祀り、坊主たちによる盛大な祈祷が行われる。実兄・有馬義貞や重臣・阿金法印への配慮から仏教を黙認する一環として、純忠は盂蘭盆会の祈祷も当初は看過するつもりであった。だが、それが、キリシタン宗門においては偶像崇拝《イドラトリア》の罪にあたると気づいてしまった以上、もはや放置するわけにはいかなかった。

横瀬浦滞在を切り上げ、純忠は七月十二日に大村へ戻った。そして、すぐさま家臣に命じて先代領主の木像を大村館から持ち出し、焼き払わせた。先だって摩利支天像を焼き払った時以上に、家臣たちのあいだに動揺が広がった。

「偶像崇拝《イドラトリア》は罪深きこと。俺が崇拝すべきはデウスやゼズス・キリシト、ゼズスを示す十字の印や、聖人《サント》の方々のみじゃ！」

純忠はそう叫んだが、周囲にいる家臣たちや、遠巻きに観守っていた大村の町民たちのほとんどは、燃え盛る先代領主の木像を呆然と見ながら、言葉を失っていた。キリシタンである純忠にとっては「善きこと」であるが、仏教徒たちにとっては、純忠の行動こそが、何かに取り憑かれたとしか思えない「天狗（悪魔）の所業」であったのだ。

「どうした、おぬしら？　これが正しき行ないであることがわからぬか！」

純忠は問うたが、純近ですら返答に躊躇し、表情を強張らせていた。

純忠の第一の忠臣にして、家臣団の代表たる兄頭役の今道純近と、政務を取り仕切る惣役の朝長伊勢守純利は、先代領主・純前の木像を焼き払った件について、伊勢守の屋敷で純忠と内密に話す場を設けた。横瀬浦から純忠に同行していた朝長新助純安も同席した。現在の家臣団の出発点とも言えるその四人だけで会うのは、実に数年ぶりのことであった。

彼ら四人が行動を共にすると最初に誓ったあの日から、もう十年以上もの歳月が経過したことになる。大村家の領土は拡大し、家臣団も増え、彼ら四人それぞれの立ち位置も、ずいぶん変わった。かつてと同じ部屋で面会したことで、それぞれの変化を実感せずにはいられなかった。

最初に切り出したのは、伊勢守であった。

「大村殿、以前の摩利支天はともかく、大村家の先代である大殿の像を焼き払われたのは、さすがに、いかがなものでしょうか。阿金法印は、殿がキリシタンとなられて以後、金泉寺へ引き上げたままです。彼が今回の一件を耳にすれば、老臣を辞めるかもしれませぬ」

阿金を推挙した当人でもある伊勢守は、彼を気遣っているようだった。

「伊勢守、そう言うが、俺は、これでも阿金に遠慮しておるのだぞ。もし阿金や有馬の兄者のことがなければ、俺は今頃、大村領内の寺社をすべて焼き払っておるわ」

その大胆不敵な言葉には、伊勢守だけでなく、さしもの純近も苦悩するように眉根を寄せ、くちびるを噛み、拳を握りしめた。ただ、新助だけは、いつもの穏やかな表情のまま、純忠の話を聞いていた。純忠から剣呑な話題が出ても新助がうっすらと微笑すら浮かべている様子は、伊勢守や純近には不気味で、恐ろしいことのようにすら感じられた。

忠臣たち三人が沈黙する中、純忠は、まず純近を見た。

「純近――おぬしに問いたい。俺は間違っているか？」

純近は主君の視線をまっすぐに受け止め、少し考えた。以前、福田兼次、長崎純景と交わした言葉を思い出す。兼次も純景も、純忠を信ずればこそデウスを信じる、と言った。主君・純忠への想いでは、純近は他の家臣には負けられない。純近は、首を左右に振った。

「殿――俺は、なにがあろうと殿について行くと誓ったのです。それがどのようなご決断であれ、俺は――俺だけは――何があろうと殿を支持します。殿がデウスを信仰されるなら俺も従います。殿、俺の信仰対象は、殿なのです」

それは決して綺麗ごとではなく、純近のいのち懸けの決意であった。純忠を守るためなら、いついのちを捨てても惜しくない――純近は、いつもそう考えている。純近が純忠を守るのは、戦場だけではない。もし日常生活で純忠が危機に陥ることがあるのなら、その時も守らねばならない。

忠臣の芯の通った言葉を聞き、純忠は力強く、うなずいた。

「純近……よく言ってくれた。おぬしは、俺が死ぬまで第一の忠臣じゃ！　だが、俺を信仰するな。俺が信仰するデウスこそを、信仰すべきじゃ」

それについては肯定せず、純近はただ頭を下げ、そのまましばらく、うつむいていた。純忠は、次に新助を見た。

「新助、おぬしは、どう思う？」

虫さえ殺せないと言われるこのやさしい男が、剛胆さで知られる主君相手にいささかも臆さず、凛々しい表情で意見を述べた。

「殿、それがしは兄とは違い、殿のご決断を全面的に支持いたします。なぜなら、それがし自身が殿同様にキリシタン宗門の教えに心から魅せられているからです。このような機会を与えてくださった殿と、デウスに感謝いたします」

この新助の返答には、伊勢守が、たじろいだ。彼ら四人は一蓮托生のはずであったが、この問題については、それぞれ立場の差があるようだ。

純近は、デウスは理解できぬものの、純忠は肯定する。

新助は、デウスを理解し、純忠のことも支持する。

伊勢守は、デウスは理解できぬし、純忠の今回の暴挙も認められない。

まさしく三者三様に意見が分かれてしまったが、たとえ純忠が理解できないことをしても純近は主君を常に肯定する立場なので、三対一で、伊勢守は分が悪いことは認めざるをえなかった。これでは、純忠の行動は止められない。

「各々がそう言われるなら、拙者にも異存はござらん。ただ、今後、家臣団の反発が強まることは、大村殿には、どうか覚悟していただきたい」

それが、伊勢守にとっては、せいいっぱいの警告であった。

第五章　虚無からの帰還　【大村館の変】

先代領主・大村純前の木像を焼き払った純忠は、例年であれば先祖供養の祈祷のために坊主たちに納めていた莫大な金品を、今年は、いっさい納めなかった。その代わりに、家臣たちを動員し、領内の貧しい者たちを二、三千人ほども集めて、盛大に食事をふるまった。そして、領民たちに呼びかけた。

「俺がこのようにするのは、俺がドン・バルトロメウに――キリシタンになったからじゃ。良いか、皆の衆！　キリシタン宗門は、尊《たっと》きゼズス・キリシトが全人類を想い説いた、まことの『愛の教え』ぞ。ゼズスを信ずる者は、横瀬浦の教会《エケレジア》を訪れるのじゃ！　教理《ドチリナ》を理解し洗礼《バウチズモ》を受ければ、おぬしらのいかなる罪も赦される。たとえ今生がつらくとも、後生では救われるぞ！」

この炊き出しは貧しい領民たちから涙ながらに感謝され、純忠は、自身が正しきことをしたという確信を強めた。その後、横瀬浦奉行の新助から届いた報告によれば、大村領各地からキリシタンになる希望を抱いて横瀬浦を訪れた者たちは、ひと月で五百人にも及んだという。

金泉寺・阿金法印は、純忠がキリシタンとなって以降、多良岳から下山せぬまま沈黙を保っていたが、大村領内の坊主たちは、辻々を練り歩いては純忠の暴挙を罵り、「大村殿には、すぐに仏罰が下さるぞ！　南蛮の邪教を信じてはならぬ！」と触れ回った。そうした坊主らに「その通りだ！」と賛同する者もいれば、「大村殿は我らに食糧を下さったぞ！　おぬしらは、我らから金品を奪うだけではないか！」と反論する者もいて、激しい諍いになることもあった。

こうした大村領の混乱に乗じて、辺境ではまた叛乱が生じ、純忠は鎮圧のために軍を起こした。その陣中においても、純忠は家臣たちにキリシタン宗門の教えを説き、また、横瀬浦の新助に次のような書状を書いていた。

「我、キリシタンとしての真理の確信は日に日に強まるばかりなり。ゆえに、我、大村にも横瀬浦以上のエケレジアを、今や切に欲するものなり。廃寺となりし大村の家屋を、いつでも伴天連殿にご提供したくそうろう。また、もし廃寺が不適切ならば、領内の別の屋敷を、いつでもご提供したくそうろう」

この純忠の書状には新助も欣喜雀躍《きんきじゃくやく》し、「大村の我が屋敷を、ぜひお使いいただきたい」と、伴天連たちに彼みずから申し出たという。伴天連たちも、もちろん、純忠からの申し出を大いに喜び感謝したが、伴天連コスメ・デ・トルレスの体調が優れず病床に臥せっており、活動できる唯一の伴天連であるルイス・フロイスは教会《エケレジア》のある横瀬浦を離れられないため、今この時期は難しい、との判断を下したようだった。

純忠は残念に思いつつも、しかるべき時が来れば、デウスが良い機会をつくってくださるであろう——と、楽観的に捉えている面もあった。

デウスへの信仰を強める純忠は、まさしく神がかったかのような勢いを味方につけた。十字の旗は敵軍を蹴散らし、叛乱を難なく鎮圧した。今回も記録的なほどの大勝利であり、純忠の威勢は増すばかりであった。

「こたびのいくさも大勝利じゃ！　デウスが我らに味方している証左であろう。偶像を焼き払ったことを、デウスも讃えてくださっておるのよ」

自信に溢れる主君に対して何か言いたそうにしている家臣もいたが、信念に基づき行動し結果を示し続けている純忠に対して、表立って意見できる者はいなかった。これまでキリシタン宗門に疑問や苦言を呈していた者たちも、いくさの記録的大勝利を受けて、態度を軟化させつつあるようにも見えた。

横瀬浦奉行の新助も戦勝祝いのため、大村館へ駆けつけた。祝宴の席で、まだ洗礼《バウチズモ》を受けていない老臣の数名から、次のような申し出があった。

「近頃の殿は、我らを数名ずつ選んで横瀬浦に通わせ、キリシタンの教理《ドチリナ》を学ばせた上で洗礼《バウチズモ》なる儀式を受けさせておられます。が、なかなか順番の来ない者たちが、そろそろ痺れを切らしております。殿のお力で、伴天連殿や伊留満殿を、この大村へお招きいただけませぬか。さすれば、より多くの者が、洗礼《バウチズモ》を受けることができましょう」

純忠は膝を打って、声を弾ませた。

「よくぞ申した！　それは、俺自身も望むところよ」

純忠が強制したわけでなく、家臣団のほうから、そのような提案が出た意味は大きいだろう。先日、大村に教会《エケレジア》を建立したいという純忠の要望は、伴天連トルレスの体調不良により先送りとなってしまったが、家臣団の多くが洗礼《バウチズモ》を受けることを希望しているなら、トルレスも無理をしてくれるかもしれない。あるいは、新任の伴天連フロイスを招くのでも良いだろう。

あくまで家臣団からの招き、という形を取るのが良いと思ったので、家臣団がしたためた書状に純忠は花押も署名も書かず、横瀬浦へ戻る新助に書状を託した。

「大村に立派な教会《エケレジア》ができたら、それがしを大村に呼び戻していただきたくなるやもしれません」

出立の前の新助は、珍しく、そんな冗談さえ口にしていた。大村領内でキリシタン宗門への理解が広まることに、無上の幸せを感じている様子だった。

「新助、なにを言う。おぬしには、ドン・ルイスとして、今後も横瀬浦の発展に尽力してもらわねば困るぞ。横瀬浦も大村も、どちらもキリシタンの聖地として栄えさせることこそ、我らからデウスへの何よりの貢献となるであろう」

そうは言ったものの、純忠としても、本拠地である大村に教会《エケレジア》を建立できたら、その時は、新助を呼び戻すことも、当然、頭にあった。純忠は今でも第一の忠臣・今道純近をいちばん頼りにしているのだが、残念ながら、純近は教理《ドチリナ》の理解が浅い。ことキリシタン宗門のことに関しては、やはり、新助以上に何でも話せる者は、ほかにいないのである。

新助が横瀬浦に戻るのと同日、純忠の正室・おえんが、実家・西郷氏の本拠地である伊佐早へ、しばらく戻ることとなった。親族が体調を崩しているのを見舞うためであった。おえんと純忠の婚礼以後、西郷氏とは表面上は和睦を結んでいるが、元は宿敵であり、いつふたたび関係悪化してもおかしくない。両者の均衡が保たれているのは、おえんの存在によるところが大きい。

おえんが伊佐早へ戻ると決まった時、純忠は喪失感に似た想いを抱き、いつしか自分の中で彼女の存在がとても大きなものになっていると気づかされた。おえんは純忠にとって、西郷氏との関係を軟化させてくれた恩人であるが、それだけではない。忠臣・純近がそうであるように、自分のとなりにいてくれて当たり前と感じるほど、おえんの存在は純忠の一部となっていたのだ。

「殿、わらわは、もう大村の女です。そこは、どうかご心配なさらず」

そう言って微笑する正室を純忠は信頼していたが、実家に戻ったおえんを、西郷氏は大村へ返さないかもしれない。そうなると、大村領の南の守りが崩れてしまうし、お互い望まずしておえんと引き裂かれてしまったら、かつて又八郎が去った時のように、自分の一部を失ってしまう気がする。あの痛みをまた味わいたくはない。純忠は、護衛という名目で、純近をおえんに同行させることにした。純近がそばにいれば、おえんが西郷氏に囲い込まれることはないであろう。

純忠自身も気づかなかったが、これは実は、純忠が意識して純近を遠ざけた初めての機会でもあった。おえんを「大村の女」として護るための純近派遣であり、遠ざける、という意識はなかった。しかし、キリシタン宗門に傾倒する純忠と、それを理解できていない様子の純近とのあいだには、本人たちも気づいていない――いや、気づいてはいるが、気づかぬふりをして目を逸らしている、心理的な溝ができつつあったのかもしれない。

横瀬浦に戻った新助が大村家臣団からの書状を見せると、病床の伴天連トルレスは、寝台から上半身を思わず起こすほど驚き、歓喜を示した。だが、トルレスは長距離を移動できる体調ではなく、大村へ赴くのは難しかった。

新任の伴天連フロイスは体調面での問題はなかったので、自分が代理として大村へ赴くことを提案したものの、これは、トルレスに反対された。日本についたばかりでこの国のことをまだよく理解していないフロイスが、教会建設《エケレジア》を指揮し、他の諸事に対応するのは難しいだろう、というトルレスの判断であった。

トルレスたちとしても、大村家臣団の申し出には本当に喜んで応じたいのだが、いかんせん、トルレスの体調不良が深刻であった。病状が快復し次第、大村へ伺うので、それまで、どうかお待ちいただきたい――というのが、トルレスから新助への返答であった。

この失意の報告は重要であったので、新助は、使者を出すのではなく、みずから大村へ戻り、伴天連トルレスの意向を伝えた。トルレスの返答は、案の定、純忠と家臣団を失望させたが、まだ、あきらめぬ者たちもいた。

「伴天連トルレス殿のご病状が深刻であることは、よく理解いたしした。しからば、伴天連フロイス殿と伊留満ヘルナンデス殿に、是非に、ご来訪いただきたい。フロイス殿が日本のことをいまだよく知らずとも、ヘルナンデス殿ならよく心得ておるはず。なにとぞ、お願い申し奉る」

そこまで伴天連と伊留満の大村入りを熱望する家臣がいることは、純忠と新助にとっては、嬉しいことでないはずがなかった。純忠は、「俺自身も、それは強く望む。フロイス殿に来ていただけるなら、そんなにも喜ばしいことはない」と話し、今度は家臣団の書状にみずからも署名し花押を添えた。

純忠自身も強く要望していることなので、次はトルレスも「ナゥン」とは言わないであろう。新助は、そう確信した。

「殿、それがしが次に大村へ戻る時には、伴天連フロイス殿と伊留満ヘルナンデス殿を一緒にお連れできるはず。どうかご期待くだされ」

希望に顔を輝かせて、新助はまた横瀬浦へと戻って行った。彼を見送った純忠としても、今度こそ、新助がすぐに、フロイスとフェルナンデスを大村へ連れ帰ってきてくれるであろうことを、確信して疑わなかった。

フロイスとフェルナンデスが大村へやって来てくれれば、横瀬浦で三人が共有したあの濃い時間を、今後は、ずっと味わえるだろう。それは、純忠にとって夢のような想像であった。期待に胸を高鳴らせていたおかげで、伊佐早の実家へ帰った正室・おえんと、第一の忠臣・今道純近の不在にも、さほど寂しさを感じずに済んだ。かつて大村を去ったままになった又八郎と違って、おえんと純近は「必ず戻って来るはずの者たち」だと、純忠は信じられたのである。

横瀬浦に戻った新助は、純忠と大村家臣団からの強い要請を伝えた。今度は純忠の希望でもあり、伴天連フロイスと伊留満フェルナンデスが新助と共に大村へ赴くことを、病床のトルレスも承認するしかなかった。元々、トルレスが反対していた――というより延期を望んでいたのは彼の健康状態だけが理由であり、大村家臣団からの招きは、彼らにとっての悲願でもあったのだ。

ただし、新助が大村からの書状をもたらしたその二日後に、トルレスのための特別なミサを伴天連フロイスが執り行う予定が既にあった。クンパニア・デ・ジェズーシュの守護者・聖母マリアに捧げる特別なミサでもあるため、それが終わるまで大村行きを待って欲しい、と彼らは希望した。たった二日待つだけなので、新助は了解した。

ところが、ミサの前夜、ヴェスペラス（晩課）と呼ばれる務めを果たしている最中から、フロイスが急に発熱し、立っていられないほどになった。それでもフロイスは気を張って、翌日のミサを何とかやり遂げたのが、ミサ終了と同時に倒れてしまった。

新助は陽が落ちるまで待ったが、フロイスの容態が快復する気配はなく、かと言って、トルレスも体調が優れないので大村へ連れて行くことはできない。今度こそ伴天連殿を大村へ連れ帰れる——と、心から期待していただけに、新助の失意は大きかった。同じく期待してくれている純忠や家臣団を失望させてしまうことも、心苦しかった。

失意の知らせを伝えねばならないので、使者を送るのではなく、みずから伝えねばならないと考えた。新助は家臣たちを連れて、船で大村へ向かった。

横瀬浦港のある外海に面した湾から南東方向に針尾瀬戸が延び、この海峡の急流を超えた先に、「琴の海」が広がっている。針尾瀬戸のあたりは、新助と共に横瀬浦奉行の座にある針尾伊賀守の本拠地でもあり、彼が指揮する針尾水軍の根城にもなっている地域である。

針のように細い目をした針尾伊賀守は、決して笑わない冷たい印象の男で、新助は苦手としていた。形の上では、ふたりとも横瀬浦奉行であるが、針尾伊賀守は、それを面白く思っていない様子なのだ。横瀬浦がキリシタンの町となることについて、針尾伊賀守が純忠に面と向かって抗議したこともある、と聞いている。

針尾伊賀守だけではないが、大村家臣団の中にも、キリシタン宗門を理解できない者たちは、まだまだ多い。新助の兄である朝長伊勢守純利などは、「自分は仏教徒なので改宗するつもりはない」と、純忠にも明言している。

どうして彼らは理解できないのだろう、と、新助は不思議で仕方がないのだが、すべての人があっさりキリシタンになるのであれば、誰も苦労しない。他人の霊魂《アニマ》の救済のために苦労することが大切だからこそ、デウスは、このような状況を用意してくださっているのだろう。今回、伴天連フロイスを大村へ連れ帰れたなら、状況は、だいぶ変わっていたはずだった。それだけに、フロイスの急な発熱が新助には本当に残念でならなかった。

――伴天連フロイス殿が急に体調を崩されたことも、偶然とは思えない。我ら人間には容易には理解できない、デウスのはかり知れないご意思が働いているのだろう。何か深い意味があるのに違いない……。

夜の針尾瀬戸を進む船の中で、そんなことを船上で新助が考えていた時、不意に、周囲が騒がしくなった。

「何だ……おい、見ろ！　我らの船、いつしか囲まれておるぞ……」

騒ぎ立つ家臣たちに新助は「何事ぞ？」と尋ねた。船上では、いくつかの松明を焚いているが、あたりは夜闇で薄暗く、視界は効かない。しかし、たしかに、新助たちの乗る船は、何隻かの船に囲まれていた。

「海賊か!?　いや、このあたりは、針尾水軍の根城。それは、ありえぬが……」

左右から船が接近してきた――かと思うと、碇のついた鎖が投げ込まれ、新助たちの船は、左右から挟まれ、両側から引き寄せられる形となった。左右の船がどんどん近づいてきて、船体同士が衝突し、船が揺れて、新助たちは、よろめいた。いくつもの人影が、次々に、新助たちの船に飛び移ってくる。

「何じゃ？　何奴じゃ？　まさか――、針尾の裏切りか……」

襲撃者たちは何も答えず、新助の家臣たちを次々に斬り殺していく。新助は逃げようとした時に転び、甲板に両手両膝をついた。何とかその場から離れようと甲板上を這って逃げようとした時、胸に鋭い痛みが走った。

「ああっ！　デウス……！　ゼズス……お助け……を」

そこまで言葉を発したところで、新助の首は無慈悲に斬り落とされた。

松明が蹴倒され、新助の船は、夜の洋上で炎に包まれていく。

襲撃者のひとり――針尾伊賀守は、自分の船に戻ると、蛇のように邪悪に微笑し、大村の方角へ刀の切っ先を向け、家臣たちへ吠えた。

「新助を殺ったぞ！　伴天連も、伊留満も皆殺しにしてやった！　次は大村の純忠じゃ！　さあ、狼煙《のろし》を上げぃ！」

霧の立った「琴の海」に、小振りな一艘の舟が浮かんでいる。

少し揺れる舟の上から、数名の従者と長女の伊奈を伴ったおえんが、純忠を見ている。伊奈は、可愛がっている鳥を籠に入れて持参している。

「父上や大村と離れるのは寂しい……」

そう語る伊奈は、いじらしい。

この子を、いずれ他家に嫁がせるのは惜しい——そう思えるほどに。

「しばしのあいだじゃ、伊奈。良い子にしておれよ」

おえんと伊奈の背後には、純忠の第一の忠臣である今道純近の姿もある。

「純近——おえんと伊奈のこと、よろしく頼むぞ」

「殿、お任せください。奥方様と伊奈様は、この純近のいのちに替えても、道中、必ず安全に送り迎えいたします」

いのちに替えても——というのは、むろん口上で、ここで純近が死ぬとは、純忠も純近自身も思ってはいない。そのような真摯さで、ということだ。

純近は、純忠の元をしばし離れるのが寂しそうだった。純忠にも同じ気持ちはあるが、おえんと伊奈の身を案じる気持ちも、同じくらい強かった。

「殿、そんなお顔をなさらないで。必ずまた、大村に戻って参りますので」

「ああ……そうだな。いや、案じているわけではないのだ」

強がりを言う自分を、純忠は、どこか傍観者として見ていた。

そこで彼は、自分が今、夢を見ていることに気づいた。

これは夢の中だが、つい先日の実際の体験でもある。

ただし――、夢の最後の部分だけが現実と違った。

伊奈の持つ籠の中で、鳥が奇声を発し、激しく羽根をはばたかせた。

それまで笑顔だった純近の顔が、不意に険しくなった。

「殿、一大事でござる――」


胸騒ぎがして、純忠は目ざめた。

視界は、すべて漆黒の闇に包まれている。

暗闇の中、雨の音が耳を叩く。

――夜半から、雨が降り始めたのか……。

首から下げた黄金の十字架《クルス》を握りしめる。純忠は寝汗をかいていた。

先ほどまで見ていた夢の中で、純近が「――殿ぉ！」と大声で叫んで自分を呼んだ気がした。あの緊迫感に満ちた声は、いつぞや純忠がいくさ場で敵に後ろから襲われそうになった時に聞いた憶えがある。

その時のことを思い出し、純忠は、悪い予感がした。

――新助は、フロイス殿を連れて、もう戻ったであろうか……。

ふと誰かに呼ばれた気がして、耳を澄ます――。

今度は、純近の声の幻聴ではない。

降りしきる雨音の中、遠くのほうから聞こえていた虫の音が不意にやみ、不穏な気配と共に、複数の者が囁き交わす声を聞いた気がした。

しかも、その気配は徐々に近づいてくる。

純忠は本能的に寝床から出て、枕元の刀を掴んだ。

膝をついて、身構える。

「……純忠……この先じゃ……ゆけ……」

たしかに、そう聞こえた気がした。荒々しい足音が重なり、廊下を駆けてくる。勢い良く襖が開かれ――槍や刀で武装し、松明を手にした者たちが踊り込んできた。彼らの塗れた身体から、水飛沫が散る。

「おのれ――謀叛か」

襲撃者たちは、純忠が身構えていることを予想していなかったためか、思わず怯んだ。その隙をつき、純忠は躊躇せず、刺客たちに躍りかかり、次々に斬り倒す。だが、もう次の追っ手が廊下から駆けてくる。太刀を交わしながら、何人かを斬ったところで、左腕に痛みが走った。ひとりの刺客の長槍が、純忠の左腕を深々と斬ったのだ。純忠は苦悶に顔を歪め、思わず片膝をつく。

「――もらった！　純忠、覚悟――！」

純忠の頭上に、閃光のような刃が振り下ろされた――。

すぐに、大村館には火が放たれた。炎が屋敷を呑み込み、猛り狂う。雨が降りしきる夜空を火柱が明々と照らし、火の粉は天高くまで燃え上がった。

雨が火勢を弱めることはなく、炎は、どんどん大村館を呑み込んでいく。

「おーい！　殺ったかー？　殺ったのかー！」

館の外から中へ、雨音に負けじと大声で問う声がする。

「おーう！　死んどるぞー！」

その声は、屋敷の奥から小さく響いてくる。

「殺ったのだな！　あの純忠を!!」

確認する声に、大村館から飛び出してきた者たちが、うなずく。

「必死で抵抗したようで、何人かが殺られたが、純忠も寝所で火に呑まれて死んどったわ。先代の像を焼いた報いよ。自業自得じゃ！」

燃え盛る大村館の周囲には、襲撃した者たちと、かろうじて屋敷から脱出した純忠の従者たちが何人かいた。だが、その中に純忠の姿はない。

「純忠は死んだぞ！　新助や伴天連どもは針尾殿が殺った！　憎きキリシタンどもは、これで、もう終わりじゃ！」

大村の領主・純忠、ならびに、老臣のひとりで横瀬浦奉行の朝長新助純安が殺害されたとの知らせは、翌日の早朝までに横瀬浦にもたらされ、町は大混乱に陥った。

「大村殿が殺されたのか？　ならば、キリシタン宗門は終わりじゃ！」

「もう誰も南蛮人を守る者はないぞ。奴らの財宝を、今こそ奪え！」

日本人とポルトガル人のあいだで諍いが生じて何人もが殺され、横瀬浦の町には火が放たれた。かろうじて船で海上へ逃げた者もいたが、多くの人が無惨に斬り殺され、あるいは、家財道具を持ち出そうとして逃げ遅れ、火に呑まれて死んだ。

横瀬浦の町は巨大な炎に包まれ、すべてが灰燼に帰した。

キリシタン宗門の希望の港町となるはずだった横瀬浦は、かようにして、一昼夜にして、町の形跡すらなくなるほどに、焼滅してしまったのである。

跡には、荒野と化した焦土だけが遺った。


あの時――暗闇の中、己に振り下ろされる白刃の閃光を、たしかに見た。刹那、純忠は死を悟った。が、その切っ先は廊下の壁に刺さり、刺客は怯んだ。その隙を逃さず、純忠は敵を斬り捨てた。近くに転がっていた遺体を自分の寝床に転がし、火を放った。猶予はなかったが、近くにあった聖母画だけを手に、軒下から屋外へ逃れた。

大村館は数十人の敵に包囲されていたが、彼らは玄関や裏口を固めていたため、別方向から逃げた純忠に気づく者はいなかった。純忠としては、そこまで計算した上の行動ではなく、戦士としての本能に従っただけである。

世界を叩く雨と、炎が燃え盛り木材が焼けて崩れ落ちる音にも助けられた。大村館が焼け落ちてゆく轟音の中で、「純忠を殺ったぞ！」という声を背後に聞きながら、草むらの中を這うようにして逃げた。

——血の跡は、雨が洗い流してくれるだろう。

かなり離れた安全なところまで逃れてから、寝着を裂き、刀を歯でくわえて、負傷した左腕をきつく縛った。その間、木陰の岩に立てかけた聖母画だけが、純忠を見ていた。雨と血に塗れた聖母は、泣いているように見えた。

「そんな目で見ないでくれ、マリア殿……俺のほうが泣きたい気分じゃ」

それからまた、雨に濡れて鉛のように重い身体を引きずりながら、純忠は多良岳の巨大な峰を、黙々と登り始めた。

時の経過と共に、少しずつ冷静な考えができるようになった。

——これまで十年間、領国運営は極めて順調だった。まさか俺が、大村館で謀叛を起こされるとはな。首謀者は、誰ぞ……？

横瀬浦へ向かった朝長新助純安や、彼が連れてくるはずの伴天連ルイス・フロイスたちの安否も気になる。領主の純忠が襲われたことから考えるに、彼らが無事だとは思えない。十中八九、純忠のキリシタン宗門への傾倒に反対する者たちの謀叛であろう。新助は、やさしすぎて戦闘には向いていない。もちろん、伴天連フロイスたちも、襲われたら、ひとたまりもないはずだ。

少し前に純忠が摩利支天像や先代・大村純前の像を焼き払わせた時、たしかに、家臣団の中には激しく動揺している者たちが何人もいた。阿金法印は、純忠がキリシタンになって以来、金泉寺に引き上げ、姿を見せなくなった。

――その阿金を、自分は頼ろうとしているのか？

阿金が謀叛の黒幕、あるいは共謀者であれば、金泉寺に行くのは自殺行為である。だが、他の場所に身を潜めては、快復する前に敵に見つかってしまう。

阿金を信じる、というより、他に選択肢はないのが本当のところだ。

多良岳の峰を登りながら、純忠は、目ざめる前に見たあの夢を――つい先日のできごとを思い出す。

新助が伴天連フロイスを行くのに合わせたかのように、おえんが西郷家に里帰りを申し出たのは偶然であろうか？　おえんは元々、敵方の女子……。

純忠の心は暗鬼に囚われる。疑い始めると、きりがない。

「殿、そんなお顔をなさらないで。必ずまた、大村に戻って参りますので」

そう言ったおえんを疑うことは、純忠には、できなかった。

――偶然であるならば、おえんや伊奈、純近がいない時で良かった。

おえんは、伊佐早領主・西郷純堯と深堀領主・深堀純賢の妹でもあるため、政治的価値から、純忠と一緒に襲われても生かされていた可能性はある。

純近は、もし大村館にいれば、身を挺してでも純忠を守り続けただろう。そうなった時、仮に純忠が無事に逃れても、彼を喪っていた可能性は高い。

忠臣・純近を喪っていたことを想像した時、純忠は、身震いした。

純近のいない人生など、今となっては考えられない。

そのくらい、純近は、純忠の人生の一部となっている。

又八郎がつくった純忠の心の空洞を、いつも埋めてくれるのは純近なのだ。

純近を失っていた可能性を初めて現実の仮定として想像したことで、改めて、忠臣の大切さを再確認できた。純忠がキリシタン宗門に傾倒して以降、純近とは少しずつ精神的な距離を生じていたことを残念に思った。もし無事にまた純近に会えるなら、今後は今まで以上に純近を大切にせねば、と思う。

そのためにも、純忠は、何とか生き延びたかった――。

傷ついた身体で金泉寺まで登るのには、一昼夜を要した。ようやく辿りついた時、既に陽は傾き、世界は夕焼けで朱に染まっていた。眼下に広がる大村の領土を見て、これまでの人生の想い出が純忠の脳裡を駆け巡る。

阿金は、槍を手に、そこで待っていた。

――やはり、彼も謀叛の一味か？

であれば、純忠のいのちはない、が……。

「殿……なのか!?　妖怪変化《へんげ》の類いかと見紛うたぞ！」

阿金の驚いた顔は、彼が謀反人の仲間でないことを物語っていた。

かつてそうであったように、彼は山を登ってくる人影に気づいて、それが誰かわからず、武装していたようだ。純忠は血や泥に汚れた寝着姿で髪を振り乱し、ふらついた足取りであったので、妖怪変化の類いと見間違われても無理はない。

――阿金は敵ではない。助かった……。

安堵すると、それまで緊張で封じ込めていた疲労が噴出した。

駆け寄ってくる阿金の姿がぼやけ、純忠は意識を失った――。

次に目を開けた時、純忠は、布団の中にいた。

自分が今どこにいるのか、しばらく、わからなかった。

金泉寺に来たことをようやく思い出した時、阿金法印が現れた。

「殿がここにいることは、誰も知らん。安心なされ」

「御坊……謀叛のことは……」

「殿が来る前に麓から知らせがあったので、事情は聞いておる。殿は殺されたと聞いたので、驚いたのじゃ。昨夜は雨でもあり麓の騒ぎには気づかなんだが、たしかに、今日になって、大村館が燃え尽きておるのは見えた。当然じゃが、拙僧は関与しておらん。闇討ちは性に合わん」

阿金は微笑して、純忠の枕元に座した。

「傷の手当てをして、身体を拭いてくれたのか。かたじけない」

「いや、なに。構わんさ。しかし、殿も今回の件で懲りたであろう？　仏教にも多くの宗派があるゆえ、殿が異国の宗教を信仰することもひとつの自由じゃが、先代・純前公の像を焼いたのは、さすがに、いかがなものかと思うぞ」

純忠は、部屋の隅に置かれている聖母画に目がいった。そこでふと胸元を探ると、黄金の十字架《クルス》は、今もそこにあり、阿金に感謝した。

「キリシタンは、偶像を崇拝することはできんのじゃ」

「だとしても、殿は極端じゃ。この国のしきたりとして、やって良いことと悪いことがある」

そう言って、阿金は表情を険しくしたが、純忠が神妙な顔で沈黙すると、また表情を和らげた。

「以後は、大村家の当主として、ご自身の言動には気をつけられよ。それをお約束いただけるのであれば、この阿金、殿の再起にまた力を貸すことに、やぶさかではない。たとえ、殿がキリシタンであろうとな」

「ああ……その点は、約束する。御坊――すまぬが、力を貸してくれ。今の俺には、御坊だけが頼りじゃ。まずは、純近に連絡を取ってくれぬか――」

「純近は今、奥方様や伊奈様と共に、伊佐早じゃろう？　既に寺の者を遣いに出した」

「もう遣いを出してくれたのか？」

「うむ。伊佐早には奥方様もおられるし、急ぎ知らせなければ、あの血気盛んな純近のことじゃ。殿の弔い合戦を独断で始めないとも限らんからの」

阿金の言葉に、ふたりは声を上げて笑った。

純忠の負傷は左腕だけだったが、槍で貫かれた傷は深く、以前のように自由に動かすことができなくなってしまった。左腕を動かそうとするたびに激痛が走り、何かを持つことさえできない。やがて、感覚が麻痺して、ほとんど力を入れることすらできなくなった。片腕の自由を奪われただけで、何をするのにも難渋した。

「いのちを喪っていたことを思えば、腕一本で済んで良かったのか……」

そう自分を慰めもしたが、納得できるはずはない。

又八郎が去った時、純忠は自身の半分を喪ったような感覚になったが、今回は本当に片方の腕の自由を失ってしまったのである。又八郎の時は精神的な傷であったが、今回は物理的に消せない傷を負ってしまったことになる。

かつて、大村家当主となったばかりの頃、大村伯耆守と朝長新左衛門尉に欺かれて三年も蟄居生活を強いられていた屈辱が、鮮明によみがえってくる。

彼らを追放した後の純忠は、家臣団にも恵まれ、領土を拡大し、順調すぎるほど順調で、それゆえに脇が甘くなっていた面は、自分でも否めなかった。

腕一本の自由だけではない。横瀬浦の伴天連や伊留満たちがどうやら無事であったらしいのは不幸中の幸いであったものの、純近に次ぐ忠臣である朝長新助純安を喪ったことを阿金から知らされた時、純忠は声の限りに泣いた。あの虫も殺せないほどやさしい男が、謀反人たちに残忍に殺されたところを想像しただけで、悔しくて涙があふれた。

そして、純忠の支援で栄えた横瀬浦の町は、一夜にして灰燼に帰した。伴天連たちを乗せた船は、海上へ逃れた後、消息不明だという。

すべて、純忠の家臣団への備えの甘さが招いた災いだった。

自分の愚かさを、どれだけ責めても、赦すことはできなかった。


阿金法印は金泉寺の遣いの者を出し、おえんと伊奈、今道純近は伊佐早の西郷氏の元へ留まるように伝えたはずだった。だが、純近は、それを無視し、おえんと伊奈を安全な実家・西郷家に残したまま、単騎、多良岳へ駆けつけた。

「殿……！　俺がついていなかったばかりに……この純近、一生の不覚じゃ！　申し訳ござらん！」

純忠が左腕の自由を失ったことを知った純近は、土下座したまま大地を叩いて号泣した。そんな忠臣の姿を見て、純忠も、涙をおさえられなかった。

「おぬしがいたら、おぬしを喪っていたかもしれん……そうでなくて良かったと、俺は心から安堵しているのじゃ。喪ったのが、おぬしでなくて良かった。だから、純近――我らが喪った新助のぶんも、これからも頼んだぞ」

ふたりは涙を流しながら、熱い信頼の抱擁を交わした。そんなふたりを見ながら、阿金は、まるで彼らの父親のように、やさしい表情をしていた。

横瀬浦の町が壊滅した後、伴天連のコスメ・デ・トルレスとルイス・フロイスは、横瀬浦の港に停泊する南蛮船の中で生活しているらしい。その知らせが金泉寺で療養中の純忠に届けられた。伴天連たちは横瀬浦の擾乱《じょうらん》でいったんは拉致されたものの、ポルトガル商人が金銭を払い、解放された。しかし、伴天連はふたりとも体調を崩しており、次の行き場もなく、船内で療養しているのだという。

純忠自身が怪我を治癒しているところであり、他人の身を案じている余裕などないのだが、あの伴天連たちが船の中で療養しているというのは不憫でならなかった。純忠は純近に、伴天連たちに書状を届けてくれるように頼んだ。

「殿、申し訳ござらんが、俺は、殿のお近くを離れるつもりはありませぬ」

「そう言ってくれる気持ちはありがたいが、ここには阿金もおるし、だいじょうぶじゃ。俺の代理として行ってくれるのは、おぬししかおらん。頼む」

純忠が何度も懇願したので、最後には納得して純近は書状を受け取った。

純忠が純近に託したのは、以下のような書状だった。

「我、ドン・バルトロメウ、キリシタンの教えに反発する家臣らの謀叛により大村館を包囲され、襲撃され、火をかけられるも、デウスのご加護により九死に一生を得て、多良岳山中にて生き延びてそうろう。我がヒイデス（信仰）、いささかも衰えず。今後、デウスの名の下に領内の叛乱を順に鎮圧して参る所存なれど、それには、しばしの時間を要すると思われそうろう。その旨、ご理解いただきたくそうろう」

純近が横瀬浦に到着している頃、多良岳山頂の金泉寺から、純忠は、そちらの方角を観た。横瀬浦は遠すぎて見えないが、かつて横瀬浦を訪問した時に聞いたサンタ・クルス号の祝砲が、遠くから響いてきた気がした。

伴天連たちとまた笑顔で再会するためにも、一日も早く快復し、大村領主として復権しなくてはならない。新助のためにも、このままでは終われない。

純忠は、そう決意を新たにした。


左腕の自由は戻らなかったものの、休息して体力を快復させた純忠は、純近と阿金を伴い、人目につかない夜半に、惣役・朝長伊勢守純利を訪れた。伊勢守は、純近、新助と同様に家臣団最初の忠臣であり、弟・新助を今回の謀叛で喪っているという点でも、彼自身が裏切り者でないことは間違いなかった。

「お……大村殿！　生きておられたのですか――！」

伊勢守は、純忠を見ると、腰を抜かすほど驚いていた。

「伊勢守、大声を出すでない！　……苦労をかけて、すまなかったな」

かつて新助を含めて四人で未来を誓い合った座敷で、今度は、亡き新助の代わりに阿金を交えて四人で、大村家のこれからについて、語り合った。

親しい弟を喪ったことで伊勢守は憔悴しきった様子だったが、それ以上に、彼は、純忠が謀殺されたと信じて純忠派と反純忠派で分裂している家臣団たちの調停に追われていたらしく、ひどく消耗している様子だった。政務の最高責任者である惣役の彼以上に家臣団のことを把握している者は、他に存在しない。

「拙者の弟・新助を殺したのは、針尾伊賀守でござる……」

「伊賀守——あやつか！」

純忠に臣従する家臣団の中でも、針尾伊賀守と針尾水軍は海賊まがいの荒くれ者たちなので、お人好しの純忠でさえも、以前から彼らを全面的に信頼することはできなかった。連中は、純忠に勢いがあるから従っていただけで、少し風向きが変われば、いつでも裏切るような一面があった。

横瀬浦をキリシタンの町として、針尾伊賀守が不満を直訴しに来た時のことが、純忠の脳裡によみがえってきた。あの時から既に、針尾伊賀守は明らかに不満をくすぶらせていた。純忠は己の勢いを過信し、彼の危険性を看過ごしてしまったのだ。

自分自身の不甲斐なさへの怒りに震える純忠に追い打ちをかけるように、伊勢守は、いかにも申し訳なさそうに、つけ加えた。

「ですが、大村殿……真の黒幕は、後藤（貴明）殿のようじゃ」

そのひとことで、沸騰しかけていた純忠の血が、逆に、急激に凍りついた。

伊勢守の言葉には、純近と阿金も、絶句して顔を見合わせた。

「伊勢守、そのような……それは……間違いないのか？」

「後藤殿みずから、自分がそそのかした謀叛だと周囲に吹聴しております。針尾伊賀守もそれを認めておりますので、間違いござらん」

「又八郎……！　どうして、おぬしは、そこまで俺を……」

又八郎と過ごした幼き日々が、純忠の脳裡に次々に浮かんでくる。あの又八郎との記憶の中でも、又八郎は無垢な笑顔で、「兄者、兄者」と、純忠に手を振っている。あの又八郎が──後藤貴明が──、今回の謀叛でも黒幕だった……。

二の句が継げない純忠に代わって、阿金が聞いた。

「しかし、なにゆえ後藤殿が？　大村家臣団は、今まで一枚岩であったはずじゃが……」

伊勢守は、いつものように眉根を寄せ、腕組みをして、うなずいた。

「認めたくはないが、大村家臣団の中には、後藤殿の息のかかった者や、今でも彼を慕う者が何名かおるようじゃ。これまで大村殿の領国運営は順風満帆であったがゆえに綻びは出なかったが、先日の、先代・大殿の像を焼いたことで不信感を持った者たちが、後藤殿の元へ走ったようで……」

純忠は目を閉じ、うなだれた。

自分で撒いた種とはいえ、やるせない思いだった。

純近は、そんな主君に何か声をかけたいが、かけられずにいた。

阿金も思わず呻いたが、それでも彼は、さすがに冷静さを堅持している。

「大村家には、今なお後藤殿の隠然たる影響が影を落としておるようじゃな……。つまり、殿と後藤殿の争いが、今なお大村家の中に存在している、ということか」

「後藤殿は、大村家を去られた御方じゃ。それを担ぐのは、おかしい」

純近は、そう言ったが、その声は弱々しいものだった。純近はいつも、自分は主君・純忠にとって弟のような分身でありたい、と願っている。後藤貴明は、事実、かつてそうだったのであり、今なお、純忠は貴明を想っている。そんな主君のことが不憫でならないし、自分の忠誠心がもっと強ければ、主君に義弟のことを忘れさせてあげられないだろうか、とも願っている。純近にとっても、後藤貴明は、いつも意識させられてしまう、強烈な存在なのである。

ある意味、純忠の心の中という戦場で、純近は後藤貴明と戦い続けているのかもしれない。この戦いには、まだ当面、終わりが見えそうにない。

純忠はうなだれたまま何度か「又八郎……」とつぶやいていたが、やがて、気持ちを切り換えるように背筋を伸ばして、三人の忠臣を順に見た。

「大村家当主は、この俺じゃ。武雄の又八郎の好きにはさせん。針尾伊賀守は又八郎になびいたとのことじゃが、他の者たちはどうなのだ、伊勢守？」

伊勢守は難しい表情で首を左右に振る。

「それが——誰が後藤殿に与《くみ》しておるのかは、現状では、わかりかねるのです。はっきりしているのは、伊賀守くらいで。だれが味方で、だれが敵なのか」

純近と阿金は困ったように首を傾げたが、純忠は、うなずいた。

「では、俺の感覚を信じるしかないわけだな——。絶対に俺を裏切らない者と言えば、ここにいる三名の他では、長崎純景、福田兼次、宮原常陸介純房、大村純種、一瀬栄正——このあたりか。純近、どうじゃ？」

「仰せの通り。その者たちであれば、たしかに、間違いござらん」

純忠も、純近も、この時、いつぞや長崎で催した酒宴のことを回想していた。長崎純景と福田兼次が仲間になったのを祝して、長崎で行われた酒宴である。あの「長崎の宴」は夢のように楽しい一夜で、皆の絆を深められた。あの場に同席していた者たちが純忠を裏切ることは、まず考えられなかった。

「であれば——我らがするべきことは、まずは家臣団の再編か」

阿金が提案し、純忠が同意した。

「いかにも。まずは、今、名を挙げた者たちを中心に家臣団を再編、まずは針尾伊賀守を討つ。新助の弔い合戦じゃ。叛乱する者たちがいれば、そのつど討つ」


純忠軍の中でも最強のふたり——「黒虎」大村純種と「白龍」一瀬栄正は、純忠が死んだと思い込み、彼らの地元である宮村で、何もせずに暮らしていた。純近と阿金法印を伴って宮村を訪れた純忠を見ると、彼らは幽霊を見たように目を丸くした。

「——殿！　ご無事であったか！」

栄正は歓喜の声をあげ、純忠たちのほうへ駆け寄ってきた。純種は、目に涙を浮かべ、その場に崩れ落ちると大声で泣き出した。

「栄正、それに、純種。心配をかけてすまなかった……。この純忠、デウスのご加護により、何とか生き延びられた」

純忠がデウスの名を出すと、家臣たちのあいだに微妙な空気も生じた。その信仰こそが謀叛人たちの大義名分となったのであるのだから、当然だろう。だが、それよりも、純忠の生還を喜ぶ気持ちのほうが強かった。

宮村領主で純忠の叔父である大村純淳も、純忠とのまさかの再会を喜んでくれた。純淳は、元々は反純忠派であったが、息子・純種を純忠が召し抱え重用してからは、純忠への反抗心は失くしていたのである。

「純忠、おぬしが殺されたと聞いた時、儂《わし》は正直、悲しいと思った。そんな自分に驚きもしたのじゃが、儂は、どうやら、おぬしに感謝していたようだ。これからも純種と栄正を頼む」

純忠がいったん死んだと思ったからこそ、純淳は、そのように素直に本音を吐露してくれたのだろう。今の純淳には純忠への敵意は微塵もなく、実の息子に向けるような愛情さえ感じられた。

「叔父上、かたじけない。今後も、よろしくお頼み申す」

忠臣・今道純近、高僧・阿金法印に続いて、「黒虎」大村純種、「白龍」一瀬栄正らをふたたび臣下の列に加えた純忠は、大村領内各地の拠点を順番に巡った。大村領内で「黒虎」と「白龍」の勇名を知らぬ者はいないので、たいていの者は抵抗せず、ふたたび純忠に従った。だが、謀叛によっていったん不満を爆発させた者たちは、今さら純忠に与するつもりはないらしく、そうした連中とは、降伏するまで戦う必要があった。元々、いくさでは負け知らずの純忠は、少しずつ版図を快復し、謀叛の数か月後には往時の勢いを、だいぶ取り戻しつつあった。

ただ、謀叛の中心人物で、新助を殺害した針尾伊賀守だけは、やすやすと滅ぼすことはできそうにない。針尾伊賀守が拠点とする針尾島は陸から攻められず、海戦となれば、針尾水軍に利がある。強引に仕掛ければ、たとえ勝利したとしても、多くの犠牲を払ってしまうことは必定であった。

「殿、我らに敗れた者たちは一様に、針尾を頼っております。針尾の本拠地である針尾島を我らが攻撃しないことが、わかっているのでしょう」

そうした報告を純近や伊勢守から受けても、純忠は動じなかった。

「針尾が我らの敵をひとつにまとめてくれるのは、むしろ好都合であろう。針尾は新助の仇ゆえ、何が何でも討つ。だが、針尾島は伊賀守の根城であり、蜘蛛の巣――あるいは、蟻地獄のようなもの。今、安易に針尾島に攻撃を仕掛ければ、飛んで火に入る夏の虫じゃ。気は急くが、だからこそ、時機を待つ。しかるべき時が来れば、必ずや、デウスが導いてくださるであろう」

仏教徒の伊勢守は、デウス頼みの純忠の言葉には首を傾げつつも、針尾伊賀守を討つ主君の決意が揺らぎないことには、感謝していた。伊勢守は、愛する弟を闇討ちで惨殺した針尾伊賀守が憎い。だが、彼自身は、いくさ場に出たこともなく戦闘には向いていない。なので、仇討ちは純忠を頼るしかない。

以前の純忠であれば、考えるより先に行動し、どれだけ犠牲を払おうとも、針尾伊賀守を一刻も早く滅ぼすことを重視していただろう。だが、かつて猪突猛進で突き進んでいたがゆえに、自分の足下を見失い、「大村館の変」を起こされた。その自覚のある純忠は、以前より冷静に、自分を客観視、俯瞰視できていた。左腕の自由を喪ったことと引き換えに、彼は、考えてから行動する冷静さを手に入れ、領主として、ひと回り大きくなっていたのである。

純忠が大村領の支配を取り戻しつつあった頃、伊佐早から、おえんと伊奈が数か月ぶりに大村へ帰還した。純忠の部屋に現れた伊奈は、「父上——」と声を発すると、持っていた鳥籠を足下に落とした。鳥が驚いて鳴き、籠の中を飛び回る。伊奈が飛びかかるように抱きついたので、純忠は座った姿勢から後ろへ倒れそうになった。

「父上、案じていたのですよ！　ご無事で良かった……」

泣きじゃくる愛娘の頭を自由になる右手で撫で、抱き寄せた。

「少し会わないうちに、また大きくなったか。伊奈、すまなかった——」

おえんは純忠の前で座り、泣きやむのを待ってから娘を別室へ去らせた。鳥籠を手に、何度も振り返りながら退室する伊奈は、いじらしかった。

いつも気兼ねなく何でも話していたはずなのに、久しぶりに会う正室を前にすると、何と声をかけたものか、純忠は迷った。

「伊佐早殿は、おぬしを素直に返してくれたか？」

純忠をまっすぐに見返す、おえんの目には力がある。彼女の凛とした雰囲気の中に伊佐早の名門・西郷氏の血筋を感じるのは、こういう時だ。

「いいえ、殿。わらわと伊奈は伊佐早に残るように、兄は求め続けていました。今日まで帰るのが遅れたのは、そのためです」

純忠は謀叛を起こされ、いったん大村の支配権を失ったのだ。たとえ伊佐早が純忠の宿敵でなくとも、妹とその子を案ずるのは当然だろう。

「さもありなん……。では、どうして帰って来てくれたのだ？」

純忠が聞くと、おえんが少し笑った。

「いけませんでしたか？」

「ありがたいから、そう聞いたのだ。おえん――」

純忠は、座ったまま距離を詰めようとしたが、片腕が不自由なので、うまく動けなかった。おえんのほうから純忠に寄り添った。

「わらわは『大村の女』ですから」

純忠の左肩に頭を載せたおえんに、純忠は、うなずいた。

第六章　信仰と戦乱の十字　【大村の海戦】

永禄七年（一五六四年）——すなわち、「大村館の変」翌年——その春先のことである。大村の中心地にある小高い丘の上に、純忠が六年前から築城していた「三城《さんじょう》」が、ついに完成した。この丘は、多良岳山塊の裾野の丘陵部が大木の根のように大村平野の中まで迫り出した先端にある。その地形の起伏を利用して、三つの城郭を組み合わせたものが、三城である。

おえんとの婚礼以後、南の伊佐早・西郷純堯、長崎半島の深掘純賢とは和睦を結べたが、北東・武雄の後藤貴明、北西・平戸の肥州・松浦隆信との激しい死闘は何年も続いている。純忠は幸い、これまでそのすべてに勝利し、大村の領土を死守してきたが、仮に敗れて領内に攻め込まれた場合には、大村館だけでは守りが心もとない、と考えて純忠が以前から築城していたのが、この三城である。

「どうじゃ、純近。美しい城であろう。この城があと一年早く完成していたら、昨年の謀叛はなかったかもしれぬな」

馬上でそう語る純忠の左腕は、今も麻痺したまま垂れ下がっている。並んで立つ馬に乗る純近は、無念そうに頭を下げ、声を震わせた。

「殿、この純近、本当に一生の不覚でござった……」

「純近、良い。この傷は、俺が大切なことを二度と忘れぬようにと、デウスが与え給うたものに違いあるまい。それより、俺は嬉しいのじゃ。俺が生まれ育った有馬の日野江城は、とても美しかった。あれ以上の城をこの大村の地に築けたことで、俺は今にしてようやく完全に、『有馬の勝童丸』から『大村の純忠』になれた気がしている。我が生涯は今後、常に、この城と共にあるじゃろう。そして、純近――おぬしは、いつまでも、俺のそばにいるのだぞ。先に逝くことは許さん」

「殿……ありがたきお言葉！　もちろんでございます――が、叶うことなら、殿が天国《パライソ》に行かれる時には、この純近も、お供させていただきたく」

「嬉しいことを言う。だが、純近。ならば、おぬしもゼズスを心から信じるのじゃ。俺が天国に行く時、おぬしが煉獄《プルガトリウ》や地獄《インヘルノ》に行くのでは、はぐれてしまう」

「それは困る。殿、ゼズスの教えを、もっとお話しくだされ！」

純近の焦る様子を見て、純忠は少年のように無垢に笑った。

純忠は、純近ら何人かの側近には三城内に住むことを許し、その他の家臣らは城下町に館をつくるように指示した。ただし、主立った家臣たちには、それぞれの領地もあるため、ふだんは城下町の館ではなく、自領を活動の拠点としている。「黒虎」大村純種と「白龍」一瀬栄正であれば、ふだんは宮村にいるし、長崎純景は長崎に、福田兼次は福田浦にいるのが通常であった。

三城は、守るに易く、攻めるに堅く、また、天守からは「琴の海」や大村平野を一望でき、純忠は満足していた。おえんと伊奈も天守からの眺望を喜び、伊奈は「鳥になったみたい」と、両手を広げて無邪気に駆け回っていた。「琴の海」の美景を背にはしゃぐ伊奈を見ながら、純忠は正室に言った。

「おえん、そなたはいつも、自分は『大村の女』だと言ってくれるが、俺自身が真に大村に根づくためには、この自分だけの城が必要だったのかもしれん。このような最高の城を築けたことを、デウスに感謝している」

うなずきながらも、おえんは少し眉根を寄せて、うつむいた。

「そのデウスが、我らに世継ぎを授けてくだされればいいのですが……」

いまだ世継ぎを授からぬことに、おえんが責任を感じていることを、純忠は当然、気づいている。彼自身は、「しかるべき時が来れば授かるだろう」と信ずる気持ちもあるが、おえんには、焦りもあるようだ。「世継ぎを授かれば、わらわもデウスを信じられるのに」と語ることもある。恵まれたら信じるのではなく、信じることで恵まれる——と純忠は理解しているが、信仰篤い仏教徒である西郷氏出身のおえんには、まだそこまでの確信は得られないようだ。

「時至らば、必ず、そのようになる。おえん、デウスを信じるのじゃ」

純忠は天守から「琴の海」を見て、水面を輝かせるまぶしい陽光の中に、たしかにデウスの恩寵《ガラサ》を感じた。正室や長女にも、いずれキリシタンになって欲しい、というのが純忠の願いだが、焦る気持ちはない。第一の忠臣・純近ですら、いまだデウスを理解できていない。時間はかかるだろう。

かつて有馬で生まれ育った日野江城を手本にしつつ、さらに良い城・三城を大村の地に築けたことで、自分が偉大な実父・仙巌に迫り、あわよくば乗り超えられるかもしれない、との感慨も純忠の中に芽生え始めていた。

純忠の中で実父の存在は巨きすぎて、乗り越えよう、と積極的に思ったことは、実は一度もなかった。だが、大村家当主として必死で生きているうちに、自分の生きざまも、いつしか、実父のそれと比較できるくらいにまで積み重なっていたのである。

三城についての唯一の不満は、日野江城でのように、水平線からの日の出を拝めないことだ。大村平野は巨峰・多良岳の西側に広がっているため、朝陽は山の向こうから昇ってくる。ただ、荒々しく猛っていた有馬の海と違い、「琴の海」は穏やかで、陽光を受けて輝く様は、光を載せた鏡のようでもある。大村で暮らし始めた幼少の頃から、純忠は、「琴の海」の美しさに魅了されていた。有馬の光る海とは別種の魅力を、大村の光る海は備えていた。

そうして純忠が愛してやまない「琴の海」周囲の地域は、東西南北、ほとんどすべてが彼の領土である。つまり、「琴の海」を純忠が所有している、とも言える。十八歳で第十八代の大村家当主となってから十四年、デウスの恩寵《ガラサ》のおかげで無数のいくさに勝利し、この領土を守り続けてこられたことは、純忠の誇りだった。

一点だけ、昨年からの唯一の懸念は、針尾島の針尾伊賀守である。

三城の天守から「琴の海」の北西方向を見ると、この巨大な内海（湾）の出口にあたるふたつの海峡——針尾瀬戸と早岐《はいき》瀬戸——に挟まれた針尾島が、微かに見えている。純忠への謀叛の中心人物にして、新助を殺した張本人でもある針尾伊賀守は、今なお針尾島で健在である。健在どころか、反純忠派を自身の下に集め続けていることで、ますます意気軒昂であるらしい。

「謀叛を起こされ、忠臣を殺されたのに、いっこうに攻めて来ぬとは、大村殿は、よほど俺が怖いと見える。我が針尾水軍は、この針尾瀬戸では無敵ゆえ恐れをなすのもわかるが……それにしても、あまりの腰抜けぶりに片腹痛いわ」

針尾伊賀守がそのような暴言を周囲に吹聴して回っている噂も、純忠の耳には届いていた。針尾が純忠を口汚く誹謗中傷しているという流言を聞くに耐えず、針尾水軍と並び称される小佐々水軍の将、小佐々純俊は、自軍の船団を率いて、純忠のいる大村まで直訴に訪れた。

小佐々純俊が率いる小佐々水軍の領土は、西の外海の大島をはじめとする島々と、西彼杵半島（大村湾の西に広がる半島）の北部にも及んでいる。大村に来るためには、小佐々水軍は針尾瀬戸か早岐瀬戸を通って来なくてはならないが、純俊は、針尾伊賀守を挑発するかのように、大船隊を組んで、海峡を悠然と進んだ。海の男たちは血気盛んであり、敵から仕掛けられれば応戦するも望むところ、という考えもあったようだ。

だが、小佐々水軍が海峡を通過する際、針尾島は沈黙を保った。大村の三城に到着した小佐々純俊は、憤懣やるかたない胸の内を隠さなかった。

「大村殿、裏切り者の針尾を、いつまで野放しにされるおつもりか。それがし、あやつのことは昔から好かぬ。お許しをいただけるなら、我が小佐々水軍単独でも、今から針尾と雌雄を決したく存ずる。どうか、ご決断を」

「純俊よ、気持ちはわかるが、今しばらく待って欲しい。小佐々水軍単独で攻めるより、大村からも船団を出し、挟撃したほうが良いであろう。針尾は必ず討つ。その時には、小佐々水軍の力こそ必要としておるのじゃ」

「裏切り者相手に、そのような待ちの姿勢を取るとは大村殿らしくないが……そこまで言われるなら、今しばらくは我慢しよう」

純俊は不満そうではあったが、針尾を討つ純忠の強い意志は確認できたので、渋々ながらも引き上げていった。小佐々水軍が西海に戻る際も、針尾島は沈黙を貫いた。針尾伊賀守が純忠の出方を窺っているのは明らかであった。

そのように、「大村館の変」以後、純忠と針尾伊賀守の膠着状態が続いていた頃、伴天連たちの環境には大きな変化が生じていた。永禄六年（一五六三年）の夏に横瀬浦が灰燼に帰した後、港に停泊する南蛮船の中でしばらく療養していた伴天連のコスメ・デ・トルレスとルイス・フロイスは、それぞれ新たな拠点へと移動することになった。

まず、トルレスのほうは、いったん豊後の大友宗麟を頼ろうとしたものの、体調不良のため移動途中で断念し、純忠の実父・仙厳の現在の本拠地である口之津《くちのつ》（長崎県南島原市、有明海の入口北側）で暮らすようになった。

「大村館の変」が起き、「純忠が殺された」との誤報が下地方を駆け巡った時、仙厳は怒り狂って、口之津や、隣接する有馬、島原のキリシタンたちを一斉に弾圧した。息子・純忠が殺されたのはキリシタン宗門への傾倒が原因だと考えたからである。しかし、その後、純忠から「それがしが九死に一生を得たのはデウスのおかげゆえ、キリシタン弾圧は、どうかやめられたし」と仙厳へ書状での要請があり、また、大友宗麟からの口添えもあり、仙厳は自領でトルレスを庇護することとなったようだ。

一方のフロイスは、肥州・松浦隆信の本拠地である平戸のすぐ北にある度島《たくしま》で、熱病の療養も兼ねた新生活を始めることになった。度島は、肥州の重臣でキリシタンとしては「ドン・アントニウ」の名を持つ籠手田安経《こてだやすつね》の領土で、島民三百五十名全員がキリシタンなのだという。

平戸地方を中心に九州島北西部に君臨する大名、肥州・松浦隆信はキリシタン宗門に対して常に否定的で、南蛮船との貿易にしか関心がないのに対し、肥州配下の籠手田安経は、伴天連や伊留満たちも敬意を表するほどの熱心なキリシタンであり、たとえ主君が敵対関係にあっても彼自身は純忠に敵意がない旨を、わざわざ書状で送ってきたこともあった。

「大村殿に謹んで申し奉る。我があるじ肥州は、貴殿の治められる大村領を欲しておられるが、我、ドン・アントニウこと籠手田安経、デウスに誓って、貴殿と敵対する意思はなし。たとえ我が軍と貴軍が矛を交えようとも、そのいくさに、我は関与するつもりはござらん。その旨、どうかご了解されたし」

その熱くまっすぐな書状には純忠も胸を打たれ、返信をしたためた。

「共にデウスを信じ奉る我が友、ドン・アントニウよ。我、ドン・バルトロメウこと大村純忠、貴殿との奇縁をデウスに感謝す。貴殿が我が軍にいてくれれば、と強く願うが、そうならざる現実もまたデウスの深意ならば、我ら従うにしかず。いつか貴殿と酒を酌み交わしたく、衷心より期待してそうろう」

ドン・アントニウこと籠手田安経は、肥州配下で最大の兵力を有する水軍の将であり、熱心な仏教徒である主君の松浦隆信に反発して、キリシタンとしての生き方を貫き続けている。伴天連フロイスは度島で、伊留満のジョアゥン・フェルナンデスと共に、その籠手田安経の庇護を受ける形となったのだ。

純忠が敬愛する伴天連トルレスとフロイス、そして、伊留満フェルナンデスの三人が横瀬浦壊滅の影響で自領を去ってしまったことが純忠には悲しいが、トルレスは実父・仙厳の、フロイスとフェルナンデスは敵軍の畏友・籠手田安経の庇護下に移ったという事態には、安心できた。見事なほど納得できる落ちつきどころで、デウスの御業《みわざ》を感じずにはいられなかった。

事態が大きく動いたのは、永禄七年（一五六四年）の七月に、三隻の南蛮船が日本に来航した時だった。そのうち一隻は、前年に純忠がフロイスらと船上で祝宴を共にしたサンタ・クルス号である。サンタ・クルス号は前年末に支那（中国）に戻り、貿易のため、また日本へ戻ってきたのだ。

純忠領内の横瀬浦が壊滅してしまったため、三隻の南蛮船は、肥州領の平戸へ船首を向けた。ただし、平戸では七年前からキリシタン宗門が弾圧されているため、度島で暮らすフロイスが、「ヒシュウが我らの教えを受け容れるまで、ヒラドに入港してはならない」と、南蛮船に伝えた。

肥州は最初こそ渋ったものの、南蛮船との貿易の利を欲して、ついには、平戸でのキリシタン宗門の布教再開と教会《エケレジア》の建設を認めた。七年ぶりに布教活動が再開されたことに平戸のキリシタンたちは歓喜したが、肥州の本音としては面白くなかった。伴天連や伊留満たちだけでなく、重臣の籠手田安経さえもが称賛する宿敵・大村純忠への彼の憎しみは、さらに強まっていた。

そんな中、肥州の領土の東に隣接する武雄の領主・後藤貴明から、書状での誘いがあった。

「肥州殿、今こそ、憎き純忠を討つべきではござらぬか？」

肥州と後藤貴明は、領土が東西に隣接しているものの、彼ら同士は争うことはない。それは、両名それぞれが南の大村純忠と戦い続けてきたからで、「敵の敵は味方」という道理によるものである。

それ以前も、肥州、後藤貴明のそれぞれが純忠と戦い続けてきたのだが、大村と隣接している地域が離れているため、足並みをそろえて同時に大村を襲撃する、という計略は試したことがなかった。だが今回は、針尾伊賀守の存在が扇の要となる、と、後藤貴明は説いた。

「肥州殿、これまで我らが憎き純忠に手を焼いてきたのは、大村家臣団が、曲がりなりにも一枚岩のような状態であったからじゃ。だが、その実、純忠には領主としての器量はなく、昨年の謀叛の首謀者である針尾伊賀守を、いまだに罰せられずにいる。純忠がこんにちまで悪運強く生き長らえてきたのは、針尾水軍の助けによるところが大きい。その針尾水軍も今や純忠に愛想を尽かし、反純忠派は、針尾伊賀守の下に集結しつつある。針尾伊賀守だけでも純忠に勝利できるであろうが、そこに、肥州殿とそれがしの連合軍が加勢すれば、どうであろうか。赤子の手を捻るよりたやすく、大村は陥ちるであろう。肥州殿、それがしにとって大村は故郷じゃが、大村を取り戻したいわけではござらん。大村は、貴殿と針尾伊賀守で分割していただいてもよろしい。それがしはただ、憎き純忠を滅ぼしたい。ただ、その一念があるのみなのでござる」

「大村館の変」の首謀者は、実際には後藤貴明自身なのであるが、貴明は、巧みに甘言を弄した。肥州としても、長年の宿敵である純忠には辟易しているし、重臣・籠手田安経や伴天連たちが心酔している純忠を消し去れるなら、そんなにも良い話はなかった。純忠が生きている限り、伴天連たちは、いつまた純忠を頼ってもおかしくないのである。しかし、純忠が死ねば、伴天連たちは、平戸領主の肥州に屈服するしかないはずなのだ。

「後藤殿、その話、乗った。針尾伊賀守とも交渉し、純忠を滅ぼそうぞ」

永禄七年（一五六四年）の八月半ば、最初に動いたのは武雄の後藤貴明であった。

武雄は大村領の北東に地続きで隣接しているため、貴明と純忠のいくさは、これまで常に、陸上で行われてきた。その貴明が、武雄の北にある伊万里の海で多くの船を雇い入れ、一隻につき十数人が乗る船を百十隻も動員し、出港した。伊万里から北の海へ出て、西へ進むと、すぐに肥州領の平戸に至る。

事前に話を通していなければ、後藤が海上から平戸へ攻め込んできたとも取れる、それは異常事態であった。肥州は、後藤貴明の純忠を討つ決意が本物であることを確信し、みずからも可能な最大兵力を動員することを決めた。

「安経、おぬしには、籠手田水軍の将として、先陣を切ってもらうぞ」

肥州は安経にそう命じたが、このキリシタン武将は、首を左右に振った。

「肥州には申し訳ないが、それがし、大村殿と戦う気はござらん。共にデウスを信じ奉る我らキリシタン同士が、どうして戦えようか」

「安経、おぬし、狂ったのか？　おぬしは先祖代々、我が松浦の家臣であろうが」

「それは否定せぬ。だが、大村殿と矛を交えるのは、デウスに弓を引くことと同じ。デウスを裏切ることは、死んでもできぬ。もしそれがしに大村殿とのいくさを強要するつもりなら、我が籠手田水軍は、これより肥州の敵となる」

そう言われると、肥州は強く出られない。籠手田水軍は肥州配下では最大最強の戦力であり、いくさとなれば、肥州が負けるのは明らかだったのである。義に篤い無欲の男ゆえ、籠手田安経が肥州と袂を分かって純忠の下に走ることはないものの、純忠との戦いを強要すれば、最悪、そうなる。

配下の最強の家臣が敵国の大名に心を開いている——こうした状況こそ肥州が赦せぬ事態であり、純忠を憎む理由でもあった。

「わからぬ男よ！　では、おぬしには平戸の留守を命じる。純忠の首をおぬしへのみやげとして持ち帰るゆえ、せいぜい楽しみに待っておるが良い！」

「肥州、デウスのお力を甘く見られぬことだ。これ以上は申さぬが」

安経の言葉は、肥州の純忠への憎悪を、いっそう強めた。肥州は、籠手田水軍抜きでも動員できるだけの船を集め、その数は百五十隻にも及んだ。肥州と後藤貴明両軍の大船団二百六十隻は、平戸から外海を南下し、かつて栄えて今は廃墟の横瀬浦の港を通過し、針尾瀬戸と早岐瀬戸を抜け、針尾島の周囲に集結した。

針尾水軍は六十隻を数えるため、肥州・貴明・針尾の連合軍は、合計三百二十隻、実に五千人ほどの将兵を集結させたことになる。これほど大規模な海戦は、肥州、貴明、針尾の各人にとって初めてであり、彼らが純忠を是が非でも滅ぼすという、強い決意の表れに他ならなかった。

永禄七年（一五六四年）の八月二十九日の早暁、針尾島周辺の海域を埋め尽くす三百二十隻・五千人もの大船団は、「琴の海」を一斉に南下し始めた。うまく波と風に乗れば、大村までは、一刻（二時間）ほどで辿り着く。多良岳から朝陽が昇り、「琴の海」をまぶしく輝かせる頃には、海上は無数の船で埋め尽くされた。かくも多くの船が一度に「琴の海」に入ったのは、歴史上、おそらく初めてのことであったであろう。

「十字の旗が見えるぞ！　敵の船団、確認せり！　数は、五十隻ほどか。我が軍に比べて、極めて少数」

連合軍を先導する針尾水軍の先陣の者が、高揚した声で報告する。その報告は、次々に背後の船団にも伝えられ、大歓声が「琴の海」に響き渡った。

圧倒的な数で襲いかかる連合軍を前に、大村側の船団は、たかだか五十隻。接近しながら両者は互いに矢を射かけたが、数の差で連合軍が圧倒した。

「敵は逃げるぞ！　逃がすな！　火をかけろ！」

大村側の船団は後退し、船を乗り捨てて陸に上がった。そこへ次々に連合軍の火矢が放たれ、港に並ぶ大村側の船を、炎で包み込んだ。

彼我の兵力差は、あまりにも歴然としており、それは、戦闘と呼べるものではなかった。純忠軍を追い散らし、船に火をかけて燃やし——この時点で連合軍の勝利は決定していた。最前線の船に乗り込んでいた針尾伊賀守は、失意のため息すら洩らした。

「せっかく後藤殿と肥州殿が加勢してくださったというのに、大村殿のこの体たらくは、どうだ？　これが名高き有馬仙巌入道のお子とは、嘆かわしい」

針尾伊賀守は失笑したが、兵士の声で空気が一変した。

「針尾殿、純忠でござる！　純忠めは、あそこに！」

指差された方角を見ると、陸に上がった純忠軍が退却する先に、輿に乗ってこちらを見つめる人物が遠くに小さく見えた。謀叛で左腕の自由を喪って以来、いくさ場では輿に乗るという純忠に相違なかった。

敵軍は既に敗走しており、純忠との距離は遠くない。その時、純忠軍本陣と針尾軍先陣との距離は、背後の丘に見える三城との距離より近い。純忠が三城に逃げ込むより速く追いつける距離であった。

今こそ、純忠を殺れる——針尾伊賀守は確信した。

以前の彼は、純忠の勢いに敬意を評し、その配下となることに甘んじていた。だが、キリシタン宗門に傾倒して以後の純忠にはついていけず、後藤貴明の助言もあり、袂を分かつ決意をした。そして、今、衰え弱り切った純忠が、目と鼻の先のところにいる。

——あの純忠を殺れば、自分こそが大村の支配者となれる。

そんな思考が、刹那のあいだに、針尾伊賀守の脳裡を駆け巡った。

「純忠は、すぐそこじゃ！　全軍、突撃！　純忠の首を上げよ！」

針尾水軍から「おおっ！」と歓声が上がる。連合軍の船は次々に陸地に乗りつけ、兵士たちは陸に上がり、すぐそこに見える純忠本陣に突撃する。

「純忠を逃がすな！　必ずや仕留めるのじゃ！」

そう叫びながら、針尾伊賀守自身も、陸に着いた船から陸地に飛び移った。貴明、肥州らの大船団も背後から近づいてくるが、先陣の針尾水軍が純忠を仕留められれば、今後の大村の領有権を有利に分割できるであろう。

――純忠を逃がすな！

そう叫ぼうとしたところで、針尾伊賀守は足を止めた。

純忠は――逃げない。針尾水軍の将兵が肉迫しても、一歩も退かない。輿の上の純忠は、自由になる右手をゆっくりと頭上に挙げ、しばし静止させたのち、振り下ろした。それが何かの合図であったかのように、左右から突然、十字の旗を掲げる軍勢が現れた。

「針尾殿、伏兵でござる！　あれなるは、『黒虎』！　それに、『白龍』！」

兵士の報告は、途中からは、ほとんど悲鳴のような声になっていた。大村領でその名を知らぬ者はない「黒虎」大村純種と「白龍」一瀬栄正が指揮する伏兵が左右から突如として現れたかと思うと、動揺する針尾軍の将兵を次々に斬り倒していく。一瞬で形勢は逆転し、今度は針尾軍が敗走する番だった。

港のほうへ逃げ帰ると、ちょうど陸に上がってきた肥州、貴明の両軍と遭遇し、味方と衝突する形となり、混乱して怒号が飛び交う。逃げ惑う彼らは容赦なく斬り捨てられ、彼らの船には次々に火矢が放たれた。逃げるために必要な船が減り、限られた船を醜く奪い合う地獄絵図と化した。

かろうじて針尾伊賀守が海上へ逃れた時、さらに絶望的な知らせが、肥州、貴明両軍の後方から伝わってきた。

「針尾島が小佐々水軍の襲撃を受け、占領された模様！」

連合軍が圧倒的な大勝利をおさめるはずだった「大村の海戦」は、迎え撃つ純忠の歴史的な大逆転勝利に終わった。この時、青空には十字の形の雲が出現したと言われ、この日の報を平戸で伝え聞いた籠手田安経は、「デウスは偉大なり」としみじみ語り、畏敬の祈りを捧げ始めたと伝えられている。

大村の海戦に臨む際、後藤貴明と肥州が大船団を動員していることについて、籠手田安経は異国の殿であり友である純忠に伝えるべきか、迷った。結局、彼から連絡しなかったのは、主君への義理立てもあるが、彼が連絡せずとも、平戸のキリシタンたちが大騒ぎして、純忠へ急ぎの遣いを出していたからである。貴明と肥州が平戸で合流し、支度を整えて針尾島で連合軍が揃うまで数日を要したから、純忠も当然、その襲撃を承知し、準備をしていた。

海上で戦うという選択肢もあったが、純忠が急ぎ集められる船は五十隻程度であり、敵の連合軍と真正面からぶつかれば、数の論理で撃破されることは明らかであった。海戦に長けた針尾水軍と海上で戦うのは、たとえ同数であっても不利に働くのである。また、純忠が急ぎ動員できた兵力は二千人程度であり、陸上の戦闘のみとなっても、連合軍五千人を相手に分が悪い。

そこで、純忠は、先陣に命じて、あえて海戦に応じる構えを見せつつ、粘らずに負けさせ、退却して敵を陸上まで誘い出す作戦を取った。針尾伊賀守は、連合軍の圧倒的な数を背景に、最初から優位を感じていたし、海上での最初の衝突で純忠軍を圧倒したことで、敗走する敵軍を追撃した。さらに、確実に追撃させるために、あえて、純忠は自身の姿を見えやすい位置に置き、囮として晒した。針尾水軍は、水上の利を捨て、まんまと陸に上がってきた。

純忠の本陣に注意を奪われている針尾軍に、左右から「黒虎」と「白龍」が襲いかかった。針尾軍は、自分たちの勝ちを確信し、総大将の純忠を討ち取ることだけに注意を奪われていた。そこで、純忠配下最強のふたりに急襲され、彼らは屍の山を築くこととなった。

純忠は、また、連合軍の動きを知らされた時点で早馬を飛ばし、小佐々純俊にも出陣を要請していた。純忠の依頼通り、小佐々水軍は、連合軍が大村へ南下した後に、守備が手薄となった針尾島を襲撃し、占領した。

小佐々水軍の五十隻の兵力を純忠方の数に入れたとしても、連合軍のほうがまだ倍近い兵力があったはずである。だが、大村の陸に上がり仲間を虐殺されたところに針尾島が占領された知らせを受け、彼らは戦意を喪失し、ただ逃げ惑うのみだった。小佐々水軍は針尾島を占領して、島内は守備を固めつつ、連合軍が針尾瀬戸と早岐瀬戸から逃走するのは、あえて見逃した。

純忠軍の犠牲者は数えられるほどであったのに対し、連合軍の使者は四百人以上。針尾伊賀守を乗せた船は針尾瀬戸の近くで小佐々水軍に沈められた、との情報もあった。満を持して大軍を編成した心理的優位に足下をすくわれ、連合軍は、まさかの大敗北を喫したのである。

純忠にとって、このいくさの大勝利の意味は大きかった。新助の仇敵である針尾伊賀守をついに滅ぼすと同時に、針尾配下に結集していた抵抗勢力を一掃することに成功した。そして、手柄を立てた大村純種、一瀬栄正、小佐々純俊らにも満足感を与え、家臣団の結束を、いっそう強められたのである。

大村に純忠あり——。

下地方一円に改めてそう知らしめた、まさに、歴史的な大勝であった。

「大村の海戦」の大勝利で、純忠はデウスへの信仰を、いっそう強めた。純忠軍が勝利を確定させたあの時、天に十字の形をした雲が現れたのは皆が目撃した。それを偶然で片づける者もむろんいたが、純忠が謀反人の針尾伊賀守を滅ぼし、宿敵の後藤・肥州を敗走させた実績を示したことで、純忠がキリシタン宗門を信仰することへの疑問の声は、だいぶ小さくなった。

「大村館の変」以後しばらくは、「キリシタン宗門のせいで、謀叛が起きたのだ」との声が大きく、謀反人・針尾伊賀守がのさばっているあいだは、その批判は根強かった。そうした意見を沈黙させ、あるいは一変させるほどの影響が、「大村の海戦」の大勝利にはあったのである。

デウスへの感謝の祈りを、純忠は、決して欠かさなかった。伴天連トルレスから贈られた十字架《クルス》を彼は肌身離さず身につけていたが、気がつけば、それは傷だらけになっていた。針尾伊賀守は滅んだが、二大宿敵である後藤貴明、肥州・松浦隆信との死闘は、これからも続くであろう。今後の死闘のことも考えて、純忠は、実父・仙厳の領土・口之津で療養生活を送るトルレスの元に古くなった十字架《クルス》と共に、次のような書状を送った。

「常に身につけていたこのクルスの功力により、それがしは幾多の苦境を脱し、こんにちまで勝利し続けることができた。謀叛から生き延び、大村の統治を数か月で快復できたのも、すべて、このクルスのおかげだと考えている。だが、さすがに、ずいぶん傷んでしまったので、今後のために、また新しい物をいただけないであろうか。何卒お願い申し奉る次第」

しばらくして、純忠の縁戚筋にあたる島原純茂の家臣が、新しい十字架《クルス》を持ち帰ってきてくれた。ただし、それは伴天連トルレスからではなく、伴天連フロイスからのものだという。

聞けば、肥州が平戸での布教活動を渋々ながら容認した後、クンパニア・デ・ジェズーシュの日本布教長であるトルレスの命を受け、フロイスは、伊留満ルイス・デ・アルメイダと共に、都《みやこ》へ赴くことになったらしい。平戸から外海を南下して、口之津から島原に到着した時に、純忠がトルレスに新しい十字架《クルス》を求めていることを知り、フロイスが最上の十字架《クルス》を託してくれたのだという。

「ドン・バルトロメウ、あなたに私の持つ最上のクルスを贈ります。あなたの無事と栄達への祈りを込めたクルスです。これがある限り、あなたにはデウスが味方します。我らは、いつでもあなたの味方です」

そんなフロイスからの伝言を聞いて、純忠は、フロイスと横瀬浦で過ごした数日間のことを、なつかしく思い出した。ルイス・フロイスという伴天連は、まだ謀叛が起こる前、横瀬浦での夢のような日々の象徴であった。そして、フロイスに同行しているという伊留満アルメイダは、純忠が初めて会った南蛮人であり、そのふたりが共に都《みやこ》を目指している姿を想像すると、純忠の中で、彼らを応援したい気持ちが強まった。

純忠は、純近ら数名の供を連れて多良岳へ登り、東に見える九州島の東部と、海峡の向こうに広がる本州島の都《みやこ》のことを想った。

「フロイス殿、貴殿がくださった新しき十字架《クルス》を、大切に致すぞ。都《みやこ》へ無事に着かれますように。どうか達者であれ！」

天に十字架《クルス》をかざし、純忠は、そう叫んだ。純忠の声は天に吸い込まれるように消え、応えるように、陽射しは、いっそう強くなった。

籠手田安経は立場的には肥州・松浦隆信の配下であるが、「大村の海戦」で主君を敗った純忠に「ドン・バルトロメウ、貴殿にデウスが味方されたことを、お慶び申し奉る」と祝福した。純忠からも「ドン・アントニウ、貴殿が参戦されていたら、我が軍が敗れていたかもしれぬ。貴殿を平戸にとどまらせ給うたデウスに、我、感謝す」と返信した。以後もこの両者による好意と敬意に満ちたやりとりは続いたが、籠手田安経に主君を裏切る意思はなく、純忠としても、籠手田安経を自軍に誘っていたわけではない。あくまで、共にデウスを信じ奉る同志としての、立場を超えた交流であった。

「大村の海戦」の数か月後、たまたま純忠の書状を運ぶ使者が肥州の家臣に見咎められる事件が起きた。肥州は、それが純忠から籠手田安経への書状であることを知ると激怒し、使者を民衆の面前で八つ裂きにする刑に処した。

「安経、大村の海戦で我が軍が敗れたのも、おぬしが純忠と内通しておったのではないのか？　以後、純忠と連絡を取ることは禁じる」

「大村の海戦」で、純忠が情報をいち早く知ったのは、平戸のキリシタンたちが知らせたからであり、籠手田安経は、主君に配慮し、自分では知らせていない。また、純忠との書状のやりとりも、あくまでキリシタン武将同士の交流であったのだが、それを肥州に理解してもらうことは難しかったようだ。

肥州が純忠の使者を公開処刑した事件は、平戸のキリシタン宗門を慟哭させた。ルイス・フロイスが都《みやこ》へ旅立った後、平戸のキリシタン宗門を統率していたのは、その夏に南蛮船でやってきた伴天連、バルタザール・ダ・コスタである。平戸での布教再開を条件に南蛮船が肥州と貿易を再開した時、コスタは、「貿易でヒシュウを利することは、我らの最良の友であるドン・バルトロメウを困らせることになるのではないか」という意見を述べていた人物だった。幸いにも「大村の海戦」では純忠が大勝利したが、肥州を貿易で富ませれば、いつまた純忠が苦境に陥るかわからない。

「やはり、我らはヒシュウと貿易すべきではない。ヨコセウラは壊滅してしまったが、我らは、あくまでドン・バルトロメウとこそ貿易すべきである」

コスタは平戸にありながらも常に純忠を慮《おもんぱか》り、そう主張していた。

永禄八年（一五六五年）の夏、新たな南蛮船が日本に到着した。この船は最初、平戸に入港しようとしたが、伴天連コスタが使いの船を出して事情を説明し、引き返してドン・バルトロメウの領内に入港するよう伝えた。

南蛮船は了解し、九州島西の海を南下し、西彼杵半島が南端で長崎半島と交わるあたりにある、外海に面した港に入った。そこは、純忠配下の福田兼次が統治する福田浦であった。

南蛮船が敵地の平戸ではなく、ふたたび自領へ戻ってきたくれたことを、純忠は大いに喜んだ。豊後からは、前年の南蛮船でやって来たベルショール・デ・フィゲイレドという名の伴天連が状況を確認するために福田浦を訪れ、また、伊留満のルイス・デ・アルメイダも都《みやこ》から九州に戻り、福田浦へやって来た、という知らせもまた幸いであった。実は、その少し前から純忠の七歳になる長女・伊奈が高熱を出して寝込んでいて、医師に診てもらいたかったのだ。だが、この時代の医師とは仏僧が兼ねていることが多く、純忠は彼らを頼りたくなかった。

「アルメイダ殿はフロイス殿と共に昨年末に都《みやこ》へ行かれたはずじゃが、もう下地方へ戻って来られたのか。何とも精力的な御仁じゃ。アルメイダ殿が福田に来られているとは、まさしくデウスの助けである。あの御仁は、伊留満となられる前は、医師であったはず。彼を頼ろう」

純忠の招きに応じて、アルメイダは、大村を訪問してくれることになった。彼は、ロレンソという名の盲目の日本人伊留満を連れていた。

「大村殿、それがし、ロレンソと申します。お目にかかれて光栄に存じます」

ロレンソは、朗々と響く、良い声をしていた。聞けば、彼は元は琵琶法師をしていたが、トルレスやフェルナンデスと一緒に初めて日本を訪れた伴天連であるフランシスコ・シャヴィエール（ザビエル）の話を山口で聞いて魅了され、キリシタン宗門の教えを熱心に学ぶようになったようだ。ロレンソは、目は見えないものの、キリシタン宗門の教理《ドチリナ》だけでなくポルトガル語とラテン語も習得し、日本人として初めての伊留満にシャヴィエールから認定されたのだという。アルメイダも日本語をある程度は話せたはずだが、教理《ドチリナ》の説明などは、ロレンソのほうが長けているようだった。

アルメイダとロレンソは、まず病床に臥せっている純忠の長女・伊奈を見舞った。純忠の正室・おえんも同席し、おえんにとっては初めて伴天連や伊留満に会ったことになる。アルメイダは慈愛に満ちた笑みで伊奈に話しかけ、病状についていくつか質問して、うなずいていた。別室に移動すると、彼は荷物の中から粉末状の薬を取り出して、それを、おえんのほうに差し出した。

「オクガタサマ、コチラ、ノマセテ。アサ、ト、ヨル。スグ、ヨクナルヨ」

おえんは、どう反応して良いものか、とまどっていたが、アルメイダが「ダイジョウブ。デウス、タスケル」と微笑すると、「伴天連殿、かたじけない」と頭を下げた。おえんは今までキリシタン宗門を理解できず、キリシタンに改宗することに抵抗を示していたが、実際にアルメイダとロレンソに会ったことで、それまでの考えを変えた様子だった。

「デウスのお力で伊奈の病が癒えるなら、わらわもキリシタンに……」

おえんが初めてその意思を口にしたことは、純忠を何よりも喜ばせた。

「おえん、案ずるな。信じるのじゃ。デウスを信ずれば、伊奈は必ず助かる」

長女の病で珍しく弱気になっていたおえんであったが、くちびるをきつく結び、うなずいた。純忠は、そんなおえんの肩に、やさしく手を添えた。

純忠は、アルメイダとロレンソを豪華な食事で歓待した。アルメイダたちは、上座に座らされることを拒んだが、純忠は、譲らず、自身は家臣団と並んで下座にいた。食後、純忠は、主立った家臣たちを同席させて、アルメイダとロレンソが語る教理《ドチリナ》に真剣に耳を傾けた。その際、誰よりも熱心に質問するのが純忠で、実際、純忠がいちばん教理《ドチリナ》をよく理解していた。

数日の内に伊奈の病は癒え、アルメイダとロレンソは、また福田浦に戻ることになった。純忠と、おえん、伊奈、それに、多くの家臣たちがアルメイダたちを途中まで見送った。彼らは、名残を惜しみつつ別れた。

その後、純忠は福田浦に教会《エケレジア》と居館《カーザ》を建て、みずからも視察のため訪問した。初めて出会うベルショール・デ・フィゲイレドは、アルメイダよりは少し背が低いが、色黒で、がっしりとした体格だった。彼はエウロパ人ではなく、インディア人であるらしい。純忠はフィゲイレドという名前を憶えられず、「ヒゲレイド」と何度も言い間違った末に、「鬚入戸」という当て字を思い浮かべて、ようやく「ヒゲイレド殿」と呼べるようになった。ただし、「ど」の音が連続するので、発音しづらかった。

福田浦に教会《エケレジア》ができたことを、いちばん喜んでいたのは、領主の福田兼次である。彼は、以前からキリシタン宗門に関心があり、純忠と一緒に二年前に洗礼《バウチズモ》を受けてキリシタンとなったひとりである。彼のキリシタンとしての名は、ジョーチン。

「大村殿、自分の領土に教会《エケレジア》があり、伴天連殿がおられるのは格別ですな。新助殿が熱心に教理《ドチリナ》を学んでいたこともわかる」

そう言う兼次に「であろうな」と相槌を打ちながら、純忠は二年前に暗殺された忠臣・新助のことを思い出した。謀叛を起こされてから、復権するのに懸命になっているあいだに、いつしか二年が過ぎていたのだ。

キリシタン宗門では、信仰の中で殉じることを殉教《マルチル》と言い、そのように死んだ者は天国《パライソ》に行けるのだという。であれば、今の新助は、天国《パライソ》から純忠たちを見守ってくれているはずだった。

福田兼次の盟友である長崎純景もまた、純忠と一緒に洗礼《バウチズモ》を受けたひとりである。彼のキリシタンとしての名は「ベルナルド」。純景の領土である長崎は、福田浦のすぐ南東に隣接しているため、純忠が福田浦に来る時には、彼も必ず同席した。

「福田浦がキリシタンの新たな港となったおかげで、大村殿に会える機会が増えたことは嬉しい。いつぞやの『長崎の宴』は楽しかったが、大村殿は、あれ以後は、なかなかこちらまで来てくださらぬからな」

「すまぬな、純景。北方の敵とのいくさが多いので、なかなか、こちらには来られなかったのだ。だが、教会《エケレジア》もあるゆえ、これからは、できるだけ出向きたいと思っている」

純忠と純近、それに、長崎純景と福田兼次は福田浦で酒宴を催す機会が増えたが、「黒虎」大村純種と「白龍」一瀬栄正は宮村に、それに、謡や舞いの得意な宮原常陸介純房は大村にいるので、かつての「長崎の宴」が再現されることはなかった。だからこそ、あの「長崎の宴」は特別であり、その夜を共にした七人には、いつまでも特別な絆があったと言える。

南蛮船が自領の平戸ではなく純忠領の福田浦に入港したことに、肥州・松浦隆信は激怒した。彼は、貿易のため大型船で平戸に来ていた堺の商人たちと相談し、福田浦の南蛮船を襲撃し、その財宝をすべて略奪することで同意した。

永禄八年（一五六五年）の九月末、肥州と堺の商人たちは、十隻の大型船と七十隻の小型船で、平戸から外海を南下して福田浦を目指して出立した。この時、籠手田安経には誘いの声すらかからなかったので、安経は出陣していない。平戸の地で、肥州と商人たちが慌ただしくいくさ支度をしているのを目にした伴天連バルタザール・ダ・コスタは、ただちに福田浦に遣いを出し、襲撃に備えるように伝えた。

襲撃前日には知らせは福田浦に届いたが、かつて平戸で肥州と貿易したことのある南蛮商人たちは、平戸のコスタからの警告を信じなかった。

「ヒシュウは、そんな人ではない。何かの間違いであろう」

しかし、ものものしい雰囲気の大船団が遠くから近づいてくるのを目撃すると、油断していた南蛮人たちは蒼くなり、慌てふためいた。その時、福田浦には南蛮船の他にも、マラーカ（マラッカ）からの商船と支那からの船も数隻、停泊していた。それらの船は、防衛のために洋上で接近し、集結した。

福田港に入ってきた肥州軍から矢や銃弾による攻撃が仕掛けられ、何人かの南蛮人が船上で倒れ、悲鳴が上がった。だが、彼らにとって幸いだったのは、マラーカの商船が強力な大砲を備えており、この砲撃が、次々に肥州軍の船に命中したことだ。肥州軍の船の何隻かが大破して、海に沈んで行くさまは、形勢を逆転させた。堺の商人たちの船が真っ先に逃げ出すと、肥州軍も、慌ててそれに続いた。逃げてゆく肥州軍にも砲撃を浴びせると、南蛮人商人たちから歓声が上がった。

この福田浦の海戦において、南蛮商人の八名が死亡したが、肥州軍は死者八十名、負傷百二十名にも及んだという。


永禄九年（一五六六年）の七月、新たな南蛮船が福田浦に入った。かつて都《みやこ》地方で布教していた伴天連ガスパル・ヴィレラと、度島にいた伴天連のジョアゥン・カブラルが、福田浦へとやって来た。純忠は、主要な家臣団を連れて、挨拶のために、福田浦を訪れた。

「ルイス・フロイス、ヨリ、キデンノコト、イツモ、キイテイマシタ。ドン・バルトロメウ、オアイデキテ、キョウエツシゴク。アリガタキシアワセ」

かなり自然な発音の日本語でそう言ったのは、ガスパル・ヴィレラだ。フロイスより少し小柄で痩身のヴィレラは、涼しげで知的な微笑を浮かべていた。

「そうか。フロイス殿は都《みやこ》で無事に貴殿に会えたのだな、ヴィレラ殿。そして、今度は貴殿が下地方へ戻ってきた、というわけか」

「イカニモ。ミヤコハ、フロイスニ、マカセマシタ」

都《みやこ》地方での布教をひとりで五年以上も続けていただけあり、ヴィレラは日本語も達者で、彼との会話には、通訳は必要なさそうだった。

「ドン・バルトロメウ、ソレガシモ、アリガタキシアワセ」

続いて名乗ったジョアゥン・カブラルは、前年から福田浦にいるベルショール・デ・フィゲイレドと同じくインディア人で、褐色の肌をしていた。フィゲイレドより頭ひとつ低く、ヴィレラよりも背は低いものの横幅はカブラルのほうがある。カブラルは、しきりに咳をしていて苦しそうだった。

「カブラル殿、病んでおられるのか。お大事になされよ」

純忠が声をかけると、咳をしながら、カブラルは頭を下げた。

「ヴィレラ殿、さっそくだが、それがしが大村へ戻る際、一緒に来て、我が正室・おえんと長女・伊奈に洗礼《バウチズモ》を授けてもらえぬだろうか。昨年、アルメイダ殿に病を癒していただいて以来、おえんも伊奈も、デウスのお力を信じていて、良い機会を待っていたのじゃ」

「ドン・バルトロメウ、ヨロコンデ、オトモイタシマス」

純忠の正室と長女が洗礼《バウチズモ》を受ける意味は大きいので、ヴィレラたちからしても、それは願ってもない申し出だった。純忠が福田浦の滞在を終えて戻る時にヴィレラも同行するつもりだったが、そこへ早馬が届いた。

「大村殿、一大事にござる！　野岳城が後藤の手に陥ちました！」

またしても、後藤貴明――あの、又八郎が……。

福田浦に来てまで、その名前を聞きたくはなかった。

「陥ちた、とは、どういうことぞ？」

詰問する純忠の口調には、怒気が滲んだ。

「野岳城主・松原純照が寝返った模様。城内には後藤の旗が立てられ、あの針尾伊賀守の姿を見た者もおります」

「針尾――あやつ、まだ生き存えておったのか……」

針尾伊賀守は、二年前の「大村の海戦」で死んだと思われたが、まだ生きていたのか。松原純照を寝返らせたのも、針尾伊賀守の仕業か。この期に及んでも、尚、又八郎ではない犯人探しをしてしまう純忠であった。

ヴィレラに大村へ来てもらうのは延期にして、純忠は家臣団を連れて急ぎ大村へ戻った。野岳城は純忠の大村領と後藤貴明の拠点である武雄を結ぶ山道にあり、そこを奪われたままにしておけば、大村への侵攻を許すこととなる。純忠としては、一刻も早く取り戻す必要があった。

永禄九年（一五六六年）の七月二十八日、その日は夕刻から雨が強まり始め、夜半には目も開けていられないほどの暴風雨の一日であったが、だからこそ、純忠は、純近、「黒虎」大村純種、「白龍」一瀬栄正ら精鋭のみからなる二、三十人の部隊で野岳の急峻な山道を登った。純忠は左腕を不自由にしているので、暴風雨の中のこの登攀は決して容易ではなかったが、後藤貴明への家臣の寝返りと、亡霊のような針尾伊賀守への怒りが彼を突き動かしていた。

「エウロパで、突入する際に、聖人《サント》であるサンチアゴの名を叫ぶそうじゃ。それに倣って、我らはバルトロメウの名を叫んで突入するぞ！」

大雨の中、純忠は家臣団にそう告げると、みずから先頭に立って、「バルトロメウ！」と叫びながら、城壁を乗り越えて城内に突入した。純近、純種、栄正らも「バルトロメウ！」と叫びながら、それに続く。

野岳城内には見張りもいたが、大雨ということで、彼らも警戒を解いて休んでいた。そこへ、「バルトロメウ！」と叫びながら純忠たちが突如として現れたので、彼らは逃げ惑った。動揺する敵兵を、純忠たちは容赦なく斬り殺した。多くの者は城外へ逃げ出したが、城主・松原純照は逃げ遅れて殺された。目撃されていた針尾伊賀守は逃げたのか、幻であったのか、見つからなかった。

純忠は後藤の旗を踏みにじった後で燃やさせ、代わりに十字の旗を掲げさせた。かくして、野岳城は、一夜にして純忠の手に奪還された。

「デウスに逆らう者はこうなるのじゃ！　皆の衆、忘れるでないぞ！」

純忠の雄叫びは、大雨の轟音をもかき消して、夜空に響き渡った。

野岳城での大勝利はキリシタン宗門に希望を与えたが、福田浦にいる伴天連ジョアゥン・カブラルが肺病を悪化させて日本を去ることになったのは、純忠に失意を与えた。別れを惜しみつつ、純忠はカブラルを見送った。

後藤貴明による度重なる挑発、そして、針尾伊賀守の亡霊に疲弊する純忠に追い打ちをかける大きな損失となったのは、この永禄九年に実父・仙巌が逝去したことだ。八十四歳という当時としては珍しい高齢まで生きた仙巌は大往生であったが、純忠にとっては、心の支えを喪ったようだった。

「勝童丸、おぬしは大村へゆけ。彼の地は、おぬしに任せたぞ」

幼き日に父から託された言葉は、純忠の長年の呪縛でもあった。

敬愛する父の言葉は絶対であったからこそ、大村だけは、何か何でも死守せねばならなかった。

だから純忠は十八歳で第十八代の大村家当主となってからの十六年間、毎日を必死で生きてきた。

父の言葉がなければ、ここまで生き延びてくることは難しかったかもしれない。

純忠に人生の道しるべを与えてくれた実父・仙巌は、逝った。だが、今の純忠には、デウスや伴天連という「父」がいる。だから、寂しくはない。

キリシタン宗門こそ、今の純忠の支えであった。

　前年に野岳城で後藤貴明軍を撃破して以来、武雄・後藤貴明の動きは大人しくなった。平戸の肥州・松浦隆信も、大村領への侵攻は一時的に止んでいた。大村領がそうであるように、武雄や平戸の領内でも辺境などで叛乱が起きることは日常茶飯事であり、そちらを貴明、肥州が鎮圧している期間には、彼らから大村への攻撃はないのである。

「大村館の変」でいったんは瓦解した大村家臣団であったが、いくさの相次ぐ大勝利により、純忠の支配体制は、謀叛以前より強固なものとなりつつあった。後藤貴明に内通した野岳城城主・松原純照を純忠がすぐさま撃破したことも、おそらく効果的に働いている。針尾伊賀守の場合は、針尾島の地形ゆえに攻めあぐねたが、松原純照は、謀叛後すぐさま鎮圧することに成功した。「謀叛を起こした者は、ただちに撃滅する」という純忠の毅然とした姿勢は、家臣団のあいだに良い意味での緊張感を生み出していた。

　純忠の故郷である有馬は、仙巌が逝去したことで、今や名実ともに純忠の実兄・有馬義貞の統治下にあった。永禄十年（一五六七年）、事前に書状で話をつけて義兄・西郷純堯の領土である伊佐早を通過させてもらい、自分が生まれ育った有馬の日野江城に、純忠は実兄を尋ねた。

「数年ぶりになるか、純忠。後藤や肥州との相次ぐいくさの話は、伝え聞いておる。よくぞ、こんにちまで勝ち続けてきたものよ。それにしても、あの腕白な勝童丸が、何とも立派になったものじゃ」

純忠が文武両道であるのに対し、兄の有馬義貞は文人タイプで、穏やかな人となりである。昨年まで実質的に有馬を支配していたのは仙巌であり、義貞は父の庇護下で形ばかりの大名であったから、それゆえであろう。実父・仙巌とは対照的に穏やかな実兄の性格は、純忠をやさしく癒してくれる。

「何度も危機はござった。すべては、デウスのおかげじゃ」

純忠が首から下げたフロイスの十字架《クルス》を握りしめると、熱心な仏教徒の義貞は眉をひそめ、寂しげに息を吐いた。

「おぬしは、いつもデウスについて語っておるが、おぬしが有馬に帰省してくれたのは、我らが父上の法事に参列してくれるためではないのか。儂は、それを期待しておったのだが」

「兄上も知っておろう。それがしはキリシタンゆえ、仏式の法事に参加する気は毛頭ござらん。ただ、父上の霊魂《アニマ》が天国《パライソ》へと救済されるように祈る気持ちはあるし、実際、何度も祈っておる」

「デウスとは、そこまで良いものか……？　儂には、よくわからぬが」

「兄上にも、いつかわかる時が来る。兄上には、ここ有馬や島原、口之津でキリシタンたちを悪く扱わぬよう、くれぐれもお頼み申し奉る」

純忠が実兄・義貞と対面したのは、仙巌亡き後も、有馬、島原、口之津でキリシタンの庇護を続けるよう、依頼するためであった。純忠の願いでキリシタンを庇護するのは仙厳時代から続くことなので、義貞は少なくとも否定はしなかった。文人肌の彼は、元より積極的に他者を否定する人物ではない。

純忠は有馬での義貞との面会を終えた後、そのまま南下し、島原半島の南端・口之津にいる伴天連コスメ・デ・トルレスの元を訪れた。

「ドン・バルトロメウ、クチノツマデ、カタジケナイ」

両手を広げて純忠を出迎えたトルレスは、純忠の記憶にある通りの慈父の表情であった。ただし、以前よりさらに年老いていて、動きは弱々しい。純忠とトルレスは定期的に書状のやりとりをしていたものの、直接会うのは、横瀬浦が壊滅した永禄六年（一五六三年）以来、実に四年ぶりのことであった。

「トルレス殿、ずっと貴殿にお会いしたかったのじゃ……」

トルレスの広げた両手に飛び込み抱擁を交わしながら、純忠は目頭を熱くした。トルレスが彼に向けてくれる無償の愛は、今も変わらず、純忠の心の武装を解いてくれる。トルレスの前では、赤子のように無防備に――丸裸にされたような気分になる。彼ら伴天連や伊留満たちは、相手の身分に関係なく、どんな人にも無窮の愛情を注いでいる。それこそが、まさしく、ゼズス・キリシトの説いた「愛の教え」だと純忠は理解している。ただ、トルレスの愛情は他の伴天連や伊留満よりも強く、不思議なほどの安らぎを与えてくれる。実父・仙厳が逝った今、トルレスこそ我が父である――とすら純忠は考えていた。

この時、口之津には伊留満のルイス・デ・アルメイダもいた。アルメイダは純忠が初めて会った南蛮人であり、同時に、初めて会った伊留満でもある。初めて会った伴天連はトルレスだが、やはり、最初に会った相手には特別な感慨がある。だから、ここ数年、相次いで日本にやって来ている新任の伴天連たちの中では、初めて会ったルイス・フロイスの存在がいまだに特別であり、その特別な気持ちは、たとえふだん離れていても、どれだけ時間が経っても変わらないものだ。

大村では戦闘が少なくなっている時期ゆえ、伴天連か伊留満を布教のため大村に派遣して欲しい旨を、純忠はトルレスに伝えた。

「おえんと伊奈にも洗礼《バウチズモ》を受けさせたいし、大村に立派な教会《エケレジア》も築きたい。できれば、トルレス殿に来ていただきたいのだが……」

「ドン・バルトロメウ、モウシワケゴザラン。イマ、ムズカシイ。サレド、タイチョウヨキトキ、オオムラ、オモムキタイ」

トルレスとしても、純忠の正室と長女の洗礼《バウチズモ》には特別な意味があると考えていた。ただ、彼はずっと体調を崩している上に脚も悪くしていて、口之津から大村までの移動は今は難しい、との判断だった。

トルレスは、純忠に同行して大村に赴くようアルメイダに命じ、また、体調が良くなれば自身も大村へ行くことをデウスに誓ってくれた。純忠としては、トルレスの体調が良くなるよう、ひたすら祈り続けるしかなかった。

伊留満アルメイダは純忠と一緒に大村へ移動し、純忠の求めで家臣団らに説教を繰り返した。その後、彼は長崎へ行きたいと申し出たので、純忠は少し驚いた。

「アルメイダ殿、なにゆえ長崎に？」

長崎純景の領土である長崎は、福田浦の南東に隣接する港町である。純忠にとっては忘れがたい「長崎の宴」の場所だが、長崎は山に囲まれた小さな港町であり、布教の拠点としては、福田浦のほうが栄えているはずだった。

「ナガサキノキリシタン、ミナ、ネッシン。バウチズモ、マッテル」

「そうか。純景——ベルナルドは俺と一緒にキリシタンになったひとりじゃ。兼次——ジョーチンの治める福田浦もそうであるが、領主がキリシタンだと、やはり、領民たちの熱意も違うのだな」

アルメイダはうなずいて、長崎へと去って行った。

永禄十年（一五六七年）、信長は六年がかりでようやく稲葉山城を陥とし、「岐阜」と改称して新たに美濃《みの》を拠点とし始めた。その年の五月、敵軍の畏友である籠手田安経から純忠へ、久しぶりの書状が届いた。それは、平戸を拠点に活動していた伊留満ジョアゥン・フェルナンデスの死を伝えるものであった。

「伊留満へルナンデス殿のご最期、誠に清く、気高きものにてそうろう。我、ドン・アントニウこと籠手田安経、伊留満へルナンデス殿のご最期に接し、改めて、デウスへの信心を深めるなり。その旨、ドン・バルトロメウにどうしてもお伝えしたく、肥州の禁を無視して、久方ぶりに筆を執った次第にてそうろう」

伊留満ジョアゥン・フェルナンデスとも、横瀬浦壊滅以降の四年間、純忠はついぞ一度も再会できぬままであった。伊留満フェルナンデスと伴天連ルイス・フロイスと三人で、横瀬浦の純忠の屋敷で夜明け前に話をした数日間のことが、とてもなつかしく思い出される。フェルナンデスは、いつも体調が悪そうだったが、そんな中でも、純忠の質問とフロイスの回答を一生懸命に通訳してくれていた姿が、よみがえってくる……。純忠は自然に涙を流した。

伊留満フェルナンデスにとって、色身《コルプス》（肉体）が滅びて天国《パライソ》に行けるのは、慶ぶべきことであろう。だが、今生に残された純忠としては彼の死を悲しく思う気持ちは強いし、近い将来、伴天連トルレスとの別れが来ることを想像しただけで、涙が出てきたのだった。

永禄十一年（一五六八年）の春、純忠にとって待望の嫡男が、ついに誕生した。

「デウスを信じ続けて良かった！　デウスが応えてくださったのじゃ。おえん、そなたがデウスを信じてくれたおかげじゃ！」

純忠は、おえんと赤子を抱きしめ、涙を流して喜んだ。又八郎への想いを完全に捨て去りたい願いも込めて、純忠は、この嫡男に「新八郎」と名づけた。

十八歳で第十八代大村家当主となった純忠も、今や三十六歳。これまでの人生のちょうど半分を、当主として過ごしてきたことになる。実父・仙巖は八十四歳まで生きたが、それは例外的な長寿であり、ジョアゥン・フェルナンデスは四十二歳で逝った。本来は「人間五十年」であり、純忠の人生は残り時間のほうが少ない可能性が高い。実父に死なれ、自分がいよいよ人生の後半生に差しかかったことを意識しているからこそ、嫡男・新八郎の誕生は本当に嬉しかった。次の代に大村家を引き継ぐことも、当主としての役割だからである。

同年の六月二日には新たな南蛮船が福田浦に到着し、アレッシャンドレ・ヴァラレッジオという名のイターリャ人の伴天連が到着したとの知らせが福田兼次から伝えられた。純忠としては、新八郎を連れて福田浦まで挨拶に行きたいのが本心だったが、この長男が生まれてまだ間もなかったことに加えて、平戸の肥州・松浦隆信と武雄・後藤貴明がまた辺境で仕掛けてきていたので、大村を離れることは難しい時期であった。

同年九月になると、いくぶん戦況が落ち着いたので、純忠は、福田浦を訪問した。新任の伴天連ヴァラレッジオは、九州島の西にある五島列島に布教に旅立ってしまっていたが、この時は伴天連トルレスが福田浦に来ていた。純忠の訪問も、トルレスに会うためであった。

再会の抱擁を交わすと、トルレスが祝福してくれた。

「ドン・バルトロメウ、チャクナンタンジョウ、オヨロコビ、モウシアゲマス」

「トルレス殿、かたじけない。貴殿に初めてお会いした時から願い続けてきた嫡男をついに授かったことを、デウスに心から感謝したい。そして、トルレス殿、今こそ大村にお越しいただけないであろうか。何卒、お頼み申す」

トルレスはこの時も体調が万全ではなかったものの、純忠に嫡男が誕生した意味の大きさは理解していたので、大村行きを快諾した。

「ヨロコンデ、ウカガイマス」

永禄十一年（一五六八年）の九月、信長は将軍家の足利義昭《あしかがよしあき》を擁立して上洛し、抵抗勢力を撃破して都を制圧することに成功した。同年同月の十五日、クンパニア・デ・ジェズーシュの日本布教長である伴天連コスメ・デ・トルレスが、ついに初めて大村の土地を踏んだ。純忠は、このことに感激し、「新八郎がトルレス殿を連れてきてくれた」と、赤子にも感謝した。

純忠は、トルレスと彼に同行してきたポルトガル人たちを盛大に歓待し、おえんと伊奈は、日本人修道士のダミアンから教理《ドチリナ》の解説を受けた。このダミアンは、純忠が初めて伊留満ルイス・デ・アルメイダと対面した際に同席し通訳を務めた人物である。

純忠は、トルレスに新八郎を見せ、抱き上げてもらった。小さな赤子を抱く巨体のトルレスは、実の孫に見せるような愛情のこもった表情であった。

トルレスの滞在する屋敷には、純忠の重臣たちが次々に挨拶に訪れた。トルレスと初めて会う者も多かったが、彼らは一様に、この伴天連の深い愛情に感銘を受けた様子だった。

「トルレス殿、五年前からご相談してきた件だが、貴殿がついに大村に来てくださった今こそ、大村の教会《エケレジア》建設を指揮していただきたい」

かつて、ドン・ルイスこと朝長新助純安が生きていた頃からの、それは純忠の悲願であった。トルレスが体調を崩していなければ、五年前に実現していたはずだが、五年かかったこともまた、デウスの意図があるのだろうと、今の純忠は理解していた。

「アリガタキ、オコトバ。キョウリョク、イタシマス」

純忠は、さっそく三城城下町の一等地を教会《エケレジア》建設地として寄進した。建設期間中はトルレスの滞在する屋敷でミサが行われ、二か月ほどのあいだに洗礼《バウチズモ》を受けた者は二百四十名を数えた。しかし、純忠の正室・おえん、長女・伊奈、長男・新八郎は、この時はまだ洗礼《バウチズモ》を授けられなかった。おえんと伊奈がもう少し教理《ドチリナ》を理解し、新八郎が少し道理を解するようになってから、とのトルレスの判断であった。

同年の十一月十二日、純忠の本拠地にふさわしい、他の地方よりも大きく立派な大村の教会《エケレジア》が完成した。十一月二十日には、トルレスによって新しい教会《エケレジア》で初めてのミサが荘厳に執り行われ、新たに八十八人が洗礼《バウチズモ》を受けキリシタンとなった。

同年の十二月七日はエウロパの暦では（一五六八年の）十二月二十五日にあたり、この日、「フェスタ・デ・ナターウ」と呼ばれるゼズス・キリシトの降誕祭（クリスマス）が大村の教会《エケレジア》で催された。キリシトの誕生を描いた西洋劇（日本における最初の西洋劇）が、ポルトガル人やキリシタンたちによって行われ、純忠やおえん、伊奈、新八郎、家臣団らが、トルレスたちと一緒に観劇したのである。

聖母マリアへの受胎告知。
粗末な馬小屋で生まれたゼズス。
キリシトの誕生を知り、訪れた賢者たち。
キリシトを恐れ、幼児たちを虐殺したヘロデ王。
キリシト到来への道を築いた、洗礼者《バウチスタ》ヨハネ。

ヨハネを殺させた魔性の踊り子サロメと、王妃へロディア。

ゼズスと弟子たちの愛と信仰と裏切りの物語。

十字架《クルス》に磔にされ、復活したゼズス――。


大村の地に立派な教会《エケレジア》が完成し、トルレスや家族と一緒にキリシトの誕生から昇天までを描いた劇を観ている、というその状況は純忠にとって夢のような至福で、歓喜の涙が頬を伝って止まらなかった。「大村館の変」で生き延びたこと自体が奇蹟であるし、あれから五年、このように善き日を迎えられたことについて、デウスに対しての感謝の気持ちしかなかった。


年が永禄十二年（一五六九年）に改まった一月、大村領内を歩いていたポルトガル人が数名の仏僧に襲撃され、殺される事件が起きた。純忠の家臣のキリシタン武士数名がこの事件に激怒し、件《くだん》の仏僧たちを殺し彼らの仏寺を焼き払いに赴こうとした。それを伝え聞いたトルレスは、ただちに使者を送り、「キリシタンであれば、復讐はしてはならない」と諭し、彼らを思いとどまらせた。

当時の日本においては、復讐行為は認められており、「攻撃された時に報復せぬは恥」とする文化があった。領主でさえも家臣の復讐を止める権限はなかった。そのため、キリシタン武士たちに復讐を思いとどまらせたトルレスの話は、たちまち大村中に広まり、この伴天連の名声は、ますます高まることとなった。

四旬節《カレズマ》と呼ばれる四十六日間の節制《テンペランサ》の期間を経て、二月の復活祭《パスクア》では、聖母マリアの画を手にしたトルレスと、花の冠を頭に載せた純忠を先頭にキリシタンたちが大村の中心地を練り歩き、その華やかな行列は、遠巻きに観る異教徒たちを感嘆させたという。

永禄十二年（一五六九年）の四月、純忠と縁の深い伴天連ルイス・フロイスが、都において、「もうひとりの革命児」信長に出逢う。以後、この両者は親密交流するようになり、信長は南蛮文化にも傾倒していくことになる。この時期の大村ではキリシタンに改宗する者はますます増え続けていたが、好事魔多し、同年六月の終わり、信じられない事件が発生した。

「殿、一大事じゃ――。老臣の中から謀反人が出ました」

三城でその知らせを今道純近から受けた時、何人かの老臣たちの顔が純忠に浮かんだ。誰を浮かべても謀叛を起こすようには思えなかったが、純近が報告した名前は、そのどれとも違っていた。

「謀反人は、『大村の黒虎』――純種にござる」

「あの純種が!?　純近、それは、まことなのか！」

「残念ながら……誤報ではないようでござる。さらに――後藤殿と肥州も呼応して軍を大村に向けているとの知らせもあり」

「またしても、又八郎……それに、肥州か……」

かつて、「宮村の黒鬼」として幽閉されていた彼を救い出して以来、多くのいくさを共にしてきた。いつ裏切っても不思議のなかった針尾伊賀守とは違い、これまでの純種に純忠を裏切りそうな素振りなど微塵もなかったので、純忠には正直、何が起きたのか、理解できなかった。

「栄正は……『白龍』は、純種と一緒なのか？」

そう尋ねる純忠の声は、ひどく弱々しいものであった。「黒虎」大村純種と「白龍」一瀬栄正は純忠軍の中で突出した「二強」であり、いつも行動を共にしていた。彼らが同時に純忠に寝返ったとすると、敵として、これ以上ない厄介な相手である。仮に勝利できたとしても甚大な被害を被るのは必定であるし、彼らふたりを同時に相手にして、勝利できる確証などなかった。

「それが——栄正は、病の重い親族の見舞いで、今、城下にいるようで。もう間もなくこちらに参るかと存じますが」

報告する純近も混乱していたが、純忠は、いっそう混乱した。純種と栄正は、いつも行動を共にしていた。栄正は無関係らしいと知って安堵すると同時に、どうして純種だけが——との不可解な疑念は、さらに強まった。

純忠と純近は言葉もなく、うつむいて、ただ床の木目を見つめていた。そこへ慌ただしい足音が響き、厳しい表情の一瀬栄正が姿を見せた。栄正は純近のとなりに腰を下ろし、上座の純忠に尋ねる。

「殿、純近。純種の件、まことでござるか……」

ふたりがうなずくと、栄正は、無念そうに首を振った。

「栄正、おぬしは、いつも純種と行動を共にしていた。何か知らぬか？」

「数日前に宮村を発った時には、いつも通りの純種でござった。何らおかしなところはなかったが……」

純忠は腕組みをして、「狐に憑かれたか、天狗に操られておるのか……」と、首を捻った。そう考えるしかないほど、不思議な状況であった。

キリシタン宗門の教理《ドチリナ》でも、天狗（悪魔）が人々を誘惑して罪を犯させることは説明されている。そのことを承知しているだけでも、悪魔の誘惑《テンタサン》に備えることができるが、純種は、「キリシタン宗門は、わからぬ」と言って、いまだ洗礼《バウチズモ》を受けていないひとりである。ただし、その点は、栄正も同じであるが。

いずれにしても、「黒虎」純種のいる宮村に、後藤貴明と肥州・松浦隆信の軍勢も集結しつつあるようなので、若き日の純忠がそうであったように、今は考えるより先に行動しなくてはならなかった。

「宮村で確認するしかあるまい。純近、栄正――出陣の支度じゃ！」

純忠は、急ぎ兵を招集し、さっそく宮村へと軍を向けた。

宮村は東彼杵と呼ばれる地域に属しており、そこから武雄にも平戸にも行ける三国の交通の要衝である。この宮村に純忠配下の「二強」である「黒虎」と「白龍」がいたことが、今まで純忠の大村領を安泰に保っていた面は大きい。宮村が敵軍の掌中に陥ちれば、そこを拠点に、大村領への大侵攻をも許してしまうことになる。

純忠軍の動きは敵も察知しており、「黒虎」純種、後藤貴明、肥州・松浦隆信の連合軍は、宮村近くの葛峠で待ち構えるように陣を布いていた。純忠方も、急ぎ集められる者たちを集め、小佐々水軍の将である小佐々純俊や、宮村の近くに領地を持つ大村親族衆の大村純定などが参戦した。

貴明と肥州の援軍も含めれば、純種軍の兵力は純忠軍の倍近かったであろう。だが、数の論理で勝敗が決まるわけではないことは、かつての「大村の海戦」が証明している。みずから先鋒を務める「黒虎」純種と、それを迎え撃つ純忠軍——両者の先鋒同士の攻防が雌雄を決するのは明らかであった。

両軍が入り乱れる中、「黒虎」純種は立ちはだかる者たちを馬上から棍棒で次々に叩き殺しながら、純忠の乗る輿のほうへと少しずつ近づいてくる。純忠の護衛のため盾となって防戦したのは、小佐々純俊や大村純定らであった。

敵軍と自軍の攻防は、潮の満ち引きのように、押しては返す。


「——純種！　なにゆえ寝返ったのじゃ！」


いくさ場の中心で純忠がそう吠えると、時間の流れが不意に静止したかのように、その時ばかりは、静寂が周囲に下りた。

敵も味方も関係なく、誰もが、このふたりの会話に傾注した。


「殿には世話になったが……どうしても、後藤殿が不憫でな……」

そう苦笑する純種の表情は悲しすぎて、とても謀反人には見えない。だが、純種が長年仕えた純忠に叛旗を翻したのは事実である。

「又八郎か――やはり、あやつが……」

純忠は、遠くの陣中に貴明の姿を見た。距離のため表情はわからないが、貴明は純忠の敗北を確信するかのように、氷のように冷たく笑って見えた。

発端は、一週間ほど前のことであった。

ある朝、三城城下町にある屋敷で重い病で臥せっている親族を見舞うために、一瀬栄正が宮村から大村へ出立した。無二の戦友を見送った時、大村純種にはまだ二心はなかった。異変が生じたのは、その夜のことである。

純種は、かつて「宮村の黒鬼」と恐れられていた数年間、ずっと牢に幽閉されていたので、皮肉なことに、孤独な空間でなければ眠れない体質だった。そのため純種は、屋敷の庭に離れをつくり、そこで寝起きするようにしている。

その夜、いつものように床で横になると、すぐ眠りに落ちたのだが、どういうわけか、夜半に目ざめた。かつて彼が数名の大人たちを殴り殺して「宮村の黒鬼」と恐れられるようになったあの夜のことを、数年ぶりに夢に見て、嫌な気分で目が醒めた。

暗闇に包まれた室内に何者かの気配を感じて、瞬時に戦士としての本能が彼を覚醒させた。枕元の刀に手を伸ばした時、鋭い声がした。

「お静かに――」

氷のように冷たい声で、純種は、背筋に寒けを感じた。暗闇の中に座した黒い影の表情は見えない。

――天狗か、物の怪か!?

純種は「何奴じゃ？」と身構えた。

「我、後藤貴明なり」

純種は「何っ!?」と叫び、ふたたび刀に手を伸ばし、今度は刀を掴んだ。鞘から刀を抜き、切っ先を相手に向けるが、その影は微動だにしない。

「嘘じゃ。後藤殿が、何ゆえ俺の寝所に――」

「疑うなら、灯りをつけられよ。俺は丸腰じゃ。一対一で『黒虎』に勝てるなどと思ってはおらぬよ」

声は冷たいが、たしかに、殺意は感じられなかった。

純種は刀を置き、灯りを点す。

暗がりに浮かび上がったのは……まさしく、後藤貴明であった。

驚いたことに彼は死人のような左前の白装束である。正座する貴明の前には短刀が置かれているが、太刀は持参しておらず、丸腰という言葉に嘘はなかった。

相手の異様な姿にたじろぎつつ、純種は、尋ねた。

「血迷われたか、後藤殿……。貴殿、何を考えておる？」

貴明は、床に両手と額をこすりつけ、押し殺した声で言った。

「この貴明、本日は死ぬ覚悟でここに参った。我、宿敵・純忠と戦うこと十数年――しかし、一度たりとも勝利せず。それは、純忠の下に『黒虎』と『白龍』がおるからじゃ。もし、それが、あやつの信ずるデウスとやらの力なら――もしもデウスが俺に『黒虎』か『白龍』の片方だけでも与えてくれるなら――俺も、いつでもデウスを信じても良い。そんなことさえ思ったほどじゃ」

「後藤殿、言っておくが、俺もキリシタンではないぞ。デウスの教え――『どちりな』とやらは、俺には難しすぎて、よくわからんのだ」

「それは論点ではない。貴殿もご承知の通り、これまで俺は無数の策を弄してきたが、すべては失敗に終わった。純忠の下に『黒虎』と『白龍』がある限り、俺は――俺だけでなく肥州殿も――おそらく、純忠には勝てない。純忠に勝つことが一生叶わぬのなら、いっそ死んだほうがマシだと俺は真剣に考えている。おぬしが俺に味方してくれないのであれば――」

貴明は、そこで顔を上げ、まっすぐに純種を見据えた。

「俺は外に出て、腹を切って死ぬ」

死を覚悟した者の表情で、純種は、貴明が本気であることを悟った。ここで純種が「否」と言えば、貴明は外に出て、腹を切るだろう。

純種としても、迷いがなかったわけではない。純忠にも栄正にも、返しきれない恩義を感じている。だが……ここで自分が拒めば、貴明は本当に死ぬ。そんな形で貴明を死なせることを、純忠が望まないことは知っていた。

そのような状況に置かれた我が身を、純種は、諦観した。

「致し方ない。本意ではないが、この純種、後藤殿にお味方いたす」


純忠の忠臣を代表するひとりであり、「黒虎」として畏怖される大村純種が後藤貴明の下についたことは、貴明軍と肥州軍の士気を大いに高めた。

「純忠には、棟梁としての資格がないのよ。だから、皆、あやつを裏切る」

そんなことを言う兵士の声が聞こえると、純種は耳が痛く、思わず言い返したくなる。だが、彼が主君を裏切ったのは事実なので無言を貫いた。

そして、いくさ場で純忠と会した時、自分が動揺するのがわかった。たとえ動揺しても純種は強かったが、自身には心の揺れが痛いほどわかっていた。

「殿……俺は今でも、殿への感謝の気持ちを忘れたことはない。ゆえに、せめて、この純種が――殿のおいのちを頂戴いたす！」


純種が黒駒での突進を再開すると、「黒虎」の猛将ぶりを知る兵士たちは逃げ出したが、それを純近が「怯むな！　壁をつくれ！」と一喝する。純近はみずから純種に挑みかねない勢いであったが、純忠が「純近、留まれ」と制止した。武勇を持って知られる純近でも、相手が悪い。純近を喪うわけにはいかなかった。

純近は騎馬の脚を止めさせた兵士たちに怒鳴り、純種へと次々に突進させた。純種の剛力は、棍棒で人間数人を一度に投げ飛ばすほどだ。その無双の棍棒を受け止める別の槍があった。

「殿——お待たせして、申し訳ござらん」

駆けつけた白駒の馬上に一瀬栄正の姿を見ると、純忠軍から「『白龍』じゃ！」と歓声が上がった。純種と並ぶ純忠軍最強の勇将であり、一騎で純種に立ち向かえるのは、ただひとり——この一瀬栄正をおいて他にいなかった。

黒駒の「黒虎」と白駒の「白龍」——このふたりの猛将が互いに棍棒と槍を打ち交わす大音響がいくさ場を震わせ、他の者たちは戦いの手を止め、固唾を飲んで見守るほどだった。しばらく応酬は続いたが、腕力も技倆も拮抗しており、いつまで経っても決着はつかず、見ている者たちのほうが消耗しそうだった。

大村純種と一瀬栄正——稀代の戦士ふたりは、己の人生のすべてをぶつけ合うかのように、無心で打ち合っている。何人たりとも、その中には入れない。

いったん距離をとった両者は、大量の汗を流し、かなり呼吸も乱れていた。どちらが勝つのか誰にも予想できないし、どちらが勝ったとしても、実力が伯仲しているがゆえに、どちらも無事ではいられないであろう。

周囲を見回した純種は、兵士たちの士気が低下しているのを悟った。それまで、大将の純種の無敵の快進撃が純種軍の兵士たちを昂揚させていたが、純種が栄正に止められ、負けるかもしれない状況に陥ったことで、兵士たちの士気が低下し始めていたのである。

「ここまでか。栄正——決着は、次の機会じゃ！」

純種がいったん退却したことで、潮目が大きく変わった。

「この機を逃すな！　敵軍を追撃するのじゃ！」

いくさ場での機を見るに敏な純忠が吠えると、栄正を先頭に、純忠軍が雪崩を打って追撃を開始した。追われる者より追う者が有利であり、戦局は純忠軍の優勢に一気に傾いた。

純種軍は、この時の劣勢を、ついに覆せなかった。

戦局の不利を悟り、貴明軍と肥州軍も退却していった。


かろうじて勝利は収めたものの、純忠がこれまで経験したいくさの中でも指折りの死闘であり、忠臣の中からも数名、死者が出た。小佐々水軍の将である小佐々純俊と、大村親族衆のひとり、大村純定——。どちらも純忠の側近と言える忠臣で、純種軍の猛攻から純忠をかばって死んでいった。

いくさの後、純種は、純忠に投降してきた。純忠の前にあぐらをかいて座る純種は、開き直ったかのように、驚くほど清々しい顔をしていた。

「この純種、後藤殿に己の運命を託したが、賭けに負けたわ！　言い逃れする気は毛頭ござらんが……殿、最後にひとつだけ願うことが許されるなら、せめて栄正に斬られたい」

純種の引見に立ち会っていた栄正が、純忠の前に出て跪いた。

「殿——この純種、謀叛の罪は重いものの、これまでの絶大な功績もあります。私の今回の働きに免じて、彼を赦してはいただけませぬでしょうか。どうかご慈悲をいただきたく——何卒！」

栄正は震える声で叫んだ。自分の斜め前で土下座する戦友の背中を見て、純種は「栄正、おぬし……」と感極まった声をもらし、涙ぐんだ。

純忠がとなりに立つ純近を見ると、第一の忠臣は、主君の問いかけを察したようで、無言で、うなずいた。ふたりは同じ気持ちであった。

「良かろう。こたびは栄正に免じて赦そう。我らは既に純俊と純定を喪った。又八郎のために、これ以上、家臣をひとりも死なせたくはないのじゃ……。だが、純種、今後は二度と裏切るなよ」

純種は深々と頭を下げ、誓った。

「我がいのち、ここで一度は失った。以後、たとえ何があろうと、他の殿には仕えぬ！　今後、死ぬまで――この殿だけが我が君《きみ》じゃ！」

純種の言葉に嘘はない、と誰もが感じた。

純忠と純近は顔を見合わせてうなずき、栄正も涙目で微笑した。

小佐々水軍の将である小佐々純俊の戦死の数か月後、肥州軍の軍船が、小佐々領である西彼杵半島の崎戸浦を襲撃してきた。父・純俊の跡を十八歳で継いだ小佐々純正は、この奇襲をよく防いだばかりか、肥州軍を圧倒した。

「亡き父上の弔い合戦じゃ！　肥州軍を生きて帰すな！」

純正は父譲りの剛胆さで小佐々水軍をよく指揮し、肥州軍を撃破した。

この知らせを受けた純忠は、忠臣であった小佐々純俊の息子の栄達を我がことのように喜んだ。

純忠の場合、実父・仙巌は病死であったが、父の死後に己を奮い立たせた純正の気持ちが理解できたし、十八歳で家督を継いだ純正に、かつての自分の面影を重ねてしまう気持ちもあった。

この永禄十二年（一五六九年）には、伴天連ガスパル・ヴィレラによって、長崎の地に「諸聖人《トードノサンタ》の教会《エケレジア》」が建てられ、同地のキリシタン熱を、いよいよ高まらせた。南蛮船との玄関口である福田浦のほうが港町としては栄えており、長崎はまだ町の規模は小さかったものの、キリシタンたちの熱意では、福田浦にも負けていない。純忠は、福田浦と長崎の双方でキリシタン宗門が発展を続けていることを、とても嬉しく思った。

時の将軍・足利義昭が、後見人である信長の反対を押し切って元号を「永禄」から「元亀」に改めた年（一五七〇年）——純忠が大村家当主となってから二十周年のこの節目において、九州島の勢力図に重大な、かつ決定的な変化が生じようとしていた。当時、九州島の東半分を掌握し九州最大の大名となっていた大友宗麟と、安芸（山口）を拠点とする本州島西国の覇者・毛利元就《もうりもとなり》とのあいだで、北九州の覇権争いが熾烈を極めていた頃の話である。

前年・永禄十二年（一五六九年）に毛利が七万もの大軍を動員した大合戦では、九州島北西部の領主が相次いで毛利に呼応し大友包囲網をつくったため、宗麟は、人生最悪の苦境に立たされた。安芸で謀叛を誘発させて毛利軍を本州島に撤退させて危機を凌いだが、その一か八かの奇策が外れていれば、宗麟の命脈は絶たれていただろう。報復として、宗麟が元亀元年（一五七〇年）に九州北西部の領主を一掃する決意を固めたことが、伊留満ルイス・デ・アルメイダによって、純忠にも知らされた。宗麟の標的には、純忠の宿敵である武雄の後藤貴明や、平戸の肥州・松浦隆信も含まれていた。

宗麟が大軍を持って九州島北西部の貴明、肥州を滅ぼせば、純忠は初めて宗麟と領土を接することになる。純忠の実父・仙巌と宗麟は書状での交流もあり友好的な関係であったようだが、仙巌の亡き今、純忠と宗麟のあいだで新たな信頼関係を築く必要があった。ちなみに、九州島を代表する大名同士として仙巌と交流があったものの宗麟は世代的には純忠に近く、この年、大村純忠は数えで三十八歳、大友宗麟は四十一歳、後藤貴明は三十七歳、肥州・松浦隆信は四十二歳で、彼らは全員が同世代。もちろん、純忠の一歳年下の信長も、この世代である。

純忠同様に、宗麟も伴天連トルレスを父のように敬愛している、と聞いていた。純忠は折好く大村にいるトルレスに依頼し、宗麟との関係をとりなしてくれるよう依頼した。

「我、ドン・バルトロメウこと大村純忠、キリシタンであるがゆえに、キリシタン宗門と縁の深き大友殿相手に敵対する意思は毛頭なし。また、我が兄、有馬義貞は仏教徒なれど、大友殿と同じく、キリシタン宗門を庇護してそうろう。父・仙巌が懇意にしていた大友殿に敵対する意思は、兄も同じくなし。父同様、我ら兄弟、大友家との関係が良好たらんことを期待す」

純忠の書状には、トルレスも言葉を添え、宗麟の元へ届けられた。宗麟からも、好意的な返信が届いた。

「我、宗麟、敬愛していた仙巌老のご子息である大村殿と有馬殿とは、事を構える気はなし。我も時至らば、キリシタンたらんと欲す。その時は、いっそう、よしなに」

宗麟からの返信に純忠は安堵すると同時に、後押ししてくれたトルレスと、今は亡き実父・仙巌にも感謝した。仙巌と宗麟のつながりがあればこその、その宗麟の対応だったと思うからだ。

宗麟の侵攻により大村が滅ぼされる恐れはなくなった一方で、純忠が案じたのは、武雄にいる義弟・後藤貴明だった。貴明は、自領での叛乱などはうまく鎮圧し、こんにちまで領主であり続けてきたが、純忠にすら勝てぬ貴明が、宗麟の大軍に勝てるはずがない。

貴明が宗麟に滅ぼされたら……と想像して、動揺している自分に純忠は驚いた。誰よりも強く純忠を滅ぼそうとしている貴明の心配をする、というのは、お人好しにも程があるだろう。

貴明は、あるいは、武雄を捨てて、全軍で大村を奪いに来るかもしれない。そうなると大村が戦場になってしまうので、純忠はトルレスを案じた。

「トルレス殿、大友殿の侵攻の影響で、この大村が戦場となるやもしれぬ。貴殿には、ここより安全な長崎に避難していただきたく存ずる」

トルレスと純忠は、大村の地で一年半ほども共に過ごせたので別れはつらいものであったが、純忠としては、父同然に大切に想うトルレスを危険に晒すわけにはいかなかった。純忠みずからトルレスを大村から長崎まで送り届け、長崎の地では、別れを惜しんだ。

信長が、義弟・浅井長政《あざいながまさ》の裏切りにより「姉川の合戦」で人生最大の苦境に陥っていたこの元亀元年（一五七〇年）の夏、二隻の南蛮船が来航し、福田浦と、口之津の対岸にある天草の志岐に入港した。志岐に着いた南蛮船には、老齢のトルレスに代わって新たな日本布教長となるために派遣されたフランシスコ・カブラルらが乗っていた。カブラルは下地方にいる伴天連を全員集めて、志岐で今後の布教のための大きな会議を催したという。

フランシスコ・シャヴィエールが日本を離れてからの二十年、日本布教長として活動し続けてきたコスメ・デ・トルレスは、ようやく布教長の座を次代に譲れることに安堵し、急速に老け込んだ。トルレス自身と、トルレスの世話をするガスパル・ヴィレラだけが志岐に残り、フランシスコ・カブラルら他の伴天連は、純忠の大村領を経由して、めいめいの目的地へと散って行った。

純忠は、新しい日本布教長が志岐から福田浦を経由して長崎に入ったことを聞くと、家臣団を連れて大村から長崎へと赴いた。

新しい日本布教長である伴天連フランシスコ・カブラルは、年の頃は、おそらく四十代前半。痩身で背が高く、オキュロスと呼ばれる丸いビイドロ（ガラス）ふたつを目と重ねるようにつけていた。当時、日本にはまだ眼鏡は存在しなかったため、人々は「目が四つあるようだ」と、得体の知れないものに対する恐れを彼に対して抱いた。トルレスがあふれるほどの愛情を全身から発散していたのとは対照的に、フランシスコ・カブラルは、眼鏡《オキュロス》の印象を抜きにしても、厳格で近寄り難い雰囲気があった。

「以前いたカブラル殿（ジョアゥン・カブラル）は病で日本を去ってしまったが、またこうして新しいカブラル殿が来てくださったことを嬉しく思う」

純忠は、そう言って、彼なりに親しみを伝えたつもりだった。日本語をまったく理解していない様子のカブラルは、純忠の言葉を通訳されても、無言でうなずくだけで、不機嫌そうにも見えた。

一方、カブラルに同行していたグネッキ・ソルディ・オルガンティーノという新しい伴天連は、終始、笑みを浮かべていた。彼も日本語はわからない様子だが、純忠の言葉が通訳されるあいだも何度もうなずいていて、好印象だった。「グネッキ」も「ソルディ」も「オルガンティーノ」も、純忠たちには憶えにくい名前で、「オルガン……オルガン……」と口ごもっていると、彼は、「ソウ・オルガン・エ・ボン」（オルガンだけで構いませんよ）と、気さくな口調で言ってくれたので、「オルガン殿」と、呼びやすくなった。

また、フランシスコ・カブラルたちとは別の南蛮船でやって来た伴天連バルタザール・ロペスや、以前、平戸で活動していた伴天連バルタザール・ダ・コスタとも、純忠は、この時に初めて対面した。「バルタザール」という名前が共通しているので混乱するが、彼らを区別する名字は「ロペス」、「コスタ」と短いので、何とか憶えられた。

「コスタ殿は、たしか、以前、平戸に入ろうとしていた南蛮船を海上で引き返らせ、その結果、福田浦に初めて南蛮船が入港したのであったな。我らにとっては恩人じゃ」

純忠が言うと、コスタは、爽やかな印象の笑みを浮かべた。

「ワレラ、ドン・バルトロメウ、ミカタ、ナリ」

コスタは、どことなく長崎純景とも通じる、自由な雰囲気を持っているように純忠には感じられた。同じバルタザールでも、ロペスのほうは、かなり生真面目そうな印象を受ける。彼ら伴天連たちは、皆、一般人より穏やかな空気をまとまっている点は共通しているが、ずいぶん個人差があるものである。出身地がポルトガル、シュパーニャ、イターリヤ、インディアと分かれているので、母国の気質も、彼らに影響しているのかもしれない。

何人もの伴天連たちと新たに知己が得られたのは嬉しい一方で、トルレスは体調が優れず志岐で療養している、という話が純忠には気がかりであった。今後、クンパニア・デ・ジェズーシュの日本での布教はカブラルが指揮し、トルレスは隠居生活に入ってしまうのだろうか。彼と会えなくなってしまうのは、純忠としては寂しくてならない。

純忠が長崎から大村に戻ると、答礼として、今度は、フランシスコ・カブラル、バルタザール・ダ・コスタ、バルタザール・ロペスの伴天連三人と、伊留満のルイス・デ・アルメイダ、それに、数名の日本人キリシタンが大村を訪れてくれた。この伴天連三名にとっては、初めての大村となる。

純忠が家族や家臣団の主立った者たちを紹介した後、カブラルは通訳を会して「どうして貴殿のご家族や、主要な家臣で洗礼《バウチズモ》を受けていない者がまだいるのか？」と、尋ねた。

静かな口調ではあるものの、眼鏡《オキュロス》の奥の目は笑っていなかった。叱られたような気になって、純忠は萎縮した。

「彼らはまだ充分に教理《ドチリナ》を理解していないかと思ったのじゃ。面目ござらん」

そう判断したのはトルレスであったので、純忠が謝ることではないのだが、謝らねば、と思わされる威圧感が、カブラルにはあった。こんなことならトルレスに家族の洗礼《バウチズモ》を授けてもらうべきだった、と、悔やまれた。

「領主である貴殿のご家族や主要な家臣が洗礼《バウチズモ》を受けないであれば、どうして、他の領民が洗礼《バウチズモ》を受けるでしょうか。すぐに支度しましょう」

その決断と行動の速さは、さすが布教長だとも言えるが、前任のトルレスとはずいぶん勝手が違うので、純忠としては、とまどいを禁じ得なかった。それでも、家族や家臣たちが洗礼《バウチズモ》を受けることは彼自身のたっての願いでもあり、もちろん快諾した。引っかかるとすれば、トルレスが早計と判断した決定を覆してしまう点だが、今はカブラルが布教長であるのならば、それで良いのだろう。

大村の教会《エケレジア》でミサが執り行われた後、カブラルは、純忠の正室・おえん、長男・新八郎、純忠の次女と三女、また、家臣団やその親族の者たち百名ほどに洗礼《バウチズモ》を授けた。おえんは「ドナ・マリア」、新八郎は「ドン・サンチョ」の名を与えられた。

この時、長女・伊奈だけ洗礼《バウチズモ》を受けなかったのは、近隣領主のひとりと婚約しており、仏教徒である先方から「キリシタンに改宗するなら破談だ」と言われていたためである。伊奈自身は、既に教理《ドチリナ》をよく理解しておりキリシタンになりたがっていたため、このなりゆきには不満げであった。

カブラルは、また、純忠とおえんには婚礼の秘蹟《カサメントゥ・ヘリジオーソ》が必要であると説き、コスタに、その執行を命じた。

純忠や主要家臣の親族が大村の教会《エケレジア》に集められ、彼らが列席する中、純忠とおえんは、並んで立った。伴天連コスタは、伊留満アルメイダや日本人通訳が用意した日本語の台本を見ながら、語りかけた。

「ドン・バルトロメウ、ナンジ、ドナ・マリア、ヲ、ツマニスルト、チカウカ?」

「うむ、もちろん。おえんは既に妻である」

コスタは微笑みながら、さらに「チカウカ?」と問うたので、純忠は、この儀式の意味を理解し、「ああ、誓うとも」と明朗に答えた。

「ドナ・マリア、ナンジ、ドン・バルトロメウ、ヲ、オットニスルト、チカウカ？」

おえんは「誓います」と答え、コスタは、うなずき、両手を挙げて宣誓した。

「デウスノ、ナノモトニ、コレヨリ、コノリョウメイヲ、メオトトスル」

列席者たちから歓声と拍手が湧き起こり、両名を祝福した。ふたりはそれ以前から夫婦であったのだが、儀式としてデウスの前で宣誓し、伴天連から結婚を承認されたことで、おえんとの絆がいっそう強まったことを純忠は感じた。自身の内側から歓びがあふれるのがわかった。

「俺がデウスに選ばれたように、そなたも選ばれたのだ、おえん」

純忠の言葉に、おえんは幸せそうに微笑する。

そんなおえんを、純忠は愛しく想った。


最初は、政略結婚のはずだった。

おえんは、純忠を殺すつもりで嫁いできた。

だが、純忠が謀叛を起こされた後も、おえんは実兄・西郷純堯の制止を振り切って大村に戻って来た。そして、ついにキリシタンとなった。

——おえんこそ、デウスが選び給うた我が唯一の相手じゃ。

心からそう信じられた時、純忠はデウスの恩寵《ガラサ》を感じた。

——デウスは、常に我らを見守ってくださっている。

感謝の気持ちが込み上げてきて、目頭が熱くなった。

その後、音楽に乗せて舞踏会が催された。日本人たちにとっては、舞踏会という風習が未知なるものであったが、その新奇さを大いに歓迎し、楽しんだ。

日本人キリシタン同士の結婚は前例があったものの、この時点においても日本におけるキリシタン大名は大村純忠ただひとりであり、「大名の婚礼」ということもあって、婚礼の秘蹟《カサメントゥ・ヘリジオーソ》が日本で初めて正式に行われた。これは、日本で西洋式の結婚式と披露宴が行われた最初の事例となった。二十一世紀においては当たり前の西洋式の結婚式と披露宴を日本人として最初に体験したのは、大村純忠とおえん夫妻である。

仙巌の死後、大村で暮らすようになった純忠の実母も洗礼《バウチズモ》を受けると、この流れは加速し、純忠家臣団で新たに洗礼《バウチズモ》を受けた者は五百名にもなった。純忠にとっては、ずっと以前から望んでいたことであったが、すべてが順調すぎて、逆に、不安も生じていた。好事魔多しで、こういう時にこそ好からぬ事態が起きることを、経験で知っていたからだ。

純忠の予感は、ふたつの意味で的中した。

まず、ひとつめは、九州島北西部攻略の足がかりとして佐賀の龍造寺隆信《りゅうぞうじたかのぶ》を攻めていた大友宗麟が、まさかの大敗北を喫したことである。宗麟にとって龍造寺隆信は恐るべき敵ではなく、難なく併合すべき相手であった。ところが、三万の大軍で包囲しても、佐賀城は陥ちず、出撃してきた龍造寺軍によって宗麟軍の大将・大友親貞《おおともちかさだ》が殺され、宗麟軍は総崩れになって退却した。純忠にとっては歓迎すべき事態ではなく、龍造寺隆信という新たな脅威が誕生したのである。

また、同年九月、伴天連コスメ・デ・トルレスが療養先の志岐で逝去したとの知らせを受け、純忠は絶望した。トルレスが闘病していたことは知っていたが、再会の機会を期待していたのである。まだ死期は先だと勝手に思い込んでいただけに、突然の訃報には、言葉にならない衝撃を受けた。

正室・おえんと長男・新八郎が洗礼《バウチズモ》を受けてついにキリシタンとなった慶ばしい時期だけに、トルレスの訃報の痛みが心に突き刺さった。志岐で行われた葬儀に純忠とおえんも参列したが、葬儀を執り行う伴天連ガスパル・ヴィレラも憔悴しており、体調が悪かった。純忠はヴィレラにも好意を抱いていただけに、トルレスの死後一か月して、ヴィレラが体調不良のため日本を去ったと知らされた時には、また、何とも言えない悲しい気持ちになった。

伊留満ジョアゥン・フェルナンデスに続いて伴天連コスメ・デ・トルレスが逝き、ガスパル・ヴィレラは日本を去った。新しい伴天連たちは次々に日本を訪れているが、彼が最初期から知っている者たちは少なくなっている。

純忠としては、できることなら、気の合う者たちとの時間を永遠に続けたいものだと願う。だが、純忠が愛した者たちも、順番に逝き、あるいは、いなくなってしまう……デウスのつくりし世の儚さを、痛感させられた。

おえんや子供たちがキリシタンとなった歓びと、トルレス、ヴィレラに相次いで去られた喪失感の狭間で、純忠は揺れ続けていた。

生前のトルレスは、福田浦が外海に面していて、停泊している船が風や波の影響を受けやすく、また、敵襲を受けやすい点も危惧していた。彼ら伴天連たちのあいだでは、長崎のほうがより適しているのではないか、という意見が優勢になりつつあるようだった。伴天連フィゲイレドが南蛮船で調査したところ、外海から内陸まで、名前の通り「長崎」の奥にあるこの港は、波も穏やかで敵襲にも備えやすく、横瀬浦や福田浦以上の良港であるのだという。

長崎をクンパニア・デ・ジェズーシュの新たな拠点にしたい――との申し出を新・日本布教長のカブラルから受けた際、純忠は最初、渋った。というのは、最初の港町・横瀬浦がたった一年で灰燼に帰した後、福田浦は五年かけて少しずつ発展してきたからである。いかに長崎のほうが良港であるとしても、また一から始めることへの抵抗があった。ただ、最終的には純忠が伴天連たちの希望を容れ、長崎が新たな貿易港として認定された。

その後、数世紀にも亘り貿易港として発展し、世界有数の国際港湾都市へと成長していく「長崎」は、元亀元年（一五七〇年）のこの年、大村純忠によって正式に、世界へと開かれたのである。

第八章　キリシタンの王国　【三城七騎籠】

開港した翌年の元亀二年（一五七一年）には、新たな南蛮船が初めて長崎に来航し、この港町は、国際貿易港としての歴史を刻み始めた。純忠の本拠地である大村と新たな貿易港・長崎はキリシタン宗門の布教の中心地として認知されつつあり、安住の地を求めて他の地方からやって来て長崎に定住するキリシタンも増えている。長崎は、山に囲まれた小さな港町であったが、人が増えるに従って丘陵地にまで開拓が進み、「坂の多い港町」という個性を、この頃から発揮し始めた。ポルトガル人たちの中には、「このナガサキの風景は、故郷のリジュボア（リスボン）を思い出させる」という者も多くいたという。

元亀三年（一五七二年）には、長崎の南西に隣接する深掘地域から深掘純賢がまた奇襲攻撃を仕掛けてきて、教会《エケレジア》を含めた町の一角が燃やされる、という事件が起きた。日本布教長のフランシスコ・カブラルは、この時、長崎にいたが、幸いにも難を逃れた。長崎純景がただちに出撃し、深掘純賢を撃退した。このような襲撃に遭っても、長崎の町の活気は衰えることなく、同年、新しい伴天連ガスパル・コエーリョが来航すると、さらに熱気は増した。

到着早々、大村を訪れたコエーリョと純忠は対面した。コエーリョは南蛮人たちの中では小柄なほうだが、目に異様なほど強い力があり、他の伴天連たちとは雰囲気が違っていた。布教長カブラルの場合は、厳格という印象の厳しさだが、コエーリョの場合は、伴天連にしては感情が激しいように思えた。

以前、ジョアゥン・「カブラル」が日本を去った後に、フランシスコ・「カブラル」がやって来たことがあった。今回は、「ガスパル」・ヴィレラが去った後に、「ガスパル」・コエーリョがやって来た。異国人の名前は似た者が多いようで混乱させられるが、種類が少ないのなら憶えやすい、という考え方もできるかもしれない。

日本人キリシタンの通訳を介して、コエーリョは純忠に言った。

「大村殿は、なぜ、キリシタンでない者たちを容赦なく弾圧なさらないのか。それでは真のキリシタンと言えぬではないか。さらに言えば、キリシタンでない近隣諸国にはどんどん侵攻し、服従させるべきである。貴殿にその意思があるのなら、我らは、資金も武器も、いつでも提供する準備がある」

純忠に対して、そこまで大胆なことを言ってのけた伴天連は、このコエーリョが初めてであった。カブラルですら、コエーリョほど挑発的ではなかった。

「キリシタンの教理《ドチリナ》に興味を抱いて理解するのには、時間がかかる者もいるだろう。だから、領民たちの心の準備が整うのを俺は待っているのじゃ、コエーリョ殿。また、近隣諸国については、攻め込まれれば撃退するが、俺の願いは大村領の繁栄であり、いたずらに領土を拡げることではない」

領土の拡大より大村の安寧を常に優先させ続けた点で、純忠は、「もうひとりの革命児」である信長とは決定的に異なっている。「天下布武」を掲げ武力で次々に領土を拡大する信長のような姿勢のほうが、ガスパル・コエーリョのような伴天連にとっては理想的であった。ただし、信長は、ルイス・フロイスとの友情もあり伴天連たちを庇護はするものの、純忠のように本人が先頭に立って布教を進めることはしなかった。コエーリョからすれば、純忠の信仰心と信長の領土拡大の野望を兼ね備えた者がいれば、理想的だったかもしれない。だが、信長の抱いたような野望は、そもそもデウスを絶対視する信仰心とは共存しえないものである。それでも、コエーリョは貪欲に、その理想を求めた。

「そんな甘いことを言っておっては、布教活動は、停滞するであろう。大村殿には、今後よりいっそうの布教推進を、強く期待している」

通訳されるコエーリョの言葉は、純忠には、にわかには信じ難いほど過激なものであった。ここまで高圧的な伴天連は、間違いなく初めてであり、「伴天連は皆、穏やかである」という純忠の信じていた前提が揺らいだ。正直、コエーリョの相手はやりづらく、トルレスがいてくれたら……と、天国《パライソ》へ去ってしまった伴天連に想いを馳せることもあった。

コスメ・デ・トルレスやルイス・フロイスのように相性の良い伴天連たちと最初に会うことができたのは、純忠がキリシタンとなる上では幸いであった。フランシスコ・カブラルやガスパル・コエーリョのように苦手な伴天連たちと最初に会っていたら、純忠はキリシタンになっていなかったかもしれない……とさえ思うことがある。だが、それも含めてデウスの摂理《プロヴィデンスィア》なのであろうし、すべてのことに意味があるのに違いない。

もう九年も前のことになる、「大村館の変」が起きたあの夜――フロイスの急な発熱と針尾伊賀守の謀叛がなければ、フロイスと純忠は大村で再会していたはずだった。最後に横瀬浦で別れた時には、すぐにまた再会できると思っていたが、あれから何年も再会できない状況になるとは……デウスの定めた運命の不思議には驚かされるし、いつかまたデウスがフロイスと再会させてくれることを、純忠は、いつも願ってやまなかった。

元亀二年（一五七一年）、信長は、自身に抵抗し続ける比叡山延暦寺を焼き討ちにした。続く元亀三年（一五七二年）には、長年の宿敵である石山本願寺と和睦を結び、信長と宗教勢力との対決は、大きな峠を越えた。ガスパル・コエーリョが来日したこの元亀三年（一五七二年）、純忠は、生まれ故郷・有馬の領主である実兄・有馬義貞から連絡を受けた。義貞は体調を崩し、小浜の温泉地で療養しているので、見舞ってくれないか、という話である。

実父・仙厳亡き今、純忠にとって実兄・義貞は、肉親の年長者という意味で、特別大切な存在であった。純忠は今道純近ら側近を伴って、小浜に兄を訪ねた。実の兄弟の面会の際には純近も遠慮して同席せず、次の間に控えた。

「兄者、心配しておったが、思ったより元気そうで何よりじゃ」

この年、純忠は数えで四十歳。実兄・義貞は五十二歳。彼らの実父・仙厳の死以来、五年ぶりに会う義貞は「人間五十年」の節目を過ぎて年相応に老けていたが、知らされていたほど体調が悪いようには見えなかった。

「おぬしに会って、少し元気になったわ。先ごろ、おえん殿とおぬしが長崎でキリシタン流の祝言を挙げたと聞いたが。新八郎は元気か？」

「有馬の血を引いて、元気じゃ。我らの幼少のみぎりを思い出す」

純忠が言うと、義貞はなつかしそうに目を細め、うなずいた。

「ところで、先日、おえん殿の兄、伊佐早殿（西郷純堯）もこの小浜へ見舞いに来てくれたのだが、おぬしに会いたがっておったぞ。そう伝えて欲しいと頼まれたのじゃが、帰りに伊佐早へも立ち寄ってくれぬか」

伊佐早・西郷純堯は、かつては純忠の宿敵のひとりであったが、おえんとの婚礼以後は、和睦を結んだまま、こんにちに至っている。伊佐早の実弟・深掘純賢は、純忠領の長崎や福田浦を定期的に攻撃しているが、長崎純景と福田兼次は、純忠の配下である以前に独立した領主でもあるので、純忠を直接攻撃しているわけではない。伊佐早の場合も、生前の仙巌に臣従していたが、仙巌の息子である純忠を、以前は攻撃していた。そのように、大名同士が和睦を結んでいても、相手方の家臣を独立領主として攻撃することはありうるのが戦国の世である。

かつては、南方から襲い来る伊佐早に頭を痛めさせられた純忠だが、おえんのおかげで友好的な関係が築けているので、伊佐早に対する敵意はなかった。かつての「大村館の変」の後、伊佐早は、おえんと伊奈を大村に返さないこともできたはずだが、返してくれた。今の伊佐早は敵ではない、と、純忠は認識している。伊佐早と純忠の距離が縮まれば、伊佐早からの圧力で、深堀純賢の長崎や福田浦への攻撃をやめさせられるかもしれない。

「伊佐早殿が……。そうであったか。承知した。では、そのように――」

純忠が気軽に応じると、義貞は、なぜか表情を険しくし、うつむいて、しばし黙り込んだ。やはり体調が悪いのだろうかと、純忠は実兄の身を案じた。

「兄者……いかがした。どこか痛むのか」

「ああ、痛む……痛んでおるのは儂の心、じゃ」

純忠は眉根を寄せ、少し首を傾げ、「――心?」と問い返した。

「かつて有馬の山野を共に駆け回った我が弟を、やはり見捨てられぬ……」

義貞の声は、かすかに震えていた。実兄の感情が、純忠には理解できない。

「いったい何を言っておるのじゃ、兄者」

「純忠よ、儂は病ではない。これは、すべて伊佐早殿が仕組んだ奸計。まず、儂がおぬしとここで会って油断させ、帰りにおぬしが伊佐早殿を訪ねたところで、あの御仁は、おぬしを殺すつもりなのじゃ――」

純忠は「なんじゃと!」と、思わず腰を浮かした。隣室に控える純近にまで声が届いたかもしれない。純近を身構えさせるほどの声だった。

実兄・有馬義貞と義兄・西郷純堯の共謀による純忠暗殺計画――そのこと自体が衝撃だが、さらに驚くべきは、それを実兄みずから告白したことだ。

「たしかに、伊佐早殿と俺は元々、敵対関係にあったが……それこそ、おえんとの婚姻後は、和睦が続いている。しかも、兄者が、それに加担するなど……辻褄が合わんではないか。悪い冗談じゃ」

だが、義貞は「冗談ではないぞ」と、厳しい目で実弟を見据える。

「妹君・おえん殿のことがあるゆえ、たしかに、伊佐早殿は今まで矛をおさめていた。だが、おえん殿や新八郎のキリシタン宗門への改宗、ひいては、おぬしがおえん殿とキリシタンの婚礼の儀を挙げるに及んで、先祖代々、敬虔な仏教徒である伊佐早殿は、もはや我慢の限界に達したのじゃ。あの御仁だけではない、伊佐早の西郷氏一族や、彼の弟である深堀殿も、おえん殿と新八郎をキリシタンにしたおぬしに怒っている。そもそも、武雄の後藤や平戸の肥州がおぬしを目の敵とするのも、おぬしがキリシタンだからであろう」

又八郎は、それが理由ではない――そんな返答が脳裡には浮かんだものの、純忠は口では別のことを言った。

「兄者も、俺がキリシタンだから――暗殺に加担しようとしたのか」

「加担したわけではない。おぬしに会って、見極めたかった。おぬしがキリシタンである真意を。おぬしがキリシタンであるのは、それによって、南蛮人との貿易の利が得られるからであろう。であれば、キリシタンなど――」

純忠は実兄の言葉を「――違う！」と、強い口調で遮った。

「たとえ兄者といえども、その件について誤解されるのは、聞き捨てならぬ。俺がキリシタンであるのは、貿易の利が欲しいからではない。それらの利、あるいは、俺の領主としての地位、領地、家臣を失ったとしても――そして、自分自身のいのちをたとえ喪うことになろうとも、俺はこの信仰を捨てはせぬ。なぜなら、俺は、ドン・バルトロメウとしての自分に誇りを持ち、デウスの教えを心の底から信じておるからじゃ」

「純忠――おぬし、そこまでキリシタン宗門を……」

純忠の信念の固さを知り、義貞は、降参するように、ため息を吐いた。

大村への帰り道、伊佐早地域で西郷純堯の遣いの者が純忠を途中まで迎えに来たが、純忠は「体調が優れぬゆえ、こたびは失礼する」と、誘いを辞去した。実兄・義貞の警告がなければ、この時、純忠は謀殺されていたかもしれない。

純忠は危機を脱したが、その事件は前兆にすぎなかった。純忠謀殺計画は、より大きな脅威として、すぐに純忠を襲うことになる。

それは、元亀三年（一五七二年）七月三十一日の夜半のことであった。純忠の居城である三城へ、家臣の幾人かが相次いで、早馬で参上した。

「殿、敵襲です！　後藤の軍勢、およそ七百。間もなくこの城へ」

――またしても又八郎か……。

純忠は歯を食いしばると同時に、嫌な予感に襲われた。通常であれば、敵が大村領に入ってすぐに知らせが届く。純忠の居城・三城の近くまで敵が迫ってから報告が届くというのは、初めてのことである。

――伝令の遅れか、あるいは、それすらも又八郎の新たな策か。

七百という敵の数は、決して多くはない。むしろ少ない部類だろう。ただし、三城近くまで後藤軍が迫っている、という事態は初めてのことであり、異例の奇襲であった。おそらく、数よりも速さを重視し、少数精鋭で突撃してきた、ということであろう。そのような事例は、かつてなかった。

――城下町の家臣たちを急ぎ集結させ、近隣地域からも応援を要請する必要があるだろう。はたして、間に合うのか。

純忠は危機感を強めながら、純近に城内にいる家臣を集めさせた。

さらに別の者たちの報告が続く。

「肥州軍五百も、既に、この城を取り込みつつあります！」

「伊佐早軍も来ております。その数、およそ三百！」

これまで多くの修羅場を経てきた純忠も、思わず絶句した。既に三城が包囲されているのであれば、自軍の兵を集めることすらできない。これこそが、貴明・肥州・伊佐早三氏による今回の策略であることを、純忠は理解した。

純近が集められた城内の武将は、彼自身を除いて六人しかいなかった。しかも、純忠が謡や舞いの供として重用しているが、いくさにはまったく向いていない宮原常陸介純房のような文人肌の者たちを含めて、である。

「純近、戦えそうな者は、他におらぬのか？」

「申し訳ございませぬ。今、城内にあるは、我ら七騎のみ」

「敵千五百に対して、我らは七騎のみ――か、……」

純忠は瞑目し、胸の十字架《クルス》を握り、天を仰いだ。

九年前の「大村館の変」において、純忠は、まさしく九死に一生を得たが、今回の危機があの時以上の悪夢であるのは、疑いようがなかった。なにしろ千五百もの敵が既に三城を包囲しており、味方は七騎しかいないのである。いかに三城が堅牢といえども、二百倍以上の敵兵を相手に、いつまでも持ちこたえられるとは思えなかった。

純近も常陸介も、他の者も、厳しい表情で、くちびるをきつく結んでいた。

しばらく沈黙し考え込んでいた純忠は、やがて、勢い良く立ち上がった。

「デウスのご加護を信ずるのじゃ！　デウスは、常に我らと共にある」

迷いの消えた主君の顔を見て、家臣たちも「おおっ！」と応じた。

純忠は城内にいる女子供や従者たちを集めた。彼らも合わせると、かろうじて三十人くらいの数にはなったが、なお、敵は五十倍もの数である。

「松明をたくさん灯し、城壁の近くで、十字の旗印を両手で持って走り回るのじゃ。男は大声を上げ、女子供は、物を叩くなどして、たくさん人がいる気配を出せ。城外から内部は窺えぬ。こちらが少数と悟られてはならぬ」

ひと通り指示を終えると、各人は持ち場につくため散開した。

「殿の御身は、この純近が、いのちに代えても、お守りいたす――」

純近と、長刀を手にしたおえんも、純忠のそばに控えた。

「わらわも殿と共に戦いまする。西郷ではなく、『大村の女』として――」

「純近、おえん――むろん、天国《パライソ》へ旅立つ時は一緒じゃ」

第一の忠臣と正室にうなずいて、純忠も城門のひとつへ移動した。

城外からは大勢の兵の怒号が、地鳴りのように響いてくる。

三城は富松大権現山をそのまま三つの城にしたもので、城門に通じる整備された坂道以外は急峻な斜面であるため、簡単に登ることはできない。そのため、城門付近を集中的に固めれば良い点は幸いであった。

周囲は、すべて敵、しかも密集陣形を取っていたので、城内から外へ矢や石を放てば必ず敵の誰かに当たる点は幸いであった。それに対し、城内にいる者はまばらなので、城外から矢を射かけられても、被害は無いに等しい。

だが、多勢に無勢という面はあり、いつまで持ちこたえられるかはわからない。兵力差がありすぎるため、城内へ侵入されれば最後である。近隣地域から家臣団が駆けつけてくれれば希望も生じるものの、伝令が妨害される可能性も高い。狼煙《のろし》を上げ、情報が届くことを、ただ祈るしかない。

波のように城門に押し寄せるてくる敵兵たちと、それを押し戻す城内からの矢や投石などの攻撃。その応酬は夜を徹して行われ、両軍の消耗は蓄積されていた。持久戦となれば、敵には交代制も可能なので、数において劣る城内が圧倒的に不利となる。

夜明けが近づいた頃、潮が引くように、敵軍がいったん後退した。純忠は、城門近くに見張りを残すと、数人を伴って本丸の奥の間へ入った。

「俺は最期までデウスの恩寵《ガラサ》を信じて戦うが、これが今生の別れとなるやもしれぬ。いつぞやのように、常陸介、『二人静』を舞おうぞ」

いくさには向いていない常陸介だが、その謡と舞いには定評がある。最期の時を迎える可能性も覚悟し、彼が活躍できる舞台を用意する純忠の配慮であった。

かつての「長崎の宴」と同じく、純忠が謡い、常陸介が舞った。城内も城外もしばしの静寂に包まれていたこともあり、その時だけ、周囲の世界が止まったかのように静かな空間だった。純近やおえんは、感極まって涙を流したが、彼らの表情は悲愴ではなく、むしろ覚悟を固めた凛々しさすら感じられた。

「これまで、よく仕えてくれた。おぬしらには感謝の言葉しかない」

純忠が視線を向けると、純近やおえん、常陸介は、深々と頭を下げた。

持ち場に戻って少し休息をとるよう各人に伝えると、純忠も城門に戻った。

空が白み始める頃、また城外が騒がしくなり始め、城内も、ふたたび緊迫した空気に満ちた。しかし、どうもそれまでとは様子が違っていた。

別の城門を固めていた女のひとりが、必死の形相で駆けてきた。

「殿、遠くに十字の旗が見えます！　援軍の到着です！」

近くにいた者たちから歓声が上がった。純忠が「そうか」とうなずく横で、おえんは安堵した表情で倒れそうになった。それを純忠が抱き上げた。

「おえん、まだ油断するには早いぞ。だが、光明は見えた。皆の者、踏ん張れ！　我らでデウスの奇蹟を起こすのじゃ。このまま凌ぐぞ！」

その後も敵軍は城門を突破しようと粘ったが、夜を徹しても落城させられなかった徒労感に加えて、純忠方の援軍が相次いで到着したことで、士気の低下は明らかだった。

陽が中天に達するより前に、ついに敵軍は退いた。

純忠は快哉《かいさい》を叫び、女子供も含めて、家臣たちを大いに讃えた。

「我らは二百倍の敵を後退させたぞ！　この『三城七騎籠』の奇蹟は、まさしくデウスの恩寵《ガラサ》じゃ！　我らが末代まで語り継がれるであろう――」

純忠が三城で奇襲を受けていた頃、伊佐早・西郷純堯の実弟である深堀純賢は、呼応して、過去最大の軍勢で長崎を襲撃していた。長崎を治める純忠配下の長崎純景は、近隣の仲間・福田兼次と共に、これに対峙することとなった。

――大村殿は殺され、三城は、既に伊佐早殿の手に陥ちた。

そんな噂は純景陣中にも届いていた。いつも愛嬌のある兼次ですら、この知らせには色を失ったが、海風のごとく飄々とした純景は、不穏な風の噂をも笑い飛ばした。

「大村殿が死んだ、だと？　俺には信じられんな。あの御仁は、かつて大村館を襲撃された時にも、奇蹟的に生き延びた。あの方には――そして、我らにはデウスの恩寵《ガラサ》がある。兼次よ、殿の家臣として、長崎を死守することが我らの使命ぞ」

純景の言葉で、兼次も冷静さを取り戻した。この両名は、長崎駐留中の南蛮船の援けも借りて、深堀軍の攻撃に必死で抵抗した。

純忠が殺されたという噂は兵士たちの士気を低下させていたが、三城の城下町から敵軍の中をかいくぐって、短騎、長崎まで辿りついた者がいた。

「大村殿は無事でござる！　援軍も到着し、伊佐早殿は既に退却したぞ！」

この報告はまたたく間に両軍に広がり、純景らの軍勢を鼓舞すると同時に、深堀軍の勢いを削ぐのに充分すぎるほどの効果があった。

深堀純賢によるこの長崎襲撃は、実兄・西郷純堯の三城襲撃と呼応してこそ、最大の効果を発揮するのである。伊佐早が退却したのが事実であれば、深堀軍は孤軍奮闘することになり、純忠の援軍が来れば窮地を招くことにもなる。

深堀軍は一斉に船首を巡らせて退却し、その光景を、純景と兼次は、山の上から見下ろしていた。

「純景、やったの。我ら、長崎を守ったのじゃ」

「外海に面したおぬしの福田浦より、この入江は、敵を迎撃するのに適しておるな。伴天連殿たちが、この地を拠点に望んだのも、うなずける」

「つまりは、ゼウスが選んだのじゃ。この地を、そして、おぬしを――」

兼次の言葉には、羨望の響きすらあり、純景は爽やかに笑った。

「おぬしの福田浦時代がなければ、長崎も選ばれておらんよ。兼次、これからも良き戦友として、よろしく頼むぞ」

長崎純景と福田兼次——このふたりの強い結束がある限り、長崎と福田浦はキリシタン宗門の楽園として、純忠庇護下で発展し続けるであろう。

元亀三年（一五七二年）に伊佐早・西郷純堯が後藤貴明、肥州・松浦隆信と連動して三城の純忠を急襲し、同時に、伊佐早の実弟・深堀純賢が長崎を襲撃したことは、伊佐早と深堀の両名にとって、今度こそ純忠との決着をつけるべく臨んだ、大きな賭けであった。その賭けには負けたものの、あきらめる両名ではなかった。深掘純賢は、以後も隙あらば長崎を襲い、長崎純景を困らせていた。

「純景にも、俺が又八郎に手を焼く気持ちがわかったであろう」

幾度も援軍を派遣した純忠が思わずそんな言葉をかけたこともあったほど、深堀は、かつて自身の支配下にあった長崎を我が元に取り戻すことに固執していた。そうした深堀の執念とも言える攻撃を幾度も跳ね返し続けたのは、純忠からの援軍もあるが、長崎の人口が増えて、純景の動員できる兵力が増え続けていることと、南蛮船が所有する強力な大砲を使用できたことが大きい。

「——純景、これで勝ったと思うな！　長崎を取り戻すまで、俺は死なぬ！」

海上を敗走しながらそう叫ぶ深掘純賢の姿は、たしかに、後藤貴明に似ているかもしれない。違いがあるとすれば、深堀の場合は、長崎という土地への執着が攻撃の動機であるのに対し、貴明の場合、大村を我が手に奪還することより純忠を滅ぼしたいという怨念のほうがもはや強いと思われる点だ。

貴明や深堀の執着心は、とても尋常ではなく、キリシタン宗門の教理《ドチリナ》からすると、天狗（悪魔）の影響を受けているとしか、純忠や純景には思えなかった。天狗はデウスに決して勝利できないように、貴明は純忠に勝てないし、深堀は純景に勝てない。それは、純忠と純景がデウスを信じ奉ればこそ——と、彼らは心から信じていた。海風のように飄々とした男だが、純景のデウスへの信仰心は、純忠同様に本物であった。長崎の地が伴天連や伊留満、キリシタンたちを集め続ける楽園として発展しているのは、領主・純景のそうしたキリシタンとしての資質も、決して無関係ではなかった。

深堀純賢が長崎を襲い続けているのは、自身の意思だけでなく、実兄・伊佐早に命じられた陽動作戦という面もあった。長崎が戦場となれば、純忠は援軍を派遣する。長崎の戦況が激しければ激しいほど、大村の守りは手薄になる。それこそが伊佐早の計略であった。

元亀四年（一五七三年）、将軍・足利義昭は、信長との対立関係が続いた末に都から追放され、室町幕府は事実上の終焉を迎えた。これにより信長は天下人としての地位を確立し、元号は信長の要請で「天正《てんしょう》」に改められた。この新しい元号の下、純忠と信長——ふたりの革命児の人生は、いよいよ爛熟期《らんじゅくき》を迎えつつあったが、彼ら自身には、むろん、その自覚はない。天正二年（一五七四年）、伊佐早の軍勢三千人が南方から大村に襲来し、萱瀬《かやぜ》に陣を布《し》いた。

萱瀬は、かつて純忠が蟄居していた切詰城や摩利支天像のあった鳥甲山へ通じる谷間の盆地と峡谷であり、多良岳を背にしている。みずから逃げ道を絶ち、そこに陣を布くということは、伊佐早の不退転の決意が感じられた。

「おえん、おぬしの兄者——伊佐早殿は、どうあっても俺を殺したいらしい。かの御仁はキリシタンを毛嫌いしておるし、妹であるおぬしを西郷家に取り返し仏教に改宗させたいのだろう。長崎を執拗に襲う深堀殿にしても、望むところは同じはず——」

「兄たちらしいですが、わらわは『大村の女』で、ドン・バルトロメウの妻、ドナ・マリアです。たとえ何があろうと、死ぬまでキリシタンである生き方は変えませぬ。デウスにそう誓いましたから」

おえんの口調には、純忠が感心するほど、微塵の迷いもなかった。

——我が妻は、何とも頼もしき女子《おなご》よ。

思わず頬がゆるむ。

純忠は、デウスが今生で巡り逢わせてくれた正室を、誇りに思った。

「おえん、よくぞ言った！　それでこそ、ドナ・マリア——デウスの御前で生涯を共にすると誓った我が妻じゃ」

キリシタンを毛嫌いし、何かを取り戻そうとしている——という点において、伊佐早・西郷純堯と深堀純賢の兄弟は、武雄・後藤貴明や、平戸の肥州・松浦隆信と同じである。貴明は、もはや大村という土地には執着していないものの、大村家当主となるはずだった己の運命を、純忠を滅ぼすことで取り返そうとしているように見える。肥州は、南蛮船との貿易の利益を奪い返したいと欲している。だが、それらはどれも、純忠自身が彼らから奪ったものではなく、デウスが純忠の元に、もたらしてくれたものなのだ。だから、純忠としては複雑な心境が消えない。

——又八郎、伊佐早、深堀、それに、肥州……どいつもこいつも、俺を逆恨みして、俺を殺そうとしている。だが、俺は負けぬ。奴らと俺の決定的な違いは、俺にはデウスの恩寵《ガラサ》がある、ということじゃ。デウスを信仰せぬ奴らに、俺が負けることは決してない。

純忠軍は敵と同数の三千人を動員して萱瀬盆地の入口に陣を布き、伊佐早軍と対峙した。純忠は本陣に今道純近や、「黒虎」大村純種、「白龍」一瀬栄正らを呼び寄せた。

「伊佐早殿とは幾度も戦ってきたが、今回のいくさは、今までとは話が違う。かつて三城では俺が追いつめられたが、伊佐早殿は、みずからを追いつめて、いのち懸けで勝ちに来ている。こちらも、相応の覚悟が要るであろう」

「敵のねらいは、殿おひとりです。この純近、殿の盾となります」

「おぬしも生き延びてもらわねば困るぞ、純近」

純忠はそう言ったが、純近の表情は厳しいままだった。そんな純近を安心させるように、栄正が言った。

「純近、俺も、敵陣を崩しつつ、本陣の守りに気を配るつもりだ。伊佐早殿の本陣への攻撃は、純種が適任であろう」

「ほぉ、栄正。今回も譲ってくれるのか。やさしい奴め。ところで、殿、伊佐早殿を討ち取ってもよろしいのですか？」

血のけの多い純種の質問に、純忠は逡巡の末、首を振った。

「いや——あのような御仁とはいえ、おえんの兄じゃ。できれば、逃がしたい」

純忠の言葉に、忠臣たちは顔を見合わせて、微笑した。

「殿は、おやさしい。まさに、キリシタンの鑑《かがみ》じゃ。では、追いつめすぎない程度に追い込んで、うまく逃がしてやるか」

「我らも、もちろん、そのつもりで協力する」

それぞれの役割を確認すると、各人は持ち場へ戻った。

かくして、布陣的には敵を追いつめている形の純忠軍に優位な状況から幕を開けた「萱瀬の合戦」であったが、総大将である伊佐早・西郷純堯の背水の陣の気迫が将兵たちにも乗り移り、いつもの伊佐早軍より明らかに手強く、さしもの栄正や純種も苦戦している様子であった。

純忠軍に生じたわずかな間隙を突いて、伊佐早の本陣が不意に突撃してきた際には、伊佐早の騎馬と、純忠の乗る輿が間近にまで迫る一幕があった。

「純忠——仏門の敵よ！　おぬしは成仏せぬぞ！」

「伊佐早殿！　俺がキリシタンであることを忘れたか？　成仏などせぬ」

「黙れ！　南蛮人どもの異教を儂が知るはずがなかろう！」

鬼神のごとき気迫で伊佐早は純忠に肉迫する。純近が間に割って入ろうとするが、間に合わない。伊佐早の刀が純忠に目がけて、幾度も突き出される。

「——殿、お逃げください！」

伊佐早に近づこうとするが敵兵に妨害され、純近が悲鳴のように叫んだ。

次の瞬間、純忠に突き刺さったかに見えた刀を捨て身で飛び込んで打ち返したのは、峰弾正《みねだんじょう》という勇敢な若武者であった。

「弾正、よくやった！」

純近がすぐさま弾正に並び、純忠の盾となる。伊佐早は歯噛みしながら再度、攻撃の構えを取ったが、駆けつけた栄正の槍で刀を折られた。栄正は槍で馬の上半身を持ち上げるようにして向きを変えさせ、尻を叩いて追い返す。

逃げ出した馬の背で、伊佐早は絶叫した。

「おのれぃ、純忠ぁ！　どうして、いつも……憎い！　おぬしが憎いっ！」

伊佐早にとって、それは勝利に肉迫した最初で最後の機会であった。好機を逸したことで、伊佐早軍の兵士たちの士気は急激に低下した。そうなると、栄正や純種の独壇場であり、「黒虎」と「白龍」が並ぶと敵兵は戦わずに逃げ惑う。さらに、純忠を守って名を上げた峰弾正も、敵を次々に蹴散らす獅子奮迅の活躍を見せた。

「――逃げるな！　最後まで戦うのじゃ！」

伊佐早は声を限りに吠えたが、その声は将兵たちに届かなかった。伊佐早は、たとえ自分ひとりになってでも戦いそうなほどの気迫であったが、純忠軍の猛将たちが迫ると馬のほうが恐怖の表情になり、率先して逃げ出した。

「逃げる者は追うな！　必要ない！」

純忠の指揮で、純忠軍は潰走する伊佐早軍に道を譲った。

戦いは終わった。

「萱瀬の合戦」の一番手柄は、純忠を救い、伊佐早軍に大きな打撃を与えた若き猛将の峰弾正である。純忠は弾正に萱瀬の菅無田城《すがむたじょう》を与え、また、彼を「若獅子」と絶賛して、その功績を最大限に称え、老臣の座にも加えた。

純忠家臣団にとって、「黒虎」大村純種、「白龍」一瀬栄正の座を継承できそうな「若獅子」峰弾正が頭角を現したことは、嬉しい喜びであった。

「萱瀬の合戦」は大勝利であったものの、純忠の心は晴れなかった。むしろ、霧がかかったように心の中は曇っていて、自分でも、とまどっていた。

純忠を憎み、呪う伊佐早の絶叫は、ずっと耳に残っている。

——又八郎といい、伊佐早殿といい、どうして、あそこまで頑なに俺を否定し、憎み続けるのか。こちらからは、何度も和睦を呼びかけているのに……。

自分がキリシタンであることを、純忠は間違っているとは思わない。どうして彼らがここまでキリシタンを全否定し続けるのが、わからない。

純忠にとって、さらに衝撃だったのは、伊佐早へ戻った西郷純堯が、その後しばらくして急死した、という知らせを受けたことだ。

報告した惣役・朝長伊勢守純利を、純忠は問いただした。

「伊佐早殿は、負傷することなく戻ったのであろう。なにゆえ急に？」

「戻ってすぐに倒れられ、そのまま体調を崩され、亡くなられた由《よし》です」

「そこまで敗戦が悔しかった、ということか……」

あのいくさにすべてを懸けていたとは言え、死ぬほどの悔しさ、というのは純忠には理解できなかった。それほど彼が自分を憎んだまま死んだのだとすれば、その感情は哀れだ、とも思った。

伊佐早は、純忠の実父・仙巌には臣従していたし、おえんの実兄——純忠にとっては義兄にある。叶うことなら、仲睦まじく交わりたい相手だった。

伊佐早の霊魂《アニマ》が救済されるように、純忠は祈った。

義兄・伊佐早は、純忠との和解が叶わぬまま逝った。

——又八郎とは、俺たちのどちらが死ぬ前に和解したい……。

それは、純忠にとって、人生でいちばんの願いかもしれない。

伊佐早のように、突然、逝ってしまう場合もあるのが人生である。

残りの人生で純忠ができることは、おそらく、限られている。

であらばこそ、純忠には、やらねばならないことがある。

行動派の純忠ですら、実行をとまどっていたこと——だが、ずっと以前から「いつかやらねば」と考えていたことを、ついに実現させる決意を固めた。

純忠は、なんの前触れもなく、金泉寺の阿金法印を数年ぶりに訪れた。

近年、伴天連たちに嫌がらせをする仏僧たちを純忠が処罰、あるいは追放する例が相次いでおり、阿金は老臣から外れ、今では自然に疎遠になっていた。そのため、阿金は、純忠の登場に驚いた。

「殿は、いつも拙僧を驚かせる。面白い方じゃ」

「今回も、御坊を驚かせにやって来たぞ」

「――と申されますと？」

身構える阿金に、純忠は告げた。

「俺は出家する」

純忠の言葉は、世界を静止させるほどの威力を備えていた。

阿金だけではない。純近ら、同行した家臣たちの誰もが絶句した。

純忠のキリシタン宗門への傾倒を知らぬ者はなく、また、その真剣さを疑う者もいなかった。その純忠が、出家する――仏門に帰依する――というのは、天地が逆転するほどの衝撃と言っても、決して大げさではなかった。

「そ、そうか……それは、良いご決断を……されたものじゃ……」

そう言いながら、いつも剛胆な阿金でさえ動揺を隠せなかった。純忠の真意がわからず、第一の忠臣・純近も含めて、誰もが困惑していた。

「だが、誤解するな。仏門に戻るわけではない。浮世のしがらみを捨て、理《ことわり》を探究することに専念したい、という意味を込めての、いわば儀式としての出家じゃ。俺がキリシタンであることには、何も変わりがない」

「キリシタンのまま出家すると!?　そんな話は前代未聞――無茶苦茶じゃ！」

呆れて叫ぶ阿金だったが、そんな言葉で動揺する純忠ではなかった。

「俺は今後、理《ことわり》を究めるのために専《もっぱ》ら生きる――というより、幼き日より、そうして生きてきたつもりじゃ。我が法名は『理専《りせん》』が良いであろう」


キリシタン大名・純忠の出家は、家臣団だけでなく、大村の領民たち、さらには近隣諸国までをも騒がせる大きな話題となった。この一件により、純忠がキリシタンとなったのは、やはり南蛮貿易の利を得るためだったのだ――と断ずる者も当然いた。また、純忠がキリシタンであることを攻める口実していた近隣諸国は、純忠の出家を批判して良いものか評価して良いものか、判断に苦しんでいる様子であった。

大村のキリシタンたちのあいだにも大きな当惑が広がったことを受け、二年前に来日して以来、下地方の布教責任者の任を務めるガスパル・コエーリョが、純忠の下を訪れた。コエーリョは日本語がうまく話せないため、いつも、日本人キリシタンの通訳を交えての対話である。

「ドン・バルトロメウ、あなたが我らの教えを棄てて仏教に逆戻りする改宗をした、と騒いでいる人たちがいます。それは、まことですか？」

コエーリョや通訳たちは、綺麗に剃髪された純忠の頭を気にしていた。その坊主頭は純忠の仏教への改宗を裏づけるともとれたが、一方で、純忠は、いつものように黄金の十字架《クルス》を首から下げていた。それがコエーリョたちを困惑させた。

「いや、コエーリョ殿、そうではないのだ。皆、誤解するが、俺はただ、浮世のしがらみを棄て、より理《ことわり》に近づきたかっただけじゃ。『理専』――理に専念する――という法名は、その決意の表れ」

純忠は剃髪した頭に右手を添え、物思いに耽るように、斜め上の宙空を見つめた。

「デウスの恩寵《ガラサ》のおかげで、俺は『三城七騎籠』を奇蹟的に生き延びることができた。かつての『大村館の変』が百にひとつの生還であったなら、『三城七騎籠』は千にひとつか万にひとつの、まさしく奇蹟であった。自分の力ではない。デウスのご加護じゃ。俺は二度、死んだ。一度目の時には、生還した代償として左腕の自由を喪った。今回は、どこも喪わなかった代わりに頭髪を剃る決意をしておったのじゃ。時期については決めかねていたが、伊佐早殿の死で、腹は決まった。出家するのは、二度もデウスに救ってもらったことを忘れぬため――いや、二度どころではないな……。細かいことも含めれば、数えきれぬほどのご加護があった。坊主や仏教徒の理解が得られなくとも良い。たとえ出家しても、俺がキリシタンであることは、以前と何も変わらぬ。地位、領地、家族、家臣のすべて失ったとしても――そして、自分自身のいのちをたとえ喪うことになろうとも、俺はこの信仰を決して捨てはせぬ。俺は理専である以前に、ドン・バルトロメウなのだからら」

以前、実兄・有馬義貞に迷いなき信仰について宣言したように、改めて、純忠は自分の決意を述べた。それは、純忠の偽らざる本心であった。コエーリョは、純忠の返答を通訳から聞くと満足げにうなずいたが、表情を険しくして、通訳を介して告げた。

「ドン・バルトロメウ、あなたのデウスへの想い、まことに嬉しく思いますが、あなたが仏教の儀式を利用したことは、我らキリシタンにとっては大きな問題です。あなたは、この国で最初のキリシタン大名であり、すべてのキリシタンにとって希望の存在なのです。そのあなたが、理由はどうあれ、仏教に逆戻りして改宗したかのように噂される言動をしたことは、キリシタンのあいだに動揺を招くだけです」

「たしかに――、その点は、軽卒であったかもしれぬな。だが、誤解しないでいただきたい。この純忠、最初に伴天連トルレス殿より洗礼を受けて以来、キリスト教以外を信奉したことは、デウスに誓って一度もない。それは最初から何も変わらぬのじゃ……」

「であらば、出家のことは撤回なさいませ」

コエーリョが迫り、純忠は、しばし考え込んだ。その末に純忠が出した答えは、通訳していた日本人キリシタンを話の途中で絶句させた。

「いや、撤回はせぬ。なぜなら、俺は仏教徒として出家したわけではなく、武士として出家しただけだからじゃ。その代わり、伴天連殿にお約束しよう。出家する際には実行しようと決めていたことが、俺にはある」

コエーリョは、通訳に続きを催促した。純忠は、こう言っていた。

「我が領内のすべての神社仏閣、そして、すべての偶像を焼き払う――」

押しの強さで知られるさしもの伴天連コエーリョも、最初は唖然とした。それに続いて、驚嘆の表情を浮かべ、コエーリョは歓喜の叫びを上げた。

「ドン・バルトロメウ！　私が貴殿の出家について不信感を持ったことを、心からお詫び申し奉る。あなたこそ、まことのキリシタン！　さすがはデウスが選び給うた御方――あなたこそ、デウスの恩寵《ガラサ》そのものです！」

純忠の言葉は、嘘ではない。現に、彼は伴天連トルレスから最初に洗礼《バウチズモ》を受ける際にも、言ったのだ。実兄・有馬義貞や金泉寺の阿金法印への遠慮がなければ、自分は、いつでも神社仏閣、偶像を焼き払うつもりだと。

実兄・有馬義貞には、義兄である伊佐早・西郷純堯が純忠を謀殺しようとする企みの片棒を彼が担いだ際に、はっきりと告げた。何があろうと、自分はキリシタンをやめない、と。そして、阿金にも出家の際に伝えた。あくまで自分はキリシタンである、と。

純忠は、自分に言い聞かせるように、こう語った。

「人は、俺を人外《じんがい》と呼ぶかもしれぬ。だが、それが何であろう。そうした浮世のしがらみを捨て去るために、俺は出家したのじゃ」

純忠は人生において、一度たりとも、微塵も、ぶれてはいない。このぶれない生きざまこそ、大村純忠の人となりそのものなのだ。

歳月を経て純忠は成長し、その信仰は強固に鍛え上げられていた。「大村館の変」や「三城七騎籠」を筆頭に、これまで幾度も死の危機に瀕しながら、そのすべてを奇蹟的に乗り切ることができたのは、デウスのご加護以外の何物でもない。正室おえんが嫡男・新八郎を授かったことにしても、そうだ。

「嫡男を授かるのなら、自分は一生、デウスを信じる」

そう純忠は誓った。先に信仰を示したのは純忠であったが、デウスは応えてくれた。だから、純忠もデウスに応える。これまで、デウスが純忠の祈りに応えなかったことは一度もない。少なくとも、純忠自身は、そう信じられるのだ。彼の信仰心が揺らいだことは一度もない。

コエーリョとの今回の面会が、純忠の背中をさらに押してくれたが、彼の中では、洗礼《バウチズモ》を受けたあの日から決めていたことだ。

天正二年（一五七四年）十月、コエーリョとの会談後すぐ、純忠は老臣たちを集め、迷いのない口調で、こう宣言した。

「これより、我が領内に布令を出す。本日より、我が領内にあるすべての神社仏閣、偶像を焼き払い、すべての領民にキリシタン宗門への改宗を命じる。逆らう者は、我が領内から退去せよ。さもなくば、たとえ誰であれ、問答無用に斬り捨てる。いっさい例外は認めぬ」

家臣団からは、苦しむような呻き声があがった。

「だが、殿は先日、出家されたばかりではござらんか」

そう指摘した者もいるが、純忠は一喝した。

「俺はあくまでキリシタンで、これは仏教とは無関係じゃ！」

かつて、大村伯耆守と朝長新左衛門尉を追放した際と同じく、この時の純忠は、鬼神が乗り移ったかのような気迫であった。おそらく、微塵の迷いもない決意が、そのように見せたのだろう。逆らえば、それこそ、その場で斬り捨てられかねない迫力に、老臣たちは平伏し、従うしかなかった。

「阿金法印は……どうされますか」

かつて彼を推挙した伊勢守が、弱々しい声で尋ねた。

「阿金とて例外ではない。キリシタンになるか、逆らえば斬り捨てるまで」

純忠のその発言は、質問した伊勢守に対しても向けられていた。政務を取り仕切る「惣役」の伊勢守は最初期からの忠臣であり、純忠に強く出られる数少ない人物である。事実、これまで伊勢守は「自分は仏教徒ゆえ、キリシタンに改宗する気はない」という考えを、主君に伝え、これまで純忠も容認していた。

だが、今回は、その伊勢守とて例外ではない。伊勢守は縮こまるように頭を下げ、その後、純忠に隠居を申し出て、大村領を去った。

最古参の忠臣との離別は純忠としても胸が痛んだが、たとえ、そのような痛みを伴うとしても全領民の改宗を断行する決意は揺らがなかった。

今道純近を伴い、純忠みずから金泉寺を訪れた。純忠にとって、いのちの恩人でもある阿金法印への敬意ゆえであり、これまでの返礼の気持ちもある。

いつものように境内で待ち構えていた阿金は、純忠と純近のただならぬ表情を見て、身を強張らせた。

「殿……どうやら今回も、愉快な話ではなさそうじゃな」

寺の中で純近が事情を説明すると、阿金は観念したように、呻いた。

「この金泉寺だけでなく、三城に隣接する富松大権現など――。数百年のご由緒を誇る領内のすべての神社仏閣、偶像を焼き払われると言うのか？　殿、それがどれだけ重大なことであるか、わかっておられないであろう……。そのような暴挙は、この国では赦されぬ。貴殿は日本史に永遠に汚名を刻まれるおつもりか？」

そんなにも悲しげな目をする阿金は、初めてだった。

「重々わかっておるさ。だが、キリシタン宗門にも千五百年以上の歴史がある。そして、俺の心は、そのキリシタン宗門を信じることを選んだ」

「さらには、儂に改宗せよと？　そんなこと、できるはずがなかろう。殺されてもご免じゃ――」

「では、御坊、どうする？　この純忠と純近相手に戦うか？　だが、もう麓では神社仏閣の焼き討ちが始まっておる。この流れは止められぬぞ」

阿金は、今度は、非難するように純忠を見た。純忠は、その視線を受け止め、覚悟を決めた表情であった。純近は、手に汗を握り、両者を見守った。

もし阿金が純忠を殺そうとするなら、当然、純近は純忠に加勢し、逆に、阿金を殺さねばならない。だが、できることなら、阿金とは戦いたくなかった。

阿金と純忠の無言の睨み合いが続く。やがて――先に折れたのは、阿金だった。下地方一円に高名を知られたこの金泉寺住職は、疲れ果てた老人のように急に背を丸め、大きなため息をついた。

「まさか、こんな日が来るとはのう……。殿を助けて良かったのか……」

「そのことには、今でも感謝している。だが、御坊。それすらデウスの御業《みわざ》であったのじゃ。我らはこれで立ち去るゆえ、金泉寺を焼き払った後で、お好きなところへ立ち去られよ。できれば、御坊は斬りたくない」

その場を去りながら、純忠と純近は背中に慟哭を聞いた。早足で山を下りる純忠に、純近は、かける言葉がなかった。くちびるを噛み、拳をきつく握り、感情の乱れを押さえようと懸命に努力した。

――何が起きようと、俺は、この御方を信じて従うのみ。

こんな時だからこそ、改めて、そう決意を新たにする純近であった。

天正二年十月以後、大村領内の神社仏閣、偶像はすべて焼き払われ、改宗を拒んだ者たちは、仏僧も含めて斬り殺された。これにより、純忠の領内では、領民およそ六万人が全員、キリシタンとなった。ある大名が全領民を強制的に改宗させた、という事例は日本の歴史において類のない、特筆すべき大事件である。

「もうひとりの革命児」信長は、この三年前に比叡山を焼き討ちにしたが、それは、あくまで敵対勢力との戦闘の延長であり、現に、その直後、信長は石山本願寺とは和睦を結んでいる。信長の場合は、宗教以前の理由による焼き討ちであったが、純忠は強い信仰の表明としての焼き討ちであった。

大村は、日本を代表するキリシタンの王国となり、その布教上の中心都市である長崎は、日本中から多くの信徒を集める聖地として確立された。

第九章　闇の中に輝く光　【天正遣欧少年使節】

宿敵であり義兄でもあった伊佐早・西郷純堯は、思わぬ形で純忠の人生から退場した。伊佐早の死後に純忠が出家して「理専」と号し、領内の神社仏閣がすべて焼き払われて大村の全領民六万人がキリシタンとなったこの天正二年（一五七四年）は、純忠の人生において、大きな節目であったと言える。

この年、純忠は数えで四十二歳。領主となってから、いつしか二十四年が経過していた。父・仙巌が逝去した年齢のまだ半分であるものの、いくさ続きの人生を思うと、純忠は、自分があと数十年も生きられるとは、とても思えなかった。本来は「人間五十年」であり、自分は既に人生の黄昏時を迎えつつある、と考えていた。彼が出家した背景には、そのような認識も影響していた。同年、一歳年下の信長は、正親町《おおぎまち》天皇から「従三位《じゅさんみ》参議」に任じられて公卿《くぎょう》となり、天下統一の覇業をさらに推し進めていたことを思うと、隠居を意識し始めていた純忠とは対照的であり、その差にはデウスへの信仰の有無も影響しているだろう。純忠にとっては、領土拡大より、あくまで真理の探究のほうが重要だったのだ。

長男の新八郎は、まだ五歳であるが、健やかに育っている。三城の天守から陽射しを反射して光る「琴の海」を掴もうと手を延ばす新八郎の姿を見ると、日野江城で幼少期を過ごした頃の自分も、こうだったのであろう――と思う。

幼い頃、実父・有馬晴純の姿は、巨人のように大きく見えた。今の新八郎にも、自分は、そう見えているかもしれない。逆に言えば、新八郎の身体は驚くほど小さく、自分も、かつてはそうだったのだ、と考えさせられる。

新八郎のような幼子には、今後、いかようにでも成長できる可能性がある。その可能性の大きさが、幼子を輝かせているのかもしれない。年をとるにつれて、「残りの人生でできること」は、おのずと限られてくる。だからこそ、自分が抱えてきた希望を次の世代に託さねばならない時が、必ず来る。

「新八郎、大村の未来は、おぬしに託した。期待しておるぞ」

そう我が子に語りかける純忠の姿は、かつての有馬晴純の姿を無意識で真似てしまったかのように、幼い頃に見た実父そのものであった。

大村家当主として、こんにちの純忠があるのは、実父が「大村へゆけ」と言ってくれたからこそだ。純忠は大村の地を愛しているので、この人生を与えてくれた実父には感謝している。だが、自分が有馬の家を出て大村に入ったことで、又八郎を苦しめてしまったのは、一生ついて回る悲しみだった。同じ苦労を息子にさせたくはないので、新八郎には大村家を継いで欲しい。

あと何年かすれば、純忠は新八郎に家督を譲れるだろう。その時のためにも、大村のキリシタン王国としての体制を確たるものにしておきたいし、隠居後は、「理専」という法名の通り、浮世を離れて純粋にひとりのキリシタンとして、デウスの理《ことわり》を究めることだけに専念したい。心の底から、そう純忠は願っていた。

深堀純賢は、頼りにしていた実兄・西郷純堯を喪ったことで、おとなしくなった。武雄の後藤貴明と平戸の肥州・松浦隆信も、全領民をキリシタンに改宗させた純忠の気迫に恐れを為したのか、攻め入ってくることが、なくなった。だからと言って、もちろん、油断することはできない。そのような平穏な時期は、以前にも幾度かあったからである。

——肥州はいざ知らず、又八郎があきらめるとは思えないのだが……。

かつての義弟が和睦を求めるなら、もちろん、いつでも応じたい。それは、純忠の一貫した願いでもある。又八郎といくさをしなくて良い、というだけでも、純忠の心は平穏を保つことができる。

このまま大村領の平穏を保ったまま、新八郎に後を託せると良いのだが——純忠はそう未来に希望を持ったが、さすがに、甘かったようだ。

いつしか、純忠の人生最大の嵐が——真の脅威が——少しずつ近づいており、大村のつかの間の平穏こそ、実は、その前兆だったのである。

「後藤殿が、龍造寺に降伏したようです——」

老臣たちを三城の広間に集めた席で今道純近が報告すると、驚きの声が次々に上がった。純忠自身も、その知らせには我が耳を疑った。

「あの又八郎が降伏したと申すのか？」

つい詰問口調になる。純忠を倒すことに人生のすべてを懸けていたあの後藤貴明が、純忠を倒す以前に、あっさり別の敵に降伏するというのは、にわかに信じ難い話だった。かつて、貴明によって謀叛を起こす状況に追いつめられた純種も、「あの後藤殿が……考えられぬ」と首を振った。

「後藤殿は、殿を倒すために——殿を倒すことを条件に、龍造寺に臣従する道を選んだようなのです。そのような話が伝わってきておりますが、この情報は、後藤殿が殿を刺激するために、意図して流したのやもしれませぬ」

純近の話に、老臣たちが、ざわめいた。貴明の純忠への執着——純忠を倒したいという執念は、常人に理解できる範囲を大きく逸脱している。

「純近、どういうことじゃ！　もっとくわしく話せ！」

動揺のあまり純忠は見るからに取り乱していたので、純近は逆に意識して冷静さを保つよう心がけつつ、現在の状況を整理し、他の者に説明した。

下地方（九州島北部）で最強の大名と言えば、かつては誰もが純忠の実父・仙巌（有馬晴純）の名を挙げたものであったが、その後は、豊後の大友宗麟の勢力拡大が著しかった。ただ、大友宗麟はキリシタン宗門に好意的で彼らの活動を支援し続けており、純忠とは親子二代で友好的な関係にある。宗麟がどれだけ版図を拡大しても、純忠と争うことは考えられなかった。

これまでは、この宗麟の睨みが効いていたため、佐賀の龍造寺隆信は派手な動きができなかった。また、純忠の領土とは隣接していないため、龍造寺は脅威たりえなかった。だが、宗麟が三万の大軍をもって仕掛けたいくさで、龍造寺が逆転勝利をおさめたことで、両者の形勢は一夜にして入れ替わった。

人々は、下地方の覇権争いの主役が入れ替わったことを噂した。

「宗麟の時代は終わった。これからは、龍造寺の時代じゃ」

龍造寺は宗麟の一歳年上、純忠の四歳年上なので同世代ではあるが、壮年になってから頭角を現した、ということになる。宗麟の大軍を撃破して以降、龍造寺は「肥前の熊」と畏怖され、新時代の雄として、栄達を願う各地の豪傑たちを集め始めている、という話も伝わってきている。

龍造寺は純忠の領内と隣接する武雄に攻め入り、後藤貴明は、みずからの劣勢を悟り、龍造寺が純忠を攻め滅ぼすことを条件に臣従を誓ったのだという。

純近の話の途中から、純忠は目を閉じ、うつむいていた。

「又八郎……そうまでして、俺を滅ぼしたいというのか……」

今や、純忠の敵は後藤貴明ではなく、あの大友宗麟をも撃破して勢いに乗る龍造寺隆信である。宿敵のひとりであった伊佐早・西郷純堯が消えたと思った矢先に、すぐにまた次の、より大きな敵が出現した。まだ幼い我が子・新八郎のためにも、純忠が——大村家が——このまま滅ぼされるわけにはいかない。

信長が武田勝頼《かつより》の軍を「長篠《ながしの》の合戦」で撃破した天正三年（一五七五年）、龍造寺軍が大村領に侵攻してきたが、これは様子見か、実質的には、以前と同じく後藤貴明の指揮する軍勢であった。そのため、純忠は、いつも通りに難なく撃退することができたが、戦場で近づいてきた貴明は、去り際に、捨て台詞を残していった。

「純忠――これで終わったと思うなよ！　すぐに、龍造寺殿が直々に出てくる。そうなれば、おぬしは今度こそ終わりじゃ！」

敗北したにもかかわらず、笑いながら去っていく貴明は不気味だった。かつて純忠が愛した義弟と本当に同一人物なのか、と訝《いぶか》ってしまうほどだ。

勢いの止まらない龍造寺軍は、その後、純忠のもうひとりの宿敵である肥州・松浦隆信も撃破し、臣従させた。さらには、領土は離れているが、深堀純賢も龍造寺に呼応して、また長崎への攻撃を再開するようになった。長崎純景と福田兼次が協力してよく凌いでいるものの、深堀の攻撃が続いていると、長崎への援軍のことも考慮しなくてはならないので、龍造寺の侵攻への備えに避ける兵力を削がれてしまう。龍造寺という巨大な後ろ盾を得て、深堀は、にわかに気勢を上げている。深堀との戦いは、今や、龍造寺との戦いとの一部だと見なすべきであろう。気がつけば、純忠の宿敵は、龍造寺隆信ひとりに一本化されつつある情勢に、いつしか傾きつつあった。

天正三年（一五七五年）、信長は「権大納言《ごんだいなごん》」と「右近衛大将《うこんえのだいしょう》」に任じられ、ついに朝廷公認の天下人となる。その信長が自身の覇業の集大成として安土城《あづちじょう》の築城を開始した天正四年（一五七六年）、龍造寺の脅威が強まる中、純忠にとって大きな喜びとなったのは、実兄・有馬義貞が、ついに、キリシタンとなる決意を固めてくれたことだった。かつて、純忠を小浜に呼び出したときは仮病であったが、今回の義貞は本当に深刻に体調を崩していた。闘病生活の中で、仏教ではなく、最後にキリシタン宗門を信じる気になったようだ。

見舞いに訪れた純忠に、義貞は病床で語った。

「かつては伊佐早殿への遠慮もあったが、今や、あの御仁はおらず、おぬしが人生を懸けて信じるキリシタン宗門に、儂も、人生の最後に、すがってみたくなったのじゃ。純忠――いや、理専。デウスは、儂を救ってくれるであろうか……」

「兄者、キリシタンとしての俺は、純忠でも理専でもなく、あくまで、ドン・バルトロメウじゃ。兄者も、今からでも遅くはない。ゼズス・キリシトの『愛の教え』を信ずれば、兄者にもデウスのご加護が、きっとある」

「うむ、そうだな……では、もう迷いはない……」

かくして、有馬義貞は、天正四年（一五六七年）、みずから選んだ名前である「ドン・アンドレ」として洗礼《バウチズモ》を受け、実弟・純忠に続いて、キリシタン大名となった。

しかし、その後、義貞の病状が快復することはついになく、同年の年末には、不帰の人となってしまう。享年、五十七歳。

さらに、純忠の正室・おえんと、忠臣のひとりで「白龍」として知られた一瀬栄正が相次いで流行り病に倒れ、ふたりとも、そのまま快復せずに逝去した。

病床で弱りゆく妻を看病しながら、純忠は、幾度も涙を流した。

「おえん、俺を残して先に天国《パライソ》へゆくことは赦さぬ……」

「殿、わらわも……いつまでも……ご一緒したい……ですが、これがデウスの……ご意思であるのなら……わらわは、もう……」

純忠の手を握り返す力は、驚くほど弱々しかった。

「殿……。天国《パライソ》で……きっと、また――」

それが、おえんの臨終の言葉となった。

もの言わぬ正室の亡骸を抱き、純忠は天を仰いで慟哭した。

いくさ場では無敵として知られた栄正も、病に勝利することはできなかった。人望も人気もあった栄正の死で、純忠はじめ、家臣団は悲しみに包まれた。中でも、「白龍」「黒虎」と常に並び称されていた大村純種は、人目もはばからずに大地を叩いて号泣していた。

「栄正、何ゆえ先に逝ったのじゃ！　まだ借りを返せておらんのに！」

実父・仙厳は既になく、実兄・義貞を亡くして心の拠りどころを失った純忠にとって、正室・おえんと忠臣・栄正の度重なる急死は、立ち直ることが困難なほどの打撃であった。自分の中の一部――半身どころか大部分を喪ったかのように感じられるほど、喪失感は巨きかった。

だが、純忠は、新たな有馬当主となった甥の有馬晴信を支援せねばならぬ立場でもある。その責任感が、純忠を踏ん張らせた。なにしろ、この時、晴信は、まだ数えで十歳の少年だったのである。有馬の甥・晴信をうまく守り立ててやらねば、龍造寺の侵攻で大村も有馬も共倒れになってしまいかねない。

純忠としては、生まれ育った有馬の土地、そして、実父から託された大村の土地を、龍造寺に、やすやすと明け渡すわけにはいかないのだ。

実兄と正室、忠臣の相次ぐ死で精神的に弱りきっている純忠に追い打ちをかけるように、天正五年の十二月(一五七八年の一月)、龍造寺隆信は、後藤貴明、松浦隆信らを従え、八千の大軍で大村に侵攻してきた。龍造寺みずからが大村に攻め入ってきたのは、この時が初めてである。

純忠は自軍を三城周辺に集結させる指令を出したが、萱瀬の萱無田城を守る「若獅子」峰弾正は、「敵を目前にして退くは敗北と同じ。ここで戦うことこそ武門の誉れ」と、わずか三百騎で籠城し、龍造寺への決死の戦いを、みずから望んで選んだ。彼の籠城を知った純忠は援軍を出すことを検討したが、「それには及ばず」との知らせも峰弾正から受けていた。

「弾正め……いかに『若獅子』といえども、さすがに無茶じゃ」

純忠が九死に一生を得た「大村館の変」は、ひとり対数十人。「三城七騎籠」では、三十人(武士は七人のみ)対千五百人であった。純忠の場合は、諸条件や運にも味方されて奇蹟的に生還、あるいは敵軍を撃退できたが、三百騎で籠城した萱無田城の周囲を八千の大軍に完全包囲された峰弾正には、一分《いちぶ》の勝機もなかった。

「八千もの敵と恐れるな！　我らが敵は、ただひとり——龍造寺隆信のみ！」

そう叫びながら峰弾正は出陣し、押し寄せてくる敵を次々と斬り倒し、一時は龍造寺の本陣を脅かすところまでいった。だが、敵の大軍は、あとからあとから湧いて来て、近づいたはずの龍造寺は、次第に遠くなっていくようだ。

何本かの矢が刺さり、馬から落とされ、刀傷を受けながらも、峰弾正は最期まで戦い抜いた。その姿は、龍造寺軍に戦慄を与えた。

峰弾正は、龍造寺の本陣を睨んだまま、立ち往生して果てた。本陣からその姿を見ていた龍造寺は、峰弾正を大いに称えた。

「敵ながら天晴《あっぱれ》な奴じゃ。峰弾正、その名は忘れぬ」

大村の歴史に残る壮絶な「菅無田城の合戦」が繰り広げられた結果、峰弾正が討ち死にするまでに、弾正方の二百人が殺された。それに対し、龍造寺軍からも七百人もの死者が出ていたので、まさしく死闘であった。

さしもの龍造寺の大軍も、峰弾正の決死の抵抗の消耗は大きく、兵士たちは疲弊しきっていた。そこへ、翌朝、峰弾正の弔い合戦として士気を高める純忠軍が電光石火の奇襲を仕掛けたため、龍造寺軍は萱瀬を追われて、いっせいに逃げ出した。朝に龍造寺軍を追い払ったことから、このとき、龍造寺の本陣があった場所は、以後、朝追峠と呼ばれるようになった。

峰弾正のいのち懸けの抵抗と、その後の奇襲が功を奏して、龍造寺の大軍をひとまず撃退できた。とは言え、圧倒的な兵力を動員できる龍造寺が脅威である事実は変わりなかった。これ以上、将兵を死なせたくない純忠のほうから、龍造寺へ和睦の使者を送ったところ、意外にも了承の返事があった。

ただし、ひとつだけ、条件が出された。

「理専（純忠）殿の忠臣、今道純近の首」

その条件を聞いた時、純忠は立ち上がり、使者に向かって激昂した。

「たわけたことを抜かすな！　そのようなことができるはずなかろう！　交渉は終わりじゃ。最後の一兵となるまで、俺は龍造寺と戦う――」

実父と実兄、正室と忠臣に死なれた純忠にとって、第一の忠臣・今道純近の存在は、最後の心のよりどころである。その純近のいのちを敵に差し出すくらいなら、峰弾正がそうしたように、力つきるまで闘うよりない。

だが、それを制止したのは、ほかならぬ純近自身だった。

「殿、この純近、殿のおんためならば、いつでも我がいのちを差し出す覚悟でお仕えして参りました。龍造寺という強大な敵を前に、今、大村家は危急存亡の秋《とき》。我がいのちでそれを避けられるなら、安いもの――」

「純近、馬鹿も休み休み言え！　おぬしを差し出すなら、戦って死ぬわ」

純忠はそう言ったが、純近は冷静な顔と声で「殿――」と、いさめた。

「殿、大村のためにも、どうかご決断ください」

純近が平伏すると、純忠は握り拳を震わせ、表情を苦悶に歪めた。

翌日、純忠は目を潤ませ、震える声で龍造寺の使者に告げた。

「龍造寺殿の望み通り……純近は自害して果てた……。首を……持ってゆけ」

使者は驚いたが、最高の手みやげが得られたことに満足し、退散した。

今道純近の首を差し出せ――というのは、龍造寺からの無理難題であり、龍造寺の側でも、そんな要求が応じられるはずがない、と思っていたのだろう。拒まれたら純忠を滅ぼす口実になる、と考えていたはずである。だが、純忠が忠臣・今道純近の首を差し出した以上、和睦を認めるしかない。

和睦が成立したその夜遅く、三城で、純忠は幽霊と対面していた。

幽霊――それは、今この世にいるはずのない、今道純近である。

「龍造寺殿の目は、なんとか欺くことができたが……純近、おぬしはしばらく、表舞台に出ることは、まかりならん。当面は身を潜めるのじゃ」

「殿と引き裂かれるのは、堪え難き苦痛でござるが――」

「いや、今生の別れではない。今後も秘密裡には会えるであろう」

龍造寺から無理難題を押しつけられた際、純忠は、「萱無田城の合戦」でいのちを落とした者たちの遺体を、家臣たち数名に、急ぎ探らせた。あのいくさでは九百人もがいのちを落としたので、その中には、純近に似ている者もいた。ましてや、苦しみ死んだ遺体の人相は生前とは印象が変化するため、多少の相違は、近親者でもない限り、わからない。その名もなき死体の首を持ち帰り、純近の首として龍造寺側に渡したのである。皮肉にも、それは、龍造寺軍の足軽の首であり、もし龍造寺が知れば、怒髪、天を衝いていたであろう。

龍造寺の手前、今道純近は今後、純忠の側近としての活動を表立ってはできなくなった。だが、いのちがあれば、その関係は続く。死んでしまうよりは、はるかに良い。それは、ふたりが選んだ最良の選択だった。

龍造寺の使者の前で純忠が目に涙を浮かべ声を震わせたのは、断じて演技ではなかった。純忠は、そのような演技ができるほど器用な性格ではない。使者の前で純近そっくりの首を目にした時、本当に彼が死んでしまったような気がして、演技などせずとも、凄まじい悲しみが押し寄せてきたのである。

かくして、純忠第一の忠臣である今道純近は、表舞台から姿を消した。本当は生きていると頭ではわかっていても、これは、純忠には、耐え難き精神的な心労であった。ある意味で純忠は、たしかに、忠臣・純近を失ったのである。

純近の存在がそこまで巨きくなっている事実を、彼を喪った場面を疑似体験したことで、純忠は、痛感させられた。

かつて、「大村館の変」で純忠が死んだとの誤報が伝わった際の純近も、今の純忠と似たような底無しの喪失感を味わったのかもしれない。

会えなくなったことで、この主従の絆は、よりいっそう強くなった。

天正六年（一五七八年）七月二十八日、大友宗麟が洗礼《バウチズモ》を受け、「ドン・フランシスコ」の名を受けた。これまで宗麟はキリシタン宗門だけでなく仏教をも庇護し続けてきたので、その彼が洗礼《バウチズモ》を受けた意味は大きく、宗麟の本拠地・豊後だけでなく、下地方の一円に、またたく間に情報が拡散した。純忠の元には、宗麟自身から書状が届いた。

「我、ドン・フランシスコこと宗麟、ドン・バルトロメウこと理専殿に遅れること十五年、ようやくキリシタンとなる決意を固めた次第。我、これまでキリシタン宗門だけでなく、仏教の各宗派の探究も続けてきたものの、伴天連フロイス殿との対話を重ねて、ただデウスの教えのみが我を救いうるものと、ようやく納得せり。デウスの教えを今こそ理解せし我、十五年も前に真理を悟りしドン・バルトロメウに心より敬意を表す。叶うなら、いつしか貴殿とキリシタン宗門について、お話ししたくそうろう」

宗麟は、フランシスコ・シャヴィエールと初めて出会った時からキリシタン宗門に興味を持ち、強く惹かれ、彼らクンパニア・デ・ジェズーシュの活動を、常に庇護してきた。それと同時に、彼は世界の神秘を極めるべく、仏教の各宗派の探究も続けてきたのである。結果として、自身が老境に差し掛かった時期に、彼が最終的に選んだのは、キリシタン宗門であった。

宗麟の背中を押したのが、旧知の伴天連ルイス・フロイスであったことも、純忠は嬉しく思った。横瀬浦でフロイスと純忠が最後に会ったのは、もう十五年も前のことになる。当時は、すぐに再会できるものだと思っていたが、「大村館の変」が起きてふたりは運命に引き裂かれた。あれ以後、ほとんどの時間を都《みやこ》地方で過ごしてきたフロイスと純忠の運命が交わることはこれまでなかったが、フロイスは都《みやこ》での任務をオルガンティーノに譲って、九州島に戻ってきているようである。近いうちにフロイスが大村を訪問したがっている、という意向は他の伴天連や伊留満から耳にして、純忠としては、待ちわびた再会の時を、心待ちにしていた。

キリシタンとして「フランシスコ」の名を選んだのは宗麟自身で、彼が初めて出会った伴天連である、「フランシスコ」・シャヴィエールに敬意を表してのことであるようだ。奇遇であるが、宗麟に洗礼《バウチズモ》を授けることになったのは、クンパニア・デ・ジェズーシュの日本布教長、「フランシスコ」・カブラルであった。

「我、ドン・バルトロメウこと理専、法名の通り、理の探究に専念することをただ欲するのみなり。ゆえに、我、ドン・フランシスコこと宗麟殿のお気持ちに心より共感いたしたくそうろう。我が兄、ドン・アンドレこと有馬義貞は逝去したが、後を継いだ甥の有馬晴信も、キリシタンとなるであろう。甥の晴信ともども、今後とも、いっそうよしなに」

後藤貴明のように、純忠自身の希望とは正反対に敵対してしまう相手もいれば、宗麟のように、親子二代での良好な関係が続く者もいる。純忠は、デウスがつくりし人と人との縁の不思議を思わずにはいられなかった。

キリシタン宗門だけでなく、世界の真理を探究するために仏教各宗派のことも学んでいた、という宗麟の気持ちが、純忠には、よくわかる。純忠の場合は、仏教は本格的には学ばず直感的にキリシタン宗門を選んだが、真の理——真理を欲する気持ちは、宗麟も純忠も変わらない。実兄・有馬義貞も人生の最晩年でキリシタン宗門を選んだが、宗麟が仏教研究の末に最後にキリシタン宗門を選んだことが、純忠には嬉しくてならない。自分が信じて歩んできた道は間違いではなかったのだ——との思いを、いっそう強くしていた。

天正七年（一五七九年）、新たな南蛮船が口之津に着いた。その船には、「ヴィジタドール（巡察師）」という特別な役割を帯びて来日したアレッサンドロ・ヴァリニャーノなる伴天連が乗っていた。ヴァリニャーノは、口之津で関係者を集めた布教会議を行った後、純忠を訪問するため、大村へもやって来た。

ヴァリニャーノは、オルガンティーノの明るさとガスパル・ヴィレラの聡明さを兼ね備えたような人物で、愛想良く話しやすいが、その言葉には隙がなかった。

オルガンティーノの発音が難しく純忠が「オルガン殿」と呼んだように、ヴァリニャーノのことは、「場、理、何の？（何のための場所と真理か）」という言葉を思い浮かべて、「バリナンノ殿」と呼ぶことになった。

また、純忠にとって何よりも嬉しかったのは、かつて横瀬浦で別れて以来、実に十六年ぶりに伴天連ルイス・フロイスと再会できたことである。口之津での布教会議の後、ヴァリニャーノのお供で、フロイスも大村へやって来た。フロイスにとっては、十六年越しで初めて実現した、悲願の大村訪問となる。

「ドン・バルトロメウ、オナツカシイ。コウシテ、ヨウヤクオアイデキタコト、マコトニ、ウレシクゾンズル」

フロイスの日本語はずいぶん流暢になっていて、歳月の経過を実感させられた。出家して禿頭となり左腕を不自由にしている純忠ほど大きな外見の変化ではないものの、フロイスも、年相応に老けていた。この年、純忠は数えで四十七歳、フロイスは四十八歳である。

「フロイス殿、お互い、ずいぶん年をとったものだな」

純忠が指摘すると、フロイスは笑った。

「ジュウロク、デ、ポルトガル、ヲ、タビダチマシタ。ソレカラノジンセイ、ハンブン、ニホン、ニイマス」

フロイスが日本に来た直後に純忠は会っているので、あれから十六年か、と、ふり返りやすかった。彼がポルトガルを十六歳で旅立ってからの三十二年間のちょうど半分を日本で過ごしたと聞くと、我がことのように感慨深かった。

「ドン・バルトロメウ、キデンニ、ショウカイシタイ、モノガイマス」

ヴァリニャーノと共に来日したという新しい伴天連のひとりをフロイスから紹介された時、純忠は息を飲んだ。

「新助……なのか？　いや、まさか――」

エウロパ人と日本人の人種の違いはあるはずだが、その新しき伴天連は、まだ二十代後半で、エウロパ人にしては小柄である。体格も顔立ちも、若くして逝ってしまった新助の生き写しだった。

「ドン・ルイス、デハナイデス。デモ、ニテイマス」

十六年前のあの夜、前夜から熱を出して倒れていなければ、フロイスはドン・ルイスこと朝長新助純安と共に横瀬浦から大村へ移動して、その道中、針尾伊賀守に謀殺されていたはずである。

フロイスにとっても縁の深いドン・ルイスこと新助に似ている伴天連だからこそ、ぜひ紹介したかった、ということらしい。

「ソレガシ、アフォンソ・デ・ルセナ、トモウシマス。オミシリオキヲ」

顔立ちが似ると声も似るのか、声質もまた、新助そのものであった。だが、そのカタコトの日本語は、彼が新助ではない証明である。

「ルセナ殿――と申すのか……。そうか、いや、そうであったか……」

呆然としながら、純忠は、ルセナの手を握った。困惑したように、少し気まずそうに微笑するルセナは、よみがえった新助のようだ。

フロイスのはからいにより、アフォンソ・デ・ルセナは、大村専任の伴天連となることが、口之津の布教会議で決まったという。新助の生き写しの伴天連が大村に常駐してくれる、というのは、純忠には幸せな話であった。

特使であるヴァリニャーノが来たのは、純忠にとって、ちょうど良い時期であった。というのも、純忠には、密かに決意していたことがあったのだ。ルセナとの嬉しい出会いも、決意を後押ししてくれた。

「バリナンノ殿、今は休戦協定を結んでいるとは言え、我が領土は、龍造寺の脅威に常に晒されている。龍造寺はキリシタン宗門を嫌悪しているがゆえ、いつ長崎を俺から奪おうとするかわからない。長崎は、今や、この大村キリシタン王国の宗教的な首都とも言える聖地じゃ。俺は長崎を貴殿らコンパニア・デ・ゼズスに寄進したい」

この申し出には、ヴァリニャーノも驚いた。異国での布教は積極的に行うものの、異国の領土を保有する、というのは、クンパニア・デ・ジェズーシュの方針に合わなかったのである。ヴァリニャーノは即答できなかったが、純忠の熱心な申し出には感謝していた。

「ドン・バルトロメウ、キデン、マコト、スバラシキ、クリスタゥン」

ヴァリニャーノは、その後、下地方の主要な土地を順番に回り、有馬の地では、純忠の甥で有馬家当主の有馬晴信に、洗礼《バウチズモ》を授けたという。有馬晴信は「ドン・プロタジオ」の名を受けたことが、純忠にも知らされた。

純忠の息子・新八郎も、甥の有馬晴信も、幼くしてキリシタンとなった。彼ら次代の後継者たちのためにも、大村と有馬のキリシタン王国を龍造寺の脅威から死守せねばならない。それは、晩期を迎えつつあると自覚している純忠にとって、人生最後の重大な使命であった。

——きっと俺は、このために生きてきたのだ。大村と有馬をキリシタン王国として確立し、それを次代につなぐ。それが、デウスより賜わりし、我が使命。

天正八年（一五八〇年）、龍造寺隆信から「大村殿と今後のことについて協議したい」と、純忠佐賀に招く誘いがあった。これは、純忠を謀殺するための企みであるとして、老臣たちの誰もが猛反対した。また、キリシタン宗門を代表して、ガスパル・コエーリョが純忠を訪問し、異を唱えた。彼が伴天連であるとは信じられないほど好戦的な一面のあるコエーリョは、日本人通訳を介して、龍造寺とは断固、戦うべきである——と、純忠に強硬に主張した。

「ドン・バルトロメウ、今、日本には、およそ十五万人のキリシタンがいますが、そのうち十万人以上は、大村や長崎などに固まっています。このキリシタン王国の支柱であるあなたが龍造寺に殺されれば、我らキリシタン宗門は一気に崩壊してしまいます。ドン・バルトロメウと、ドン・プロタジオ（純忠の甥・有馬晴信）、それにドン・フランシスコ（大友宗麟）の勢力を結集して、龍造寺と戦い、倒すべきです」

コエーリョは以前にも、純忠に「キリシタンではない異国には、どんどん侵攻して戦うべきだ」と進言したことがある。この伴天連の好戦的な性格は一貫しており、そういう気質なのであろう。純忠が会ったことのある伴天連たちの中では、彼だけの特色である。もし仮にコエーリョの進言する相手が信長であったなら、聞き入れられたであろうか。だが、信長は伴天連フロイスとの個人的な信頼関係を重視していたのであり、コエーリョのように最初から高圧的な伴天連であれば、躊躇せず首を刎ねたかもしれない。

若き日から終わりなき戦乱の中で生き続けてきた純忠としては、「簡単に言ってくれるな」と眉をひそめたくなる気持ちもある。

通訳を介して、純忠は抗弁した。

「そうは言うが、コエーリョ殿、龍造寺と対峙するならば、この大村が戦場となるは必定。それこそ教会《エケレジア》は破壊され、キリシタンの多くが殺されてしまうであろう。大村をできるだけ無傷で守ることを考えるなら、龍造寺とは争わず、今のまま和睦を維持したほうが良いはずじゃ」

「ですが、龍造寺の企みは、貴殿の謀殺にあることは明らかでしょう。貴殿が殺されれば、この国のキリシタン宗門は終わりなのですぞ」

「むろん、殺されぬように、用心いたす。コエーリョ殿も祈ってくれ」

龍造寺の誘いに応じなければ、大村を攻め滅ぼす口実を与えてしまう。そうさせないためには、純忠が危険を承知で佐賀に赴くしかない。もちろん、純忠としても、デウス頼みで何も備えないわけではない。屈強な兵士五百人を揃え、純忠軍配下で最強の「黒虎」大村純種も同行させる。それは、かつて純忠を裏切ったことを「赦されざる罪」であったと、いまだに心から悔いている純種自身の強い希望でもあった。

「俺は、殿がいなければ、死ぬまで宮村の座敷牢にいたであろう。そんな御恩がありながら、俺は殿を裏切り、赦された。一度ならず、二度も殿に救われたいのちじゃ。殿の御身は、俺がいのちに替えても守る。栄正のためにも――」

かつて後藤貴明の策略ゆえに純忠を裏切り、赦された「黒虎」は、あの時、純忠に生涯を捧げると誓った。その言葉を証明するかのような、強い意思を感じさせる申し出だった。無二の戦友である「白龍」一瀬栄正と、彼らの後継者になりえた「若獅子」峰弾正に先に死なれた純種は、いくさ人として生きた彼にふさわしい死に場所を求めているようなところがある。純忠を守るために死ぬのなら本望であり、それを望んでいるようでさえあった。

かくして、五百人の兵と共に佐賀城を訪れた純忠は、丁重に迎えられ、数名の側近と共に、城内へ通された。純忠に続いて歩く純種の巨体は、すれ違う龍造寺家臣団を驚かせ、委縮させ、「あれが『黒虎』ぞ」という囁きも聞こえた。純種ら側近衆は帯刀したまま、次の間で待たされることになった。

「殿、何かあったら、大声を出してくだされ。すぐに飛び込む」

わざと周囲に聞こえる声で純種が言うと、龍造寺の家臣は顔を険しくした。純忠は刀を龍造寺家臣に預けるように求められて応じ、単身、広間へ通された。

畳百畳ほどの広さがあるその板張りの大広間では、両脇に十数名ずつの武将が座しており、いちばん奥、一段高くなった上座にいる巨漢の主こそが龍造寺隆信である。「肥前の熊」と恐れられる龍造寺は、見た目だけで他人を畏怖させる迫力を備えていたが、臣下の「黒虎」ほどではないので、純忠が圧倒されることはなかった。それより、龍造寺の右どなりにいる人物を見た時、純忠は足を止めた。激しく動揺し、狼狽した。

後藤貴明が、そこに座っていたのである。

「こうしてお会いするのは初めてだな、理専殿。その節は、貴軍の猛攻に苦しめられた。峰弾正のような良き家臣に恵まれた貴殿に敬意を表したく存ずる。本日は、このように友好的に対面できることを嬉しく思う」

「龍造寺殿、こちらこそ、お招きいただき、御礼申し上げる」

純忠は形式的に挨拶し頭を下げたが、気持ちは、龍造寺よりも、そのとなりに座る貴明のほうに奪われていた。頭を上げてからも、龍造寺よりも、つい貴明のほうを見てしまう。貴明は、純忠のほうに視線を向けているが、まばたきひとつせず、能面か人形のように無表情であった。

「ふむ……理専殿は、どうやら後藤殿のことが気になるようじゃな。そう言えば、貴殿らは、かつては大村家で義兄弟であったか」

その運命の悪戯を面白がるように、龍造寺は邪悪に憫笑《びんしょう》する。

「後藤殿、どうじゃ。かつての義兄と、こうして再会する気分は?」

「義兄ではない。この男は、単なる簒奪者《さんだつしゃ》でござる」

「そうか……。では、大村殿をどうしたい、後藤殿? 貴殿が今後も大村殿とのいくさを望むなら、儂は、そのように進めても良いが」

龍造寺が危険な言葉を放ち、純忠は瞬時に緊張を高めた。龍造寺の言葉から察するに、彼が手で簡単な合図をすれば、家臣連中がたちまち純忠を斬り殺す手筈は整えてあるはずである。むろん、龍造寺としても、次の間に「黒虎」が控えていることは承知しているはずだが、貴明が純忠のいのちをここで要求すれば、そうなるかもしれない。

その場に居合わせる者たちは、貴明と純忠を、幾度も見比べた。

純忠は、歯を食いしばり、貴明を見つめる。

——又八郎……。おぬしは本当に、あの又八郎なのか……？

そんな問いかけが、頭の中で鳴り響いていた。

貴明は終始、氷のように冷たい目で、純忠を見つめていた。


「殺すにも値しない。こやつが大村から追放され、今後死ぬまでずっと生き恥を晒すことこそが、我が唯一の望み。それで、俺は満足でござる」


純忠にとって、それは、死を望まれる以上の絶望であった。

屈辱——ではなく、かつて愛した者から、そこまで憎悪される絶望である。

貴明の言葉が嬉しかったように、龍造寺は満足げに、うなずいた。この「肥前の熊」は、他人の負の感情を自身の栄養源としているかのようだ。

「なるほど。後藤殿のお考え、よくわかった。そのお気持ちは、理専殿にも痛いほど届いたようじゃな。理専殿、どうされた。顔色が悪い。ご両名とも、今後のことは儂にお任せいただこう。なあに、悪いようにはせぬよ。……そう言えば、大村殿は、謡や舞いが得意だと聞いたことがある。どうじゃ、我らの友好的な関係を祝って、ここで披露していただけぬか」

それは、依頼というよりも命令であり、純忠は拒める立場ではなかった。謡や舞いを披露する心境ではなかったが、貴明の言葉への絶望のあまり、思考が停止して、すべてがどうでも良いような、投げやりな心境であった。

謡と舞いのために腰を上げた純忠を見て、貴明も立ち上がった。

「これ以上、茶番には、つきあえぬ。失礼いたす――」

一礼して退室する貴明の心情を察したように、龍造寺は愉快そうに笑う。その後、龍造寺や他の武将たちの嘲笑と憐憫の視線が麻痺した左半身に注がれるのを感じながら、純忠は人形のように虚ろな心で謡と舞いを披露し、お情け程度の拍手も得た。

「理専殿、話は尽きぬ。今宵はぜひ、当地に泊まっていかれよ」

龍造寺はそう言ったが、純忠としては、たとえいのちの保証をされても、敵地に宿泊する気分ではなかった。龍造寺の四男と純忠の娘を嫁がせることで合意し、会見は終わった。

純忠は貴明の話で憔悴していたが、同行していた純種ら家臣たちは、無事で帰れることを喜び、大村に帰還後は、キリシタン宗門の関係者も、皆、純忠の生還を大喜びした。

龍造寺と純忠の会見は無事に終わり、龍造寺は上機嫌ですらあったと知り、純忠が謀殺されることを警戒したのは考えすぎだったのかもしれない――そう思った者も少なくなかった。だが、それは、誤った見解だった。

純忠と同じく龍造寺と敵対関係にある蒲池鎮並《かまちしげなみ》という領主がいた。龍造寺は、純忠を招いた後、この蒲池鎮並も同じように佐賀城に招いた。蒲池鎮並には警戒心もあったが、純忠が無事に大村に帰ったことを知っていたので、彼も佐賀城を訪れ――そして、護衛役の家臣団もろとも、全員が惨殺された。

結果からすると、純忠は、蒲池鎮並を油断させるための撒き餌だった、という見方もできる。龍造寺は、蒲池鎮並を謀殺するために――彼を油断させるために――、あえて純忠を無傷で大村へ帰らせたのだ。もし招く順序が逆であったなら、謀殺されていたのは純忠であったかもしれない。

蒲池鎮並が謀殺された事件は、改めて、下地方一円に龍造寺隆信の恐ろしさを知らしめた。純忠は、このままでは長崎のキリシタンたちを守ることができないと確信し、改めて、長崎の寄進をヴァリニャーノに申し出た。この時はヴァリニャーノも了解し、天正八年（一五八〇年）、長崎はクンパニア・デ・ジェズーシュの領土となる。日本国の土地が異国の領土となったのは、日本の歴史においても、他に類を見ない事件となった。

純忠だけでなく、後藤貴明と肥州・松浦隆信も龍造寺隆信の勢力に併合された形となったので、皮肉にも、半生のあいだ続いてきた貴明、肥州との戦いはひとまず終息した。ただし、彼らの勢力図は龍造寺という重しの下で危うい均衡にあり、大村に恒久的な平和が訪れたわけではない。

龍造寺は、有明海を超えて有馬にまで攻め込むことを画策しているようであったが、領土の拡大に伴って各地で叛乱も起きており、その鎮圧に手を焼いている状況でもあった。

天正九年（一五八一年）、純忠の元に龍造寺から「佐賀での叛乱鎮圧のため援軍を派遣されたし」との要請が来たが、その時、純忠は体調を崩して臥せっていた。龍造寺からは、「では、喜前《よしあき》殿を派遣されたし」との要請が、さらにあった。数えで十五歳になる新八郎は元服し、「喜前」と名乗り始めていた。龍造寺の元に嫡男・喜前を派遣することに純忠は抵抗があったが、病を理由に拒めば、龍造寺に大村を攻め込む口実を与えてしまうことになる。純忠が病床で苦悩していると、喜前のほうから申し出があった。

「父上、それがしを佐賀へ派遣してくだされ」

「だが、喜前……龍造寺は、おぬしを謀殺するかもしれぬ」

「それがしのような元服したての若輩を謀殺すれば、何が『肥前の熊』かと、周辺諸国、そして、末代までの笑い者となりましょう。龍造寺殿は、そこまで愚かではないかと」

「……なるほど、それも一理あるか」

嫡男が自分に意見するほど立派に成長したことが、純忠には感慨深かった。病で弱気になっていることもあり、いつになく喜前が頼もしく見えた。佐賀から戻ったら、もう家督を譲っても良いかもしれぬ――と思えるほどに。

喜前は、そうして信頼できる家臣団と共に佐賀へ旅立ち――戻らなかった。

龍造寺は、喜前を謀殺はしなかったが、「客人として遇する」という名目で、佐賀から返さなかった。要は、人質である。純忠は、喜前を返すよう龍造寺に再三、要求したが、龍造寺からは「喜前殿は、佐賀が気に入った様子じゃ。帰りたくないと申しておる」との返信があるばかりだった。

喜前を取り戻すためにいくさを仕掛ければ、それこそ喜前が謀殺されてしまうだろう。病で思考が鈍っていたとは言え、純忠は己の軽卒さを呪い、嫡男を人質に取った龍造寺を憎悪した。ジェズーシュ・クリーシュトゥは「なんじの敵を愛せ」と説いたと伴天連たちに教えられたが、ここまで卑劣漢の龍造寺をどうすれば愛せるのか、想像もできなかった。

　これまで、純忠の人生が危機に瀕した時には、いつも信じられない力が働いて、予想外の突破口が拓けた。それらはデウスの援けであると純忠は心から信じていたので、喜前が佐賀から無事に戻されるようにと、今回も、デウスに祈り続けるしかなかった。


　純忠の祈りに、デウスが別の形で応えたのか、都《みやこ》地方の巡察を終えて帰還したヴァリニャーノから、純忠は、思いも寄らない提案を受けた。純忠と甥の有馬晴信、それに、大友宗麟――互いに交流もあるこの三名のキリシタン大名からエウロパに、親族の少年たちを使節団として派遣するのはどうか、というのである。

「ラウマノパッパ、ヨロコブ、オモイマス」

　そう語る時のヴァリニャーノの目は、興奮ぎみに輝いていた。

　ラウマのパッパとは、ジェズーシュ・クリーシュトゥの「愛の教え」の中心地ラウマにおける、最高位の指導者（ローマ法皇）のことであるらしい。ヴァリニャーノの提案を容れて、純忠は、ラウマのパッパ、クンパニア・デ・ジェズーシュの総長、ポルトガル国王らへの書状をしたためた。

　純忠らの親族が海を渡り、片道三年以上もの長旅を経てエウロパへ行く、というのは、たしかに、胸躍る話である。だが、その時の純忠には正直、エウロパに派遣する少年たちのことより、佐賀で人質になっている我が子の安否のほうが気がかりであった。どちらも「無事に戻るのじゃぞ」という期待は同じなので、エウロパへの書面を書く時には強い気持ちがこもった。

――喜前、何とか無事に戻ってくれ……むろん、この少年たちも……。

キリシタンの少年たちの中から、キリシタン大名三名――大村純忠、有馬晴信、大友宗麟たちの縁者である四人が選ばれた。千々石《ちぢわ》ミゲルは純忠と晴信の血縁であり、伊東マンショは大友宗麟の、原マルチノは大村氏の、中浦ジュリアンは純忠配下である小佐々氏の縁者であった。

天正十年（一五八二年）一月二十八日、エウロパに戻るヴァリニャーノと四人の少年を乗せた帆船は、多くのキリシタンに見守られて、ラウマへ向けて長崎から出航した。

「デウスのご加護あれ！　無事に戻ってくるのじゃぞ！」

長崎の港を出て遠くに小さくなっていく船に手を降りながら、純忠は考えた。彼らが無事に日本に戻って来るとすれば、早くとも七、八年は先になるだろう。はたして、自分は、それまで生きているであろうか――と。

第十章　天国と戦国のドン・バルトロメウ

天正遣欧少年使節の四人が日本を旅立った天正十年（一五八二年）には、天下の状勢に大きな変化があった。「天下布武」を掲げ都《みやこ》地方を中心に破竹の勢いで版図を拡大し続けていた織田信長が、この年の六月二日、家臣・明智光秀の謀叛により、本能寺に斃《たお》れたのである。

信長は、伴天連ルイス・フロイスと懇意にしており、クンパニア・デ・ジェズーシュの最良の理解者、庇護者のひとりでもあった。アレッサンドロ・ヴァリニャーノが都《みやこ》を訪問した際にも、信長から大いに歓待を受けた、という話を純忠も伝え聞いていた。信長の勢力が九州まで拡大することは、キリシタン大名の純忠としては歓迎すべき事態であり、むしろ、それを望んでもいた。信長が龍造寺を滅ぼしてくれるのなら、いつ臣従しても良い、とさえ思っていたのだが……。

信長の死後、都《みやこ》地方では、明智光秀を討った羽柴秀吉という武将を中心に、勢力図の再編が行われつつあるが、主君の信長亡き後、家臣団のあいだには深刻な対立も生じているようだ。そんな話も伝わってきていたが、どの武将が次の覇者になるにしても、都《みやこ》から遠く離れた九州にその影響が出るまでには、しばし時間がかかるであろう。純忠としては、都《みやこ》の状勢より、龍造寺との緊張関係のほうが、差し迫った事態である。

この天正十年の九月二十九日は、伴天連らエウロパ人が使うユリウス暦では一五八二年十月五日にあたる。この日を新しいグレゴリオ暦一五八二年十月十五日に改めることになったのは、伴天連たちだけでなく、日本人キリシタンにとっても大きな出来事であった。キリシタン宗門の諸聖人の記念日や行事は、すべて、エウロパの暦に基づいて執り行われるからである。

エウロパの暦では十月五日が十月十五日に変わり、あいだの十日間がどこかに消えた。ある日を境に、別の世界に変化したかのようだった。それは、最近の純忠を取り巻く環境にも言える話だ。龍造寺が台頭する以前、後藤貴明、肥州・松浦隆信との争いは常にあったものの、三者の均衡は絶妙に保たれており、戦乱続きの中にも不思議な安定感があった。ところが、大友宗麟の大軍を龍造寺が撃破して以後、世界は急激に、大きく変わってしまった。龍造寺は、伴天連たちの言う悪魔《デモーニウ》——つまり天狗が憑いたかのように、この世ならぬ勢いを身につけ、貴明、肥州ともども、純忠をも飲み込んでしまった。人質となっている嫡男・喜前の返還を求め、龍造寺に幾度も贈り物をし、やんわりと拒まれ続ける日々で純忠の心は消耗し、体調を崩す機会も増えた。

そんな純忠にさらに追い打ちをかけたのが、かつての義弟で生涯の宿敵であった後藤貴明の死であった。純忠より一歳年下、つまり信長と同い年であった貴明は、天正十一年（一五八三年）の八月二日に病死した。享年五十歳、まさしく「人間五十年」である。

あとになって伝え聞いたところでは、純忠との佐賀城での対面以降、貴明は、ずっと体調を崩していたのだという。貴明の人生では、純忠を屈服させることが最大の目的であった。彼は、純忠を攻め滅ぼすためだけに生きた、と言っても、決して過言ではない。龍造寺の力を借りて純忠をついに屈服させたあの時、貴明は、人生の目的を見失ったのかもしれない。

「又八郎……ついに和解せぬまま逝ったのだな……」

戦場で純忠に向けられた貴明の憎悪に歪んだ表情を思い返しても、不思議と腹は立たない。彼らは生涯に亘り宿敵であったが、彼ら自身が互いの利害で衝突して敵対したわけではない。ふたりの関係は悪意のある第三者によって引き裂かれ、又八郎は憎悪を植えつけられた被害者だ。何とかして誤解を解きたかったが、それをついに叶えられなかった己の無力さが恨めしい。ただ残念な気持ちだけがあり、浮かんでくるのは少年時代の又八郎の笑顔ばかりである。

「又八郎……どうして先に逝ったのじゃ……」

涙が溢れ、純忠は堪えきれずに嗚咽をもらし、床を幾度も叩いた。

せめて、貴明の霊魂《アニマ》が天国《パライソ》へ救済されるように、純忠は祈った。ジェズーシュ・クリーシュトゥの「なんじの敵を愛せ」の意味を、この時ほど噛みしめたことはない。

純忠は又八郎を義弟として愛し、貴明を宿敵として愛し貫いた。

天正十二年（一五八四年）、龍造寺から、新たな動きがあった。

「嫡男・喜前殿を大村にお返ししたいが、代わりに次男・純宣《すみのぶ》殿と三男・純直《すみなお》殿を我が客人として、佐賀へお迎えしたい。いかがであろうか」

それは、純忠にとっては、まさしく悪魔の誘惑《テンタサン》であった。

家臣団は「龍造寺の新たな罠である」と猛反対したが、自身の後継者である喜前を何としてでも大村に取り戻したい純忠は、聞かなかった。

「喜前を大村に返す旨、龍造寺殿は証書も記しておる。間違いない」

次男・純宣と三男・純直を龍造寺の使者に託し、喜前の帰りを待った。戻ってきた使者は、龍造寺からの新たなる条件を告げた。

「約束通り、喜前殿は大村へお返しする。ただし、新しい大村家当主としてじゃ。理専殿は元々、出家しておる身の上。この機に家督を喜前殿に譲り、三城を出られよ。喜前殿は、大村家当主として三城へ帰還する。そして、儂がその後見人となる」

すっかり心身が疲弊しきった純忠は、もはや抵抗する気力もなく、ただ従うことしかできなかった。純忠は龍造寺の要求通り家督を喜前に譲り、家臣団はひとりも連れず、家族と従者数名だけを連れて、東彼杵の波佐見城という小さな山城に蟄居した。純忠には常時、見張りがつけられ、純忠が外部と連絡するのを仲介した者は死罪に処する、と、龍造寺は定めた。

純忠は波佐見の山城で軟禁状態に囚われた、ということだ。

大村家当主としての純忠の人生は切詰城での蟄居に始まり、当主の座から降りる（降ろされる）時にも、孤城に蟄居させられることになった。双六《すごろく》で言えば、領主としての三十四年を経て、ふりだしに戻ったようなものだ。

馬上で背を丸め、肩を落とした純忠の惨めな一行は、人目を避けて、辺鄙《へんぴ》な町外れの道を通って移動した、と伝えられる。右腕で手綱を握り、馬上で揺られながら、純忠の脳裡に、佐賀城での後藤貴明の姿がよみがえってきた。

「殺すにも値しない。こやつが大村から追放され、今後死ぬまでずっと生き恥を晒すことこそが、我が唯一の望み。それで、俺は満足でござる」

あのように言っていた貴明は、今頃、天国《パライソ》に救済される途上のどこかで満足しているだろうか。

「又八郎、おぬしの勝ちじゃ……。これでようやく、赦してもらえるか」

後藤貴明との勝ち負けにこだわったことは、純忠は一度もない。彼が和睦に応じてくれるのなら、いつ負けても良かった。お互いが龍造寺に飲まれたことで戦いは終わり、このような形での決着となったのは残念だった。

後藤貴明が最初から純忠を赦してくれていたら、純忠の人生は大きく違ったものになっていたであろう。だが、純忠を赦さなかったことが、貴明の選んだ彼の人生なのだ。過ぎてしまったことは、もう変えられない。

純忠は波佐見城に入り、隠居生活を始めた。龍造寺方の見張りがあり、外部との接触は禁じられているので、家臣たちと会うことさえできない。長崎に潜伏させている今道純近を頼ることは、もってのほかである。

切詰城にいた頃から使っている鳥籠を、純忠は波佐見城にも持参していた。新しい鳥を籠に入れ、その鳥相手に語る時間が増えた。

「籠から出たはずが……また別の小さな籠に囚われるとはな……」

三城に戻った喜前が、龍造寺の圧政下でも大村家当主として生き延びられるように——と、デウスに祈ることくらいしか、純忠にはできなかった。
勇名を轟かせてきた純忠だが、当主を降りた後の軟禁生活は惨めだった。
何もできず、何をする気力も湧かず、ただただ無力であった。

龍造寺隆信は、その後も怒濤のごとき勢いで九州島北西部の領主たちを次々に屈服させ、その版図を拡げ続けていた。いつしか九州島は、北西の龍造寺隆信、北東の大友宗麟、そして、南部の薩摩を本拠地とする島津義久の「三強」時代になっていた。

九州島の北西部で龍造寺配下になっていないのは、唯一、純忠の甥の有馬晴信だけである。かつて、有馬氏は雲仙の巨峰を中心とする島原半島の全域を治めていたが、有馬配下の領主は龍造寺に恐れをなし、戦わずして次々に寝返り、今や、島原半島南端の口之津と有馬周辺の狭い地域のみが晴信の領土であった。有明海を挟んで、口之津の対岸の天草は島津義久の領土であり、晴信は島津に援軍を要請し続けていた。島津としても、龍造寺の侵攻を食い止める意味でも、晴信を援護する意味は大きいはずであった。

天正十二年（一五八四年）の三月、有馬から龍造寺に寝返った島原城を奪還すべく有馬晴信の軍勢が進軍を開始したのに呼応して、島津軍も何日かかけて毎日数百人ずつ有明海を渡り、有馬と島津の両軍で島原城を包囲する軍勢の輪を少しずつ大きくしていった。

島原城を奪取すれば、龍造寺の勢いを止められる——晴信も島津もそう考えていたが、龍造寺は、その動きを、いち早く察知していた。

「有馬の若造が島津の力を借りて悪あがきしたいなら、あの小せがれの親族、大村と争わせてやれば良いであろう」

そう言って、龍造寺は、大村の三城にいる喜前に命じて、「黒虎」大村純種を筆頭とする大村の精鋭部隊三百騎を急ぎ島原城に駆けつけさせ、籠城に加えさせた。島原城を陥とすためには、有馬晴信は、従兄弟である大村喜前の家臣たち（本来は純忠の家臣たち）を攻め滅ぼさなくてはならない、ということだ。

これを知った時、若き当主・晴信は、思わず十字を切った。

「おのれ、龍造寺──。我らが縁戚筋の大村勢を盾にし、我らと共倒れさせようとは……人の所業とは思えぬ。あやつこそ悪魔《デモーニウ》じゃ！」

さらには、龍造寺自身も佐賀から島原へ兵を進め、途中の大村で喜前が指揮する大村家の勢力も吸収した。その知らせは、すぐに島原の陣中に届いた。

「龍造寺の大軍は、既に伊佐早に到着しているようです。その数、二万五千！」

島原城を包囲する有馬と薩摩の連合軍は既に七千に達しつつあったが、二万五千もの大軍が島原に押し寄せてくる、との知らせには驚かされた。誤報だと思った者もいた。

だが、島原の平野に姿を見せた龍造寺軍は、事実、二万五千に達するかと思われる大軍勢で、視界すべてを埋め尽くしていた。しかも、龍造寺軍の多くは陽光を反射して輝く黄金の鎧兜と長槍を装備しており、有馬と島津の連合軍が敵に羨望を抱いて目を逸らしたくなるほど壮麗であったという。

雲仙の麓に近い山際、有明海沿いの海際、平野中央の三列に分かれて龍造寺の大軍は進む。その中には読経する二十人ほどの仏僧たちもおり、全軍の中央には、六人が担ぐ輿の上で愛人の少年を侍らせて座る龍造寺隆信がいた。

「このいくさで島津を蹴散らし、そのまま九州統一じゃ！　皆の者、良いか。手柄を立てて、後世に名を遺せ。恩賞も思いのままぞ！」

龍造寺の大声に大軍の鬨の声が応じ、両軍は戦闘を開始した。

龍造寺軍は半月の陣を布いたまま有馬・島津連合軍に押し寄せ、取り囲む。そして、龍造寺軍の千挺もの鉄砲が一斉に火を噴いた。続けざまに、長槍部隊が突入し、有馬と島津の連合軍も槍で応酬する。龍造寺軍は、背後から鉄砲での援護射撃を続けている上に、圧倒的な数の優位もあった。有明海の近くでは、有馬の船から大砲での攻撃が龍造寺軍の多くを殺傷したが、戦局全体では龍造寺の圧勝に近かった。

連合軍の本陣は一気に有明海まで押しやられたが、充分な船がなく、海上に逃げることはできない。薩摩の将が、馬上から檄を飛ばした。

「良いか、者ども。たとえ我らの討ち死にが避けられぬとしても、薩摩の名を汚すでないぞ。一兵でも多くの敵を倒してから逝け！」

ここから島津軍の死ぬ気の反撃が始まった。龍造寺軍の兵士たちは、自軍の勝ちを確信しており、せっかくの勝ちいくさなら、生きて勝利の美酒に酔いたかったので、逃げ腰だった。一方の薩摩軍は、避けられぬ死を覚悟していたので、大軍を前にしても怯まず、撃たれ、斬られ、刺されながらも果敢に斬り返し、斃れるその瞬間まで刀や槍を敵に突き返した。

そんな中、捨て身で突撃した薩摩軍の数騎は、首尾良く龍造寺軍の中を抜け、龍造寺隆信が少年と戯れている輿のそばにまで肉迫していた。

「これ、何を騒いでおる。仲間同士で口論しておる場合か」

敵が近づいていることに気づかず、龍造寺が声のしたほうを見た時、護衛の兵士が次々に斬り捨てられるところだった。輿を担いでいた者たちが逃げ出すと、龍造寺は少年と絡み合ったまま地面に転げ落ちた。ちょうど近くに沼地があり、龍造寺は、そこに足がはまって、抜け出せなくなった。

「龍造寺殿とお見受けいたす。お覚悟なされ！」

龍造寺は慌てふためくが、動けない。無念の表情になり、慌てて両手を合わせた。念仏を唱えようとしたところで、その大きな首を斬り落とされた。

「我、薩摩の川上左京！　龍造寺隆信を討ち取ったり――！」

敵の総大将を討ち取った川上左京の声は朗々と、いくさ場に響き渡った。両軍は思わず戦闘の手を止めた。大勝利を目前に総大将が殺されるというまさかの展開に、龍造寺軍の兵士たちは蒼褪め、混乱した。龍造寺軍の近年の快進撃は、「肥前の熊」と恐れられた龍造寺隆信の巨大な存在感があってこそ、である。その隆信がいなくなったのなら、自分たちが戦っている意味が、わからない。

うろたえる龍造寺軍は、連合軍に次々に斬り殺されていく。圧倒的優勢で勝ちいくさを確信して気がゆるんでいた時だけに、総大将の突然の戦死は、龍造寺軍を半狂乱にさせ、潰走させた。逃げ惑う龍造寺軍に次々に矢が放たれ、逃げ遅れた者たちは容赦なく斬り殺された。

この「沖田畷《おきたなわて》の合戦」において、龍造寺軍の戦死者は五千人。有馬と薩摩の連合軍の死者は、三百人ほどだったと伝えられる。

龍造寺隆信の首は、島原城の前で人々に晒された後、島津義久への戦勝報告のために、薩摩まで持ち帰られた。九州島全域に脅威を撒き散らしていた龍造寺隆信であったが、突然の戦死によって、その覇権は、あっけなく瓦解した。島原城を筆頭に、龍造寺方に寝返っていた各地の領主たちが、次々に有馬晴信の下に帰参した。島津は、晴信の本来の領土については権利を主張せず、薩摩は名を上げた。今後、龍造寺の領土を分割することで両者は合意した。

龍造寺隆信の死によって、波佐見城に幽閉されていた純忠は三城に戻り、また大村家当主として——大名としての地位を取り戻した。喜前は、龍造寺軍と共にいったん佐賀へ退却し、従兄弟に匿われた後、のちに大村へ帰還した。龍造寺の人質となっていた純忠の次男と三男も、大村へ返された。

純忠にとって、何よりも嬉しかったのは、それまで長崎に身を隠していた今道純近が、数年ぶりに純忠の下へ帰参できたことである。

龍造寺の以前の勢いを思えば、純忠と純近が二度と再会できない可能性は高かった。龍造寺の覇権が続く限り、彼らは再会できないからだ。龍造寺がその権力の絶頂期であっけなく戦死したことは、奇蹟としか思えない。

「このような日が来るとは……殿、夢のようです」

歓喜に顔を輝かせる純近と、純忠は、熱い抱擁を交わした。ふたりとも嬉し涙を流しながら、頬は、ゆるみきっていた。もう死ぬまで再会できない覚悟すらしていたので、突然の再会が実現したことは、まさしく僥倖であった。

「だから言ったであろう。これがデウスじゃ。信ずれば、道は拓ける」

純忠は、その後、純近や「黒虎」大村純種らと共に大村領内の抵抗勢力を順番に鎮圧して回った。純近は、世間では死んだと思われていた。しかも、切腹した後に介錯され首を斬られたと信じられていただけに、表舞台に再登場した純近の存在だけでも、敵を震え上がらせる効果があった。

純忠自身も、過去に幾度か、「大村館の変」や「三城七騎籠」の際などに、死んだと噂されながら復活を遂げたが、純近の場合は、姿を消してから何年も経っていたので、敵兵たちは、まさに亡霊を見ているかのように怯えていた。

「奴らが崇拝するゼズスは死後に復活したと聞いたことがあるが、まさか、キリシタンの武将にも、そのような力があるのか」

純近は今や「幽霊将軍」と呼ばれ、「黒虎」以上に恐れられた。

「病死した『白龍』や、戦死した『若獅子』も、そのうち、よみがえるのではないか？『幽霊』をも従える純忠には、逆らわぬが吉じゃ！」

そんな噂を耳にした時には、純忠も、純近も、純種も、腹を抱えて笑った。きっと天国《パライソ》では、「白龍」一瀬栄正や「若獅子」峰弾正も、笑っていることだろう。そのとなりには、新助や、実兄・有馬義貞、それに、伴天連トルレスや、伊留満フェルナンデスも、いるであろうか。

純忠の人生を彩ってくれた者たちの多くは、既に天国《パライソ》へと去った。その中には、後藤貴明のように、年下の者たちもいる。戦国の世を必死で生き続けてきた純忠は、自分が天国《パライソ》へ旅立つ日について考える時間が増えつつあった。

最終章　籠の外の鳥

龍造寺隆信の死後、純忠の大村支配は、ふたたび盤石のものとなり、大村と長崎は、キリシタンたちの聖地として、発展を続けていった。龍造寺を撃破した後の島津義久は、九州島の南部から北上し、今なお絶大な勢力を誇る大友宗麟と、九州の覇権をかけて死闘を繰り広げていた。ただし、それは九州島の東側でのいくさであり、大村や長崎のある北西部には影響を及ぼさなかった。

ふたたび大村領の支配を回復した純忠であったが、天正十三年（一五八五年）頃から喉が腫れて発熱する病で臥せるようになった。家督は改めて、今回は純忠自身も希望して息子・喜前に譲った。この年、喜前は数えで十七歳。純忠は、五十三歳。

「喜前よ、大村のことは、おぬしに託した。よろしく頼んだぞ」

純忠は病床で嫡男の手を取り、そう弱々しく語った。その姿は、かつて純忠に家督を譲った時の先代・純前の姿の再現のようであった。

純忠が当主となってから三十五年――純忠自身も、彼を取り巻く環境も大きく変わった。時が巡り、先代から託された言葉を、今では、自分が次代に贈っている。世の移ろいと、人生の儚さを実感した。

たとえ霊魂《アニマ》は不滅でも、色身《コルプス》（肉体）は必ず滅びる。それが、デウスがつくり給いし、この世の摂理《プロヴィデンスィア》――。

安息の地を求めて純忠が選んだのは、萱瀬盆地の坂口の館だった。ここは、かつて純忠と純近が、生涯続く主従の関係を誓った場所でもある。

少し体調の良い日に、純忠は純近を伴って、小川沿いを歩いた。

「純近、あの時のことを、憶えておるか？」

時折、咳き込みながらそう言う主君の背中の曲がった姿に、純近は歳月を感じた。水面に映る純近自身も髪の多くは白くなり、肌にかつての艶はなくなっている。

「もちろんです、殿。どうして忘れられましょうか……」

「おぬしには本当に世話になった。俺がこんにちまで歩んでくることができたのは、ひとえに、おぬしのおかげじゃ」

たとえ風貌は年相応に老けても、純忠のその穏やかな微笑は、昔から変わらず無垢なままだった。純近は頭を垂れた。

「俺のほうこそ……殿のおかげで、満ち足りた日々でした」

純忠はうなずいて、館のほうへ戻り始めた。その時、ほとんどひとりごとのような口調で、純忠は言った。

「……最高の……弟じゃ……」

もしや、聞き間違えだったのかもしれない。それが自分のことを言ってくれたのかも、純近には、わからない。だが、たしかにそう聞こえたし、純近の人生において、それ以上のねぎらいの言葉はなかった。

遠ざかっていく主君の後に続くことも忘れて、純近はしばし、その場で感極まって震えていた。

織田信長の死後、織田家臣団は、羽柴秀吉と柴田勝家の二つの陣営に分裂したが、「賤ヶ岳《しずがたけ》の合戦」で秀吉が勝利したことで、天下の趨勢は決まった。秀吉は武家として初の「関白」となり、今や天下で最大の権力を有する関白・秀吉として、その名を九州島にまで轟かせた。

九州島は大友宗麟と島津義久の「二強」時代となり、龍造寺を撃破して勢いに乗る島津に分があった。宗麟は関白・秀吉に援けを求め、秀吉は両者に対して停戦命令を出した。が、服従の意を表する宗麟に対して、島津は反発して従わず、秀吉は九州征伐を行うことを決定する。

秀吉の軍師で、キリシタンでもある黒田官兵衛の働きにより、九州の大名の多くは戦わずして秀吉に従った。大村喜前と有馬晴信も宗麟に倣って秀吉に臣従したが、島津だけは薩摩の意地もあり、最後まで従うことを拒んだ。決戦は避けられず、関白・秀吉の九州への大侵攻が始まることとなった。

天正十五年（一五八七年）三月、三十万の大軍を率いて関白・秀吉が九州に入った頃、純忠の病は悪化の一途を辿っており、坂口館で、ほとんど寝たきりの生活となっていた。純忠のそばには、家族の何人かと純近、それに、伴天連アフォンソ・デ・ルセナらが、いつも控えていた。

その日、純忠の病状は少し良く、病の床の中でも、穏やかな表情を浮かべていた。純忠は、近くにあった鳥籠に目を向けた。それは、純忠が当主となった頃、あの切詰城に蟄居していた頃から使い続けてきた鳥籠である。中に飼う鳥は、むろん、何代も替わっているが、鳥籠は、同じものだ。切詰城で過ごしていた頃、純忠は籠の中の鳥に、よくこう語りかけた。

「おぬしと俺は似ておるな」

最初にそう感じたのは、切詰城での時代だった。だが、あの「時の牢獄」から出た後も、純忠は、大村という大きな鳥籠の中で、生きていたのかもしれない。

「大村館の変」の時、大村館は全焼してしまったが、その鳥籠は伊奈が伊佐早に持参していたため、無事に残った。純忠は伊奈に鳥籠の使用を許したが、伊奈が嫁ぐ時に、純忠の元に戻った。嫁いだ相手は、のちに戦死したため、伊奈は大村家に戻って洗礼《バウチズモ》を受け、「マリーナ」の名も与えられた。

波佐見の城では、純忠と伊奈のふたりで、よく鳥の世話を分担したものだ。

純忠の人生を目撃し続けてきた鳥籠は、幾度も補修したが今にも壊れそうなほど朽ちていて、今の純忠の病んだ色身《コルプス》そのものであった。

だが、籠の中の何代目かの鳥は、その年につかまえたばかりで、いまだ若く、生命の息吹に満ちている。

——色身《コルプス》の中の不滅の霊魂《アニマ》も、このように、いつまでも若々しいままなのであろうか。

病床の中で、純忠は、そんなことも考えていた。


いくさ続きの日々であった。

彼の人生は常に、戦いの連続であった。

多くの者が戦場の露と消えた。

純忠自身にも、数え切れない危機があった。

畳の上で静かな最期を迎えられるのは、なんたる僥倖か。


純忠は鳥籠を指差して、忠臣に頼んだ。

「純近、その鳥を逃がしてやってくれぬか」

純忠は、その鳥を気に入っていたので、純近は驚いた。

「ですが、殿……よろしいのですか？」

「そやつも自由になりたいであろう」

純近はうなずいて、鳥籠を手に、襖を開けた。

まぶしい陽射しが室内に射し込んで、純忠は目を細める。

純近が縁側で鳥籠を開けると、中にいた鳥は、少しとまどった様子を見せたが、籠から飛び出し、天高くはばたいて、空に溶けるように消えた。

「ルセナ殿……俺のために祈ってくれるか……」

純忠が、そんなにもやさしく、穏やかな響きの言葉を放つのを、純近は聞いたことがなかった。

ルセナが心を込めて祈り始めると、純忠も、胸にかかる十字架《クルス》を握りしめ、静かに目を閉じた。

その表情は、坂口の小川のように、澄みきっていた。

天正十五年（一五八七年）五月六日、秀吉に島津攻めを託した大友宗麟が死去。

島津義久が関白・秀吉に降伏したのは、そのわずか二日後のことであった。

これにより関白・秀吉は九州平定をも成し遂げ、天下統一を果たす上で残る唯一の敵は、小田原の北条氏政、氏直親子を残すのみとなった。

宗麟が逝き、関白・秀吉が九州を征服したその月に、日本初のキリシタン大名として波瀾万丈の生涯を駆け抜けた男が、デウスの元へと召された。

天正十五年五月十八日（一五八七年六月二十三日）、大村純忠、没——。

関白・秀吉によって伴天連追放令が出されたのは、純忠の死の翌月であった。

（完）

補遺　それから

純忠の嫡男で、大村家第十九代当主の喜前《よしあき》は、関白・秀吉の命により棄教を誓わされたが、長崎の教会《エケレジア》が次々と破壊されることには抗議の意思も示していた。しかし、長崎は秀吉に没収された。

天正十八年六月十六日（一五九〇年七月二十一日）、八年の旅を終えた天正遣欧少年使節が長崎に帰還し、喜前も、これを出迎える。使節団のひとり、千々石《ちぢわ》ミゲルは、喜前の従兄弟でもあった。天正遣欧少年使節の帰還を盛大に祝う宴席が長崎、有馬、大村で設けられ、これらの地では、キリシタンたちが信仰を再燃させることになる。

翌天正十九年三月三日（一五九一年一月八日）、天正遣欧少年使節は、都《みやこ》の聚楽第《じゅらくだい》で関白・秀吉に謁見。伴天連追放令は依然として有効であったが、未知なる異国であるエウロパを体験してきた若者たちの絶大な功労を秀吉もねぎらい、大いに歓迎した、と伝えられる。同年、秀吉は甥の秀次を養子にして関白の座を譲り、みずからは「太閤《たいこう》」（先の関白）と呼ばれるようになる。

太閤・秀吉は明国《みんこく》の征服を決め、日本各地の諸侯に名護屋城《なごやじょう》の築城と、朝鮮出兵を命じる。大村家当主・喜前も、秀吉の命により、文禄《ぶんろく》元年（一五九二年）から翌年にかけての「文禄の役《えき》」

と、慶長《けいちょう》二年（一五九七年）から翌年にかけての「慶長の役」に従軍することとなった。

慶長三年（一五九八年）に太閤・秀吉が薨去《こうきょ》して以後は、大村領を中心に、キリシタンたちの活動が、ふたたび勢いを取り戻す。慶長五年（一六〇〇年）の関ヶ原の合戦で東軍（徳川家康方）についたことで、喜前は戦後、家康から大村と長崎におけるキリシタンの保護を承認される。

そうして大村と長崎で信仰が熱気を取り戻す一方、天正遣欧少年使節のひとりである千々石ミゲルが、個人的な不信から棄教。ミゲルは従兄弟・喜前に「キリシタンは悪である」と説き、喜前は、この影響で慶長七年（一六〇二年）に領内の教会《エケレジア》を焼き払って伴天連たちを追放。みずからは仏教に帰依し、一族の菩提寺として、大村の中心地に本経寺《ほんきょうじ》を創建する。

慶長十九年（一六一四年）、江戸幕府によって禁教令が発せられ、キリシタンは、いよいよ徹底的に弾圧され始める。この時の迫害の恨みにより喜前は元和《げんな》二年（一六一六年）にキリシタンにより毒殺されたが、大村家は、その後も江戸時代を通じて大村藩主として存続し、長崎県大村市の市長も二十世紀の後半まで大村家の歴代当主が歴任していた。純忠が終生こだわり続けた「大村家当主が大村を統治し護る」という理想は、彼の死後、四〇〇年以上も——江戸幕府より百数十年も長く——貫かれたことになる。

天正遣欧少年使節の伊東マンショは、禁教令の発せられる二年前の慶長十七年（一六一二年）、長崎で病死。原マルティノは日本から追放されたのち、マカオの地で司祭に叙され、寛永六年（一六二九年）、その地で死去。中浦ジュリアンは、日本における潜伏キリシタンたちの最後の希望を背負い活動を続けていたが、寛永十年（一六三三年）、長崎で拷問にかけられ殉教。ジュリアンは、平成十九年（二〇〇七年）に天正遣欧少年使節としては初めて福者に叙された。

禁教令の後、キリシタンたちは、いったん歴史の闇に消えた。しかし、時代の影に潜伏しながらも、彼らの信仰が消えることは決してなかった。

それから、およそ二五〇年――元治二年（一八六五年）の「信徒発見」により、日本人キリシタンは、ふたたび歴史の表舞台に登場した。

平成三十年（二〇一八年）には、「長崎と天草地方の潜伏キリシタン関連遺産」が、ユネスコ世界遺産に登録される見込みである。

日本初のキリシタン大名がいのち懸けで護り抜き後世へ伝えた信仰の炎は、四五〇年以上、一度も消えることなく、今も大村や長崎で燃え続けている。

その炎の純粋で忠愛な美しさに、今、世界が魅了され始めている。

主要参考文献

『大村純忠伝　付・日葡交渉小史』松田毅一著　教文館

『大村純忠　長崎の精神風土と文化の礎を築いたキリシタン大名』外山幹夫著　静山社

『九州のキリシタン大名』吉永正春著　海鳥社

『大村キリシタン史料　アフォンソ・デ・ルセナの回想録』ヨゼフ・フランツ・シュッテ編　佐久間正、出崎澄男訳　キリシタン文化研究会

『キリシタン伝来地の神社と信仰　肥前国大村領の場合』久田松和則著　富松神社再興四百年事業委員会

『キリシタン大名大村純忠の謎　没四〇〇年記念シンポジウム「西洋との出会い」レポート』西日本新聞社

『日本初のキリシタン大名　大村純忠の夢　～いま、450年の時を超えて～』活き活きおおむら推進会議

『長崎版　どちりな　きりしたん』海老沢有道校註　岩波文庫

『教会ラテン語への招き』江澤増雄著　田淵文男監修　サンパウロ

『霊操』イグナチオ・デ・ロヨラ著　門脇住吉訳・解説　岩波文庫

『フロイスの見た戦国日本』川崎桃太著　中公文庫

『フロイスの日本覚書　日本とヨーロッパの風習の違い』松田毅一、E・ヨリッセン著　中公新書
『ヨーロッパ文化と日本文化』ルイス・フロイス著　岡田章雄訳注　岩波文庫
『日本史』（全12巻）ルイス・フロイス著　松田毅一、川崎桃太訳　中央公論新社
HISTORIA DE JAPAM　P. Luis Frois, S.J.　BIBLIOTECA NACIONAL LISBOA

清涼院流水（せいりょういん・りゅうすい）

1974年8月9日、兵庫県西宮市生まれ。

作家。英訳者。マンガ原作者。「The BBB（作家の英語圏進出プロジェクト）」編集長。

京都大学在学中の1996年、『コズミック』（講談社）で第2回メフィスト賞を受賞し作家デビュー。以後、小説、ビジネス書、ノンフィクション、英語学習指南書など70冊以上の著作と、原作を担当した関連コミックが12冊ある。また、日本人の小説家やビジネス書著者の作品を英訳して全世界に発信するサイト「The BBB」を2012年12月にオープンして以降は、著者、英訳者、編集者として、これまでに130作品以上の電子書籍を刊行している。

TOEICスコア990点（満点）を5回獲得。

近著に、本書と同時刊行される『ルイス・フロイス戦国記 ジャパゥン』（幻冬舎）などがある。
◎ The BBB ウェブサイト日本語版　http://thebbb.net/jp/

純忠《すみただ》　日本で最初にキリシタン大名になった男

2018年1月29日　第1版第一刷発行

著　者　清涼院 流水
発行者　玉越直人
発行所　WAVE出版
〒102-0074　東京都千代田区九段南 3-9-12
TEL 03-3261-3713　FAX 03-3261-3823
Email:info@wave-publishers.co.jp
http://www.wave-publishers.co.jp

装　丁　緒方修一
編集協力　藤代勇人
校　正　小倉優子
印刷・製本　株式会社シナノパブリッシングプレス

NDC913　304p　978-4-86621-119-0